그대로
괜찮은
파랑

그대로 괜찮은 파랑

초판 1쇄 발행 | 2022년 5월 30일

지은이 진초록
발행인 한명선

주소 서울시 종로구 평창길 329(우편번호 03003)
문의전화 02-394-1037(편집) 02-394-1047(마케팅)
팩스 02-394-1029
전자우편 saeum98@hanmail.net
블로그 blog.naver.com/saeumpub
페이스북 facebook.com/saeumbooks
인스타그램 instagram.com/saeumbooks

발행처 (주)새움출판사
출판등록 1998년 8월 28일(제10-1633호)

진초록 에세이

그대로
괜찮은
파랑

여전히 깊고 푸른 우리들을 위하여

차
례

Part 1

너는 나의
닻이 되어

보라색 장미꽃차 한 병이 집에 도착했다. 제 몸보다 큰 짐 가방을 챙겨 외국으로 떠났다가 일 년 만에 귀국한 지인의 선물이었다. 송이채 말린 장미꽃봉오리들이 들어 있었는데, 병을 열기만 해도 진한 장미향이 집 안 가득 퍼졌다. 고맙게도 꽃과 말린 과일을 배합한 차를 좋아하는 내 취향을 기억해준 모양이었다.

병 안의 장미꽃봉오리들은 손톱 크기만큼 작다. 꽃봉오리의 밑부분은 멜론의 연두빛 속살에 백합색 물감을 섞은 듯한 연초록이다. 위로 올라갈수록 점차 연보라색과 진보라색으로 짙어진다. 볼 때마다 컬러 그러데이션에 감탄한다. 자연의 솜씨인 것이 믿기지 않으면서도 결국 자연의 솜씨가 아니라면 설명이 불가능한 아름다움이다.

26 Place De La Madeleine Paris.

장미꽃차 뒤에 적힌 주소다. 파리에 있을 때 가보지 못해 아쉬웠던 찻집이다. 지금 그 앞의 풍경은, 파리의 풍경은 어떨까. 언젠가 다시 파리에 갈 수 있을까? 어쩌면 장미들도 그런 생각을 하려나…. 멀리서 온 것들의 고향을 상상할 때면 떠나온 것은 내가 아닌데 어쩐지 그리운 마음이 들고 만다. 이내 궁금해졌다. 이 연약하고도 짙은 장미들의 진짜 고향은 어딜까. 어떤 정원에서 피어나 어떤 햇볕 아래 어느 강가로부터 길어올린 물을 머금으며 자랐을까. 찻집 주소 아래의 글씨를 더듬더듬 읽어보았다. 대부분 불어였지만, 다행히도 몇 줄의 영어로 꽃의 산지와 함께 차를 즐기는 법이 적혀 있었다. 어쩐지 다정한 온도의 어투가 느껴졌다.

10분 우려내세요. 하루 중 언제든.
당신의 저녁 식사에 곁들이세요.
디저트를 장식하는 데도 유용하답니다.
재료: 100% 장미꽃송이
원산지: 이란

원산지는 이란. 꽃들의 고향 이란은 쉬이 머릿속에 그 풍경이 그려지지 않는 낯설고 먼 곳이었다. 곧장 인터넷 검색창에 '이란'을 검색해보았다.

아라비아반도와 인도대륙 사이에 있는 나라로, 남쪽으로 페르시아만 연안에 접해 있다. 1918년 페르시아-영국조약으로 영국보호령이 되었고, 1935년 국호를 이란으로 바꿨다.

이번에는 '이란의 장미'를 찾아보았다. 세계의 음식 재료들을 다룬 책의 한 구절이 눈에 띄었다.

이란에서 장미꽃잎의 향은 음식에 달콤하면서 향긋한, 신비한 배경을 만들어준다고 한다. 마가렛 세이더의 『전설적인 페르시아 음식The legendary cuisine of persia』(2002)에 따르면 장미는 나이팅게일만큼이나 페르시아 문학의 일부이며, 그 맛있는 향은 레몬과 사프란만큼이나 페르시아 음식의 일부이다. 테헤란 남쪽 카샨 주위에서 재배하는 모하마디 장미는 뜨거운 사막 기후가 그 향을 더욱 진하게 하므로 높은 평가를 받는다. 말리거나 가루로 만든 장미꽃잎을 필라프(쌀과 그 밖의 재료로 지은 밥)에 섞거나 아드비아라는 이름의 향신료 재료로 쓰거나, 설탕 절임에 넣거나, 잼으로 만들기도 한다.

호기심이 일었다. 장미를 곁들인 식사를 즐기는 이란이라는 나라가 더 궁금해졌다. 어떤 색을 즐겨 쓰고 공기 속에는 어떤 향이 섞였고 어떤 바람이 불고 어떤 사람들이 어떻게 살아가는 곳일까. 궁금한 풍경을 향해 무턱대고 날아갈 순 없는 노릇이니 상상에 공을 들여보기로 했다. 시공간을 넘어 내가 만든 상상 속에 존재하는 나를 그려보는 것. 간접적으로나마 그런 감각을 설계하고 탐험하는 일을 좋아한다.

오늘의 장소는 낯선 땅의 보라색 장미 정원. 내 맘대로 아주 이국적인 장면을 머릿속에 연출해본다. 화려하고 반짝이는, 혹은 소박하고 거친, 어느 쪽일지 모를 머나먼 나라의 장미 정원 속을 나는 현실의 시계로 약 10분쯤 헤매고 다녔다. 상상 속의 나는 맨발이었다. 장미를 꺾지 않는다면 가시에 찔릴 염려는 없을 터였다. 맨발로 정원의 흙을 밟으며 걸었다. 이 공간에 좀 더 머물러도 좋을 것 같았다. 더운 바람이 장미의 향기를 더 진하게 제련하고 있었다.

투박하게는 원산지라고 부르는 꽃들의 고향을 확인해보지 않았다면 이런 상상 속의 유영은 없었을 것이다. 내 손에 들린 장미꽃봉오리의 아름다운 보랏빛이 어느 땅에서 생명을

• 『죽기 전에 꼭 먹어야 할 세계 음식 재료 1001』, 프랜시스 케이스 엮음, 박누리 옮김, 마로니에 북스, 2009.

얻은 색채인지 모르고 본다면 병 속의 장미는 그저 지폐 몇 장과 교환한 물건에 불과할 테지만, 그의 근원을 알고 나서는 그가 거쳐 온 전 생애가, 하나의 우주가 내 손에 들려 있는 기분이 든다. 모든 생의 시작과 끝에는 그만의 서사와 아련히 새겨진 빛깔들이 있다.

　이란의 장미가 프랑스 파리를 거쳐 한국의 나에게까지 오는 여정을 되짚어보는 일이 즐겁다. 흙에서 온 것들은 언제나 그 기원이 있다. 그 사실은 종종 나를 만족스럽게 만든다. 그렇다. 총천연색의 아름다움은 모두 대지의 여신 데메테르에게서 온다. 인간이 아무리 애를 써 인공의 미학을 끌어온대도 자연을 이길 수 없다는 깨달음이 근사하다. 그런 깨달음 끝에선 인간의 한 사람으로서 여러모로 무용하게 애쓰는 일을 내려놓게 된다. 아름답고 대단한 것을 만들어내고픈 욕망을 버리고 자연에 기대어 사는 법을 배우게 된다. 땅에서 온 모든 것이 이렇듯 인간을 살게 하고 기쁘게 하고 쉬게 하고 고개를 들어 먼 곳을 바라볼 여유와 이유를 준다.

　흙과 물과 햇빛과 바람, 꽃과 나무가 무성한 곳에 작은 집을 짓고 살면 좋으련만. 나에게는 요원한 일이다. 궁전 같은 집 안에 온실을 두고 살 팔자도 못 될 거고. 아쉬우니 마음속에라도 지어 넣기로 했다. 파리에도, 이란에도 갈 수 없대도 내 마음만큼은 언제든 내게 열린 문이니까. 게다가 얼마든지 부지를 넓힐 수 있는 마음속이라면 제약 없이 넉넉한 정원을 지을 수 있지 않은가. 자신만의 서사와 아름다운 색을 지닌 꽃들, 유려한 식물들 사이를 맨발로 거닐다 보면 나도 그들 사이에 뿌리내릴 수 있을 것 같아 안심일 테다. 그만큼 아름다운 색으로 함께 물들 수 있다면 더욱 좋겠지. 그런 마음으로 기분이 울적한 날에는 혼자만의 비밀 정원을 거닐고 싶다.

찻물을 끓이며 문득 생각한다. 이 글을 읽는 이의 마음에도 정원 하나 만들게 할 수 있을까. 어느 오후 말린 꽃 찻잎을 들여다보는 사소한 일에서부터 시작된 사소한 글에 그만큼의 힘이 있다면, 그래서 누군가에게 황홀하거나 그립거나 아름다운 풍경을 상상하는 순간을 선사할 수 있다면 기쁘겠다. 무척 욕심이 많은 나는 바라는 것이 온 세상 수려한 장미송이들만큼이나 많지만 오늘은 진심으로, 그것만을 바랄 테다.

　이사를 했다. 먼 남쪽 지방을 떠돌다 7년 만에 서울로 돌아왔다. 이삿짐을 풀자마자 새집에 가장 들이고 싶었던 소품 두 개를 주문했다. 반짝이는 해변을 프린팅한 패브릭 포스터와 일렁이는 바다 물결 조명이었다.

　새집은 침실과 거실, 작은 방이 하나 더 딸린 아담한 구조인데, 거실을 공부방 겸 서재로 쓰고 작은 방은 텔레비전, 구형 타자기와 빔프로젝터, 게임기까지 좋아하는 것들로만 가득 채웠다. 가족들에게 '취미방'을 만들었다고, 놀러오라고 했더니 가족 중 한 명이 "오예, 조우당!"이라며 맞춤법 파괴형 답신을 보냈다. 처음에는 어이가 없어 피식 웃고 말았는데, 생각할수록 그 방의 이름으로 어울리는 것 같았다. 내친김에 한자사전을 뒤져 서로 어울리는 글자들을 찾아보았다. 그리고는 삐뚤빼뚤한 한자 실력으로 문패까지 써 문 앞에 달아주었다. 그날부터 취미방의 이름은 우연히 만나 함께 즐거울, 조우당遭遇堂이 되었다.

나의 조우당에는 바다 위의 작은 섬 대신 짙푸른 색의 소파가 놓여 있고 창밖을 가리는 삭막한 회색의 건물 대신 반짝이는 해변 포스터가 나풀댄다. 일렁이는 바다 물결 조명을 켜두고 소파에 누워 넘실대는 천장을 바라보고 있으면 바다에 온 기분이 든다. 바다에 온 기분이려고 작은 소품 하나까지도 부러 푸른 것들로 골랐더랬다.

나는 꼭 바다에서 태어난 아이처럼, 바닷속에 귀한 것을 두고 잠시 세상에 놀러 나온 존재처럼 바다를 사랑했다. 해변에 서서 발치로 밀려오는 파도를 맞고 있자면 온 세상이 내게 밀려오는 것만 같았다. 내 눈에는 보이지 않는 수평선 너머의 세상에서 온 물결인 게 사실이기도 하니까 느낌만은 아닐지도 모르겠다. 맨발로 파도가 발에 닿았다가 멀어지는 경계선 즈음에 우두커니 서 있는 일이, 눈을 감고 발등을 간질이는 물살을 느끼는 일이, 그래서 더 좋았다. 바다는 세상 모든 세계의 문이었다. 단숨에 이 작은 발등 위로 온 세계가 밀려오는데, 무엇인들 상상을 못 하고 무엇인들 꿈꾸지 못할까. 바다는 바다의 일을 하는 것만으로 나를 자라게 했다.

바다의 색은 뭐라 부르면 좋을까. 푸른색. 바다색. 투명한 물빛. 에메랄드. 초록. 짙푸른 색. 검푸른 색. 보라색. 검은색.

흰색. 부서지는 금빛. 그리고 다시 파랑. 시시각각 변하는 바다의 빛깔을 떠올리면 그토록 바다를 사랑하고 잘 안다고 자신하여도 그 바다에 선뜻 하나의 색, 하나의 이름을 붙이는 일만큼은 주저하게 된다. 아마도 그 사실이 나를 포함한 수많은 이들로 하여금 평생 그 곁을 서성이게 만드는 모양이다. 매일 보아도 매일 매시간 달라지고 마는 그 물빛에 비치어 어른거리는 하늘과 구름과 그리운 이의 얼굴을 나는 사랑하고 있다.

이토록 바다에 열렬한 나에게는 남들에게 말한 적 없는 취미가 하나 있는데, 좌표를 기록하는 일이다. 동해에서도 제주에서도 바다를 끼고 차를 달리다 마음에 드는 풍경이 보이면 그곳에서 멈춰 이 풍경을 다시 볼 수 있는 정확한 위치를 기록해둔다. 그 바다가 마음에 들었던 이유, 그 순간의 소소한 사실도 함께 적어둔다. 그 시간의 물색은 어땠는지, 바람은 얼마나 불었는지, 그날의 공기는 얼마나 깊었는지, 다니는 사람은 얼마나 있는지와 같은 것들이다. 어려서는 경포 바다와 낙산사 꼭대기에서 내려다보이는 바다, 주문진의 남애항 뒷길 바다, 그리고 제주의 협재 정도를 이야기했는데, 다 자라 혼자서도 훌쩍 바다를 보러 다니기 시작하면서부터는 그보다 더 작고 그보다 더 큰 나만의 바다 지도를 그려보기 시작했다.

아마도 지도에 가장 먼저 옮겨야 할 요즈음 그리운 바다는 전부 제주의 것이다. 점심시간 즈음 갈매기들이 무수히 내려앉아 햇살을 쪼아대는 풍경을 볼 수 있는 보말 해변. 어둠이 내려앉아 보이는 것이라고는 하나도 없는 깊은 밤 세상이 모두 멈춘 것 같은 그 고요 속에서 오직 파도 소리뿐인 섶섬 앞 밤바다. 친애하는 연두색 대문 작은 책방 옆 금능 해변까지. 눈을 감으면 거짓말처럼 펼쳐지는 머릿속 바다 풍경들. 한달음에 달려가지는 못해도 그 속에 여전히 내가 있다.

누구와도 공유하고 싶지 않은 나만의 바다도 있다. 처음 그 바다에 갔던 건 열 네 살이었다. 처음부터 완벽했다. 바로 알아볼 수 있었다. 강을 거슬러 고향으로 돌아오는 연어의 마음을 알 것 같았다. 해마다. 때마다. 이 바다로 내가 돌아오게 될 것을 예감했다. 짙푸르다 못해 군청색에 가까운 색을 내고. 높은 파도가 바위에 쉴 새 없이 부딪혀 내 마음보다 더 크게 부서지는 곳이다. 내 마음 대신 네가 부서져주는구나 싶어 위로받고. 품은 근심이 금세 초라해질 만큼 광활하고 깊어 기댈 수 있었다. 눈이 시릴 정도로 물보라가 이는 그 바다를 똑바로 바라볼 용기를 내는 것만으로도 나 자신을 기특하다고 여기게 된다. 아주 짙고 거세어서 어떤 마음을 던져 넣어도 나 말고는 아무도 모른다. 그곳에 내가 무엇을 묻고 돌아오는지. 아무도 알 수가 없다. 바다는 내 마음을 다 끌어안고서도 표정 하나 변하질 않았다. 바다에 삶을 나누는 방법을 그때 깨달았던 나는 지금도 그렇게 삶을 버티고 그렇게 삶을 지탱하며 산다.

어느 날 가사 없는 곡을 들었다. 가끔은 빈 도로 위의 보름달을 바라보는 일에 관해 이야기하고, 가끔은 시를 쓰는 마음을 이야기하고, 또 가끔은 바다 사진을 죽어라 찍는 사람이 들려준 곡이었다. 바다에서 태어난 인간이었다. 남들은 몰랐으면 하는 죽은 마음들을 묻고 돌아오는 나만의 그 바다를 저도 안다 말하는 첫 번째 인간이었다. 아직 두 번째를 못 만났다. 그의 고향 인근이니 안다고 놀라울 것이 없지만 놀라긴 했다. 그 바다를 안다는 이유만으로, 바다를 바라보는 마음을 헤아리는 사진을 찍는 사람이라는 이유만으로 그를 덜 경계했다. 땅 위의 일상에서 바다를 둘 사이의 화제에 올리는 일은 드물었지만, 그날만큼은 어쩐지 다른 생각이 들었던 모양이다. 그는 앞도 뒤도 없이 음악을 틀어두고서 내게 곡의 제목을 맞춰보라고 했다. 가사도 없고 별달리 많은 음표로 재간을 부리는 곡도 아니었다. 그저 흐르는 물결 따라 흐르는 마음을 소리로 담는다면 그런 음악이 되었을 것만 같은 곡이었다. 눈을 감고 좀 더 들었다. 아무리 골몰해보아도 다른 것이 끼어들 여지가 없었다. 드넓은 바다에 달빛이 이지러지는, 그런데 떠오르는 그 바다에 사람은 없는, 곡에는 그 풍경뿐이었다. 바다가 떠오른다 말했더니 그제야 그는 곡의 제목을 가르쳐주었다. 〈Pacific〉이었다. 곡을 만든 사람의 이름은 미처 듣지 못했다. (이 글을 본다면 언젠가 가르쳐주세요.) 그는 농담인지 진담인지 그 이후에 나를 멀리하기로 했다고 자꾸만 말했다. 난 그 속뜻을 못 알아듣는 것처럼 실없는 대꾸나 했지만 좋은 생각일 거라고, 속으로는 대답했다. 바다를 오래 보는 이, 바다 그 자체를 오래도록 생각하는 이의 심연은 그 바다만큼 깊다. 그 마음을 알아보는 이들끼리는 서로의 마음을 마주하기보다 각자의 마음과 생애를 묻어둔 바다 앞에 홀로 선 것이 한결 편한 일이겠거니 한다.

푸른 바다가 밀려온다. 이 마음의 발끝으로. 톡, 하고 물보라가 엄지에 닿으면 숨이 탁, 터진다. 덩달아 등을 펴고 고개를 들어 하늘을 보게 된다. 살아야지. 이 물결이 너무 멋져서, 내일도 봐야 하니까, 모레도 손을 담그고 싶으니까 잘 살아야지. 그런 마음이 든다. 바다는 내게 그런 의미다. 색을 활자로 옮긴다면, 그럴 수 있다면 아마도 푸른 물빛은 그런 언어일 것이다.

고양이를 기른다. 반질반질한 조약돌만큼 둥글고 하얀 발을 가진 나의 고양이. 홀로 살아가는 혼자의 일상에 기쁨이라 이름 붙일 만한 것들은 모두 이 아이와 함께다. 우리는 자주 같이 걷는다. 서로의 걷는 속도에 발을 맞추고 숨을 맞추며 크기도 모양도 그 무엇도 모두 다른 각자의 발끝에 온 신경을 집중해주는 기적을 느낀다. 그 애의 하얗고 둥근 발이 천천히 구부러져 마룻바닥에 말랑하게 닿을 때마다 톡, 톡, 톡, 발톱과 발바닥이 내는 일정한 소리를 듣는 일이 좋다. 매일 빼놓지 않는 우리의 아침 산책은 이런 모습이다. 언어로 서로의 마음을 알아차릴 수는 없어도 같은 속도와 방향으로 걷는 아침마다, 한 걸음마다 온전히 하나의 마음이다. 그런 아침이면 언제나, 햇살보다도 더 흰 내 고양이의 둥근 발에 아마도 나의 신이 고요히 깃들었으리라 믿는다.

아가. 나이가 얼마나 더 들어도 너는 아가. 하고 부르면 나를 돌아보잖아. 영영 아가. 하고 부르면 졸린 눈으로 나를 바라봐주렴.

언제부터였을까. 아침 산책을 시작한 것 말이야. 강아지들처럼 너를 데리고 밖으로 나가서 예쁘고 신기한 것들을 보여주지 못해 속상했던 나를 알아차렸을까? 언젠가부터 너는 부스스한 머리에 차가운 맨발인 나를 침대에서 일으켜서 같이 걷자고 했어. 침대에서 일어나 네 걸음에 맞춰 살금살금 침실 문턱을 넘으면 너는 항상 같은 자리에 멈춰 서서 나를 돌아봤지. 이젠 알아. 잘 따라오고 있는지, 오늘도 같이 걸어주려는지 알고 싶어 궁금한 얼굴이라는 거.

내가 한발 먼저 떼고 나면 그제야 안도하고 다시 앞을 향하는 네가 얼마나 사랑스러운지 몰라. 그렇게 걷기 시작해 세 걸음이면 우리 같은 속도가 될 수 있었던 것 같아. 거실을 지나고 부엌을 지나 현관 앞까지 너와 걸으면 마지막 벽 앞에서 네가 눈을 지그시 감으면서 턱을 들어 나를 올려다보곤 해. 그래. 여기가 네 세상의 절벽이고 네 세상의 지평선이지. 나는 네 세상에 너와 함께 걷는 단 하나의 생명이지. 이 집이 네게는, 이 집의 끝에서 끝까지가 네게는 단 하나의 우주인 거지.

그 벽 앞에 멈춰 서면 가끔은 네게 이 작은 우주라도 줄 수 있어 다행이었다고 생각하고 또 가끔은 이 작은 우주가 네 세계의 전부라는 사실에 울컥해. 네게는 나뿐이라는 사실이 와 닿아서 형언할 수 없는 쓸쓸함과 조바심을 느끼기도 해. 널 외롭게 하고 있지는 않을까. 아마 아무리 노력해도 그럴 테지? 그런데도 항상 그 벽 앞에서 넌 같은 얼굴로 나를 봐주고 있어. 그저 행복하고 그저 한갓지지 않냐고 묻는 것만 같은 표정 말이야.

너와 걸을 때마다 새롭게 깨닫는 신기한 사실이 하나 있어. 이렇게 하나의 우주를 건넜다는 사실. 그 아득하고 마법 같은 사실. 이 세상에는 숱한 우주가 있구나. 우주를 세는 마음의 단위가 있구나. 각자에게 각자의 우주가 있구나. 네가 내 집에 왔다고만 생각했는데 내가 너의 우주에 초대받은 거구나. 난 지금 너와 우주의 끝에서 끝까지 걸었구나. 그럼 우리 이렇게 매일 영원을 함께 걷는구나. 네 덕분에 나는 하나의 우주를 이 서늘하고 조용한 맨발로 걸어 건너볼 수 있었구나. 네가 이끄는 대로 걷는 것만으로도 이렇게까지 생각이 가닿는 걸 보면 네가 내 모든 것 중에 가장 충만한 사랑이구나. 너는 내게 그런 존재구나.

인간은 고양이보다 아주 많은 걸 해내는 것처럼 보이지

만 실은 네가 나보다 대단해. 인간은 인간의 우주를 영영 헤아릴 수가 없잖아. 그래서 종종 방황하고 흔들리고 바보같이 괴로워할 때도 많아. 그런 나를 너의 우주로 데려가 주었다는 걸 알았을 때. 네가 나의 우주가 될 수 있고 그 우주는 정말 나의 마음속에 있다는 걸 알았을 때 난 비로소 오랜 여정을 끝내고 닻을 내린 기분이 들었어. 그래서 너와 걷는 시간이 내겐 꼭 한 번도 경험해본 적 없는 새벽 기도 같고 일요일 아침 미사 같았어. 넌 나의 닻이 되었어.

너의 얼굴을 볼 때마다. 나만큼이나 이 시간이 행복하다고 말하는 것 같은 네 평온하고 엉뚱한 미소를 볼 때마다. 해님보다도 하얀 발을 가진 고양이와 새하얀 마음의 우주에서 나는 이다지도 행복하다는 것. 그 사실이 자주 두려울 만큼 네가 좋아. 정말 정말 사랑해. 너를.

동생은 소녀 시절 발레를 했다. 내가 기억하는 그 애는 어린아이답지 않게 일찍 철이 들었다. 원하는 것보다는 제게 주어진 일을 의무감으로 묵묵히 해내는 편이었다. 공부, 과외, 학원, 다시 숙제, 다시 학교. 싫다는 말도 안 한다는 말도 할 줄 모르는 것처럼 순했다. 그 시절을 돌이켜보면 동생이 책상에 구부정하게 앉아 꾸역꾸역 공부하던 모습만 떠오른다. 밝은 표정과 행복에 들뜬 모습을 제대로 본 것은 중학교에 들어갔을 즈음 발레를 시작하고부터였다. 어느 날 뜬금없이 발레를 배우고 싶다해 부모님은 운동 삼아 잠깐씩 하라며 학원에 보냈을 뿐이었다. 아무도 몰랐다. 그 애가 발레를 그리 사랑하게 된 줄은.

시작은 남들보다 늦었지만 발레를 하기 위해 만들어진 몸처럼 모든 면에서 빼어났다고 했다. 실력은 빠르게 늘었고 동생은 더욱 발레에 매료되었다. 초등학생 때부터 몇 개인지 세기도 힘든 학원과 과외를 다니며 상급학교 진학을 목표로 공부하던 아이가 발레를 전공하겠다고 선언했다. 집안이 발칵 뒤집혔고 동생은 처음으로 부모님의 반대 같은 것은 아랑곳하지 않고 자기가 하고 싶은 것을 계속하겠다 고집을 피웠다. 그즈음 동생의 무대를 보았다. 레몬색의 튀튀를 입고 군무를 추었다. 내가 봤던 그 애의 첫 무대였다. 극의 주인공이 아니었음에도 빛이 났다. 스포트라이트가 그 애의 얼굴과 발끝에 떨어질 때 나는 동생에게서 처음으로 환희를 보았다고 생각했다.

반대 아닌 반대를 하다 어머니는 그리 좋다면 해봐도 좋겠지, 하시며 동생을 데리고 어느 주말 동생의 발에 꼭 맞는 토슈즈를 사러 다녀오셨다. 발레복과 물품들을 넣어 다니라며 커다란 가방도 하나 같이 사 오셨다. 까만색의 바탕에 조그맣게 분홍색 토슈즈 한 켤레가 자수로 놓여 있는 가방이었다. 그 가방 안에서 동생이 연분홍색의 진짜 토슈즈를 꺼내 보여주었다. 그렇게 가까이서 발레리나의 토슈즈를 보는 일은 처음이었다. 동생은 토슈즈를 신고 발끝으로 선 채로 신이 나서 걸음을 걸었다. 우린 자주 투닥거렸지만 그날만큼은 의 좋은 자매였다. 그 애가 행복해하는 모습이 나도 좋았다.

어느 날 동생이 학원에서 발을 다쳐 왔다. 발레리나들은 발에 발등이 구부러져 튀어나온 아치 형태의 '고'가 있어야 미학적으로도 토슈즈를 신고 발레를 하는 데에도 유리한데, 동생의 발은 충분히 고가 생기지 않는 발이었다. 노력으로 어느 정도까지는 후천적으로 만들어낼 수 있지만 그 과정에서 거듭 다칠 위험이 있다고 들었다. 동생은 부상을 입어도 좋다고 했다. 괜찮다고. 할 수 있다고 연거푸 얘기했다. 부모님은 반대하셨다. 몸이 상하는 일을 걱정하셨고 동시에 공부에도 재능이 있었으니 그 길을 더 권하셨다. 그렇게 발레를 그만두게 됐다. 그 후 동생은 다시 생기를 한 움큼 잃었다. 발레를 그만두었던 그 시기에 우연히 천식을 심하게 앓아 집 안에 내 키만 한 산소통이 들어오고 산소호흡기가 동생의 침대 머리맡에 달려 있었다. 그때는 사람이, 그것도 아이가 극심한 스트레스로 인해 호흡에 곤란을 겪기도 한다는 것을 지금처럼 알기 힘들 때였다. 다들 심한 천식으로만 보았는데. 다 커서 한참이 지나 동생이 내게 말해주기를, 발레를 하지 못하게 된 충격으로 그런 증상이 왔다는 걸 본인은 느꼈던 것 같다고 했다.

한참이 지나 호흡곤란 증세도 멎기 시작했고 새로운 장래 희망도 생겼다. 어느 날 온가족이 예술의 전당에서 열리는 퓰리처상 사진전을 보러 나들이를 다녀왔는데, 그날부터 벼락같이 기자가 돼서 전쟁터에 가겠다고 노래를 불렀다. 기자가 되고 싶다고 귀에 딱지가 앉게 말하더니 학생 기자단 활동을 하러 다니고 토론 동아리를 직접 만들어 읽고 쓰고 말하는 일에 몰두했다. 미디어학과에 필요한 스펙들을 스스로 챙겨가며 열심이었다. 종군기자가 되겠노라 하는 말은 걱정스럽긴 해도 먼 미래에 말리면 되겠지 싶었고, 그 외의 일들은 전부 환영할 만한 것들이었다. 발레를 그만두고 늘 풀이 죽어 있던 모습만 보다가 활기를 되찾은 모습을 보니 안심이었다. 그 애를 둘러싼 모든 지표가 개선되었다고 느꼈다. 모든 게 다 괜찮아졌다고 생각했다. 발레 얘기를 하는 날이 줄었고 그보다 종군기자 오리아나 팔라치가 얼마나 대단한 기자인지를 반복 재생하는 날이 훨씬 많아졌다. 그래서 정말 다 괜찮은 줄 알았다.

시간은 빠르게 흘러 어느덧 동생이 수능을 보고 난 겨울이었다. 막내와 셋이 크리스마스이브를 보낼 참이었다. 나는 동생들을 위해 공연 티켓을 세 장 예매했다. 발레 공연 〈호두까기 인형〉이었다. 근사한 저녁을 먹고 공연장을 찾았다. 불이 꺼졌고 공연은 시작되었다. 극이 끝나갈 즈음 막냇동생이 내 귀에 대고 속삭였다. "언니, 둘째 언니가 막 울어. 의자 밑에, 구석에 쭈그려 앉았어." 고개를 쭉 빼 동생이 앉은 자리를 보았다. 동생은 차마 고개도 들지 못한 채로 주저앉아 울고 있었다.

공연이 끝나고 집으로 돌아오며 물었다. 괜찮으냐고, 무슨 일이 있냐고. 동생은 발레리나를 보는 게, 발레 하는 사람들을 보는 게 끔찍했다고 했다. 가끔은 아무도 모르게 저 혼자 아까의 공연장에서처럼 종종 울었다고. 무대에 섰을 땐 환희에 찬 자신 말고는 아무것도 느껴지지 않고 괴롭지도 않았는데, 그 걸 잊을 수가 없다고. 꿈을 잃은 사람의 깊은 슬픔도, 이미 잃어버린 꿈에 대한 여전한 사랑의 크기도 나는 그때 처음 이해했다. 동생의 우는 모습은 그 무엇과도 견줄 수 없는 충격이었고 그만큼 무언가를 사랑할 수 있다는 것이 또 그랬다.

몇 해가 흘러 나도 꿈 하나를 잃었다. 꿈의 세계를, 사랑하는 세계를 잃어보았다. 그제야 비로소 그 애가 겪었을 고통을 '정말로' 알게 되었다. 나는 눈물이 많지만 소리 내어 우는 일은 없다. 그런데 사랑하는 세계를 떠나오면서 그 후로 몇 해를 가끔은 통곡하듯 울었다. 그럴 땐 꼭 짐승의 소리 같다. 우는 와중에도 내가 그런 소리를 낼 수 있다는 게 놀랍고 두려울 만큼. 정말 서럽고 서글프면 사람은 어디가 바닥인지 알 수 없는 뱃속에서부터 올라오는 소리로 울음을 운다는 것을, 하나의 꿈을 버릴 때 알았다. 겪고 보니 그 애가 더욱 안쓰러웠다. 그 어린 나이에 이런 감정의 해일을 겪었다는 게, 내 탓이 아니더라도 못내 미안해졌다. 우리는 〈호두까기 인형〉을 보았던 크리스마스이브 이후로 다시는 함께 발레를 보러 가지 않았다.

동생에게 한 번도 말해본 적 없지만 동생을 생각하면 언제나 그 애가 신었던 연분홍의 토슈즈가, 그 은은했던 핑크의 색채가 함께 온다. 뒤로 밀어두었던 사랑. 원치 않게 잃어버린 꿈. 누구에게나 하나쯤 있었을 각자만의 애틋한 삶. 그 애 인생의 팔레트에서만큼은 진한 빨강도 샛노란 레몬색도 푸른 바다를 닮은 파랑도 제친 채 가장 아름다웠을 그 빛깔을 나만큼은 기억해주고 싶다. 어떤 날은 잔 다르크 같은 그 애는 또 어떤 날엔 여전히 그렇게 연한 색을 닮았다. 아마 본인은 그럴 리가 있냐며 손사래를 칠 테지만.

그 애가 행복했으면 좋겠다. 행복하면 좋겠다. 내가 어찌해줄 도리가 없더라도 그 애 앞에 놓인 삶이 행복뿐이기를 기도한다. 상처를 건드릴까 말해주지 못했지만 여기에 쓴다. 잃어버린 줄 알았던 것이 실은 여전히 내 것이었더라고. 상상했던 모습 그대로의 꿈은 이루지 못했을지라도 그것이 나를 만들었고 그게 오늘의 나와 너인 거라고. 버리려 애쓰지 말고 언젠가 내 품 안에서 그 꿈들이 얼마나 큰 사랑 받았었는지 같이 얘기 나눌 수 있는 날이 왔으면 좋겠다고. 언젠가의 크리스마스 이브에는 웃으며 아름다운 것들을 다시 보러 가자고.

가장 좋아하는 하늘은 아이스 블루 혹은 페일 블루. 우리 말로는 연한 담청淡靑에 가깝고 얼어붙은 겨울 강의 얼음 빛깔을 닮은 색이다. 누구나 그럴 테지만 나 역시 하늘을 올려다보는 시간이 참 좋은데, 수많은 색을 담고 있는 하늘의 결 중에서도 노을 직전의 분홍을, 그리고 푸른 계열에서는 연한 담청으로 물든 하늘을 좋아한다. '한참을 기다리면 비가 올지도 몰라.' 비 내리는 하루를 사랑하는 내게 수묵의 한지처럼 한껏 물기를 머금은 듯한 옅은 담청의 하늘은 그런 설렘과 기다림의 시작처럼 느껴지는 색이다.

지난해 첫 차를 사려고 여기저기 견적을 보러 다녔다. 선루프를 꼭 넣어야 한다는 내 말에 딜러들은 입을 모아 말했다. "처음에나 몇 번 열어보고 말지, 나중에는 있는 것도 까먹는다니까요. 돈 낭비예요. 차라리 다른 옵션을 하나 넣으세요." 난 완강하고 단호한 소비자였다. 결국은 천장 전체가 선루프 형태인 차를 샀다. 멈춰 서서 하늘을 보는 일, 누워서 하늘을 보는 일, 어떻게든 하늘을 보는 일. 포기할 수 없는, 인간이라 누릴 수 있는, 무용하므로 더 기쁜 일 가운데 하나다.

하늘이 가진 색은 무궁무진하고 아름답지 않은 것이 없다. 검은 우주를 그대로 담은 겨울밤의 검정부터 맑은 파랑, 더 맑고 연한 물색, 노을 지는 시간의 분홍, 주황, 보랏빛도 지나 별이 총총 박힌 여름밤 감청색 풍경까지. 그 숱한 아름다움들 속에서 왜 하필 흐린 담청의 하늘을 사랑하게 되었을까. 요즘에 와서야 조금 알 것 같다. 스스로 자각하지 못하고 있었을 뿐 결국 좋아하는 색깔 속에는 내 성격과 취향이 고스란히 묻어난다는 걸 느낀다.

담청의 하늘은 눈이 부시지 않는 색이라는 것. 흐리고 옅고 반짝임이 없는 대신 편안함을 가진 담담하고 고요한 색이라는 것. 그래서 햇살 담긴 하늘보다 한참을 더 오래 바라볼 수 있는 색이라는 것. 나는 무언가를 사랑할 때 오래 바라보는 일을 좋아하는 사람이라는 것. '오래 보아야 예쁘다'라는 시의 구절에 깊이 공감하는 성격이라는 것. 예뻐서 오래 보았다, 하는 말보다 오래 보아온 네가 예쁘다는 말이 나와는 잘 맞는다는 것. 그래서 담청의 하늘은 내가 사랑하는 하늘을 오래 볼 수 있게 해주는 나의 색이라는 것. 요즘은 하늘을 보며 이런 생각들을 얻는다.

오래 본다는 것은 오래도록 그것에 대해 생각한다는 뜻이다. 오래 생각한다는 것은 곧 무던히도 그것을 사랑한다는 뜻이겠지. 멍하니 하늘 보는 일을 사랑하는 나를 위해 아무리 바빠도 어디서 어떻게든 가끔은 내게 하늘을 보여줘야겠다는 결심을 새삼스레 적어본다.

곧 장마가 시작된다고 한다. 배경처럼 틀어놓기만 한 뉴스에서도 그 소식만큼은 글자가 쪼르르 달려와 내 귀에 매달리듯 귓바퀴에 착 붙는다. 장마. 투명의 장막이 드리워지는 때. 포근하고 서늘하고 적당히 모든 것과 거리를 두어도 좋은 때. 어제도 오늘도 내일도 하늘이 물 먹은 담청인 때.

아주 어려서부터 나는 늘 장마를 기다렸다. 우산을 가지런히 접어들고 등교하고 하굣길에 비가 내리면 펴지 않은 우산을 고대로 손에 들고 비를 쫄딱 맞으며 집에 왔다. 노래를 부르고 웅덩이에 발을 구르고 주차장에서 빙글빙글 돌면서 이 구역에 내리는 비를 전부 흡수할 것처럼 열심히 비를 맞았다. 엄마는 그 말썽쟁이가 영 말이 통하지 않을 괴짜 같았는지 혼내지도 않고 계속 이럴 거면 교과서는 사물함에 넣어놓고 다니라고 했다.

멈추지 않고 비가 오는 장마철에 태어난 아이라서 그러는 모양이라는 말도 많이 들었다. 내가 태어난 해에 유독 그렇게 긴 장마가 들었다고 엄마는 늘 얘기했고, 나는 아마도 병원에 갇혀 무료한 고생을 하느라 첫아이를 낳은 엄마의 시간이 남들의 그 해 여름보다 길게 느껴졌던 게 아닐까 추측했다. 진실은 아무래도 좋다. 어쩐지 장마 속에 태어난 나의 출생기가 그저 마음에 든다.

장마 지는 계절이 좋아 담청을 사랑하게 되었는지, 담청의 하늘에 홀려 담청색 하늘 뒤에 으레 따라 붙는 장대비가 좋았는지, 이제 와 그건 알 길이 없다. 어쨌든 취향이라는 것을 가지게 된 이래로 늘 좋아했다는 것밖에는. 여름, 장마, 비, 비 내리는 하늘, 비 내리기 직전의 하늘, 그 모두를 말이다.

그러니 자연스레 이맘때는 최고로 설레는 계절이다. 매년 이때쯤 나는 수영을 하러(정확히는 물 위에 떠 있으러) 강원도로 여행을 다녀오곤 한다. 바로 앞에 너른 바다가 그대로 보이는 야외 수영장이 있는 곳이다. 사람도 별로 없어서 하늘, 그리고 하늘에 맞닿은 바다를 바라보며 물 위에 둥둥 떠 있기 좋다. 물 위에 떠 있는 나의 하찮은 속도보다도 시간이 더 느리게 간다. 이 수영장에 갈 때는 꼭 일기예보를 확인한다. 흐린 날, 흐린 하늘. 그게 중요하다. 오래 보려면 정말로 눈이 부시지 않아야 하니까.

흐린 하늘을 바라보며 여느 때처럼 수영장 위에 둥둥 떠 있고 싶다. 그 하늘의 얼음색 강 속에 내가 있는 것처럼 느껴지는 물아일체(?)의 현장 말이다. 느릿느릿 물 위에 떠 있다 보면 내가 지금 하늘에서 헤엄을 치는지 땅에서 헤엄을 치는지 딱히 모르겠는 순간이 온다. 진하고 밝아 아름다운 것들에는 언제나 주변을 물리고 홀로 빛나는 경계가 있지만, 흐리고 연하고 파랑의 기색만 살짝 감도는 것들에는 존재를 구분 짓는 울타리가 없다. 어물쩍 나도 그 안으로 흘러 들어갈 수 있다. 파랑의 흐릿한 기운만을 가진 것들은 이래서 더욱 사랑스러운 모양이다.

그 파랑을 오래 바라보다 보면 하늘과 바다와 수영장 물속이 크게 구분되지 않고 온 세상이 나라는 도화지 위에 켜켜이 함께 쌓여간다는 느낌이 든다. 다리가 있는지 꼬리가 있는지도 모르겠고 그냥 내가 지금 물 위에 떠 있다는 사실만 중요하게 느껴지는 순간. 온몸의 피로가 녹아내리는 것 같은 그 기분! 그런 날에는 영영 그 안을 맴도는 구름처럼 빗줄기처럼 먹빛의 하늘처럼 나의 담청처럼 그렇게 천천히, 담담히, 유유히 흘러가며 살고 싶어진다.

"내 작품 이름 좀 지어주라. 지금 내야 해. 급해!" 한참을 왕래가 없던 친구에게서 예고 없는 문자가 한 통 들어왔다. 미술을 전공하는 친구였다. 예전에는 회화를 했는데, 언제부턴가 목공을 한다는 것도 같고 가구 만드는 실습을 한다는 얘기도 언뜻 들었다. 문자를 받은 때는 친구도 나도 대학에 다니던 시절이었다. 나는 그때 아침 교양 수업에 출석해 대형 강의실 앞줄에서 반쯤 졸고 있었다. 문자 덕분에 교수님 불호령을 듣지 않고 깼다.

친구와는 1년에 한 번 얼굴을 볼 수 있으면 자주 보는 거였다. 같은 동네, 같은 아파트, 같은 동에 살던 어린 시절을 지나 생활권도, 하는 일도 아예 달라지고 나니 쉽지 않았다. 그런데도 불쑥 앞뒤 없는 문자를 보내 분명 소중할 제 작품의 이름을, 그것도 지금 당장 참여 중인 대회에서 출품할 작품의 이름을 5분 만에 지어내라고 부탁할 수 있는 사이. 우리 여전히 그런 사이라는 사실에 어쩐지 안심이 되어서 나는 소리 없이 웃었다.

문자와 함께 친구가 보내준 사진 한 장 속에는 둥근 달이 있었다. 쓰임새는 모빌로 걸어두는 조명이었다. 얇은 플라스틱 재질이었던 것도 같고 나무였던 것도 같다. 얇게 펴 작업한 듯한 둥근 원 안에 새가 한 마리 있었다. 조명을 켜면 새 모양의 조각이 그 모습 그대로 달 표면 위에 그림자로 나타났다. 은은한 푸른 달빛 속 새 한 마리에 마음을 뺏기기에 5분은 쓸데없이 길었다. 나도 하나 만들어달라고 주문할걸. 지금 생각하면 이보다 내 취향일 수가 없다. 그때는 자다 깨서 엉겁결에 이름 짓기 바빴다. "영어도 괜찮아?" 답장을 보냈다. 상관없다길래 제일 먼저 생각난 이름을 적어 보냈다. 'blue silhouette of a bird'. 대학 시절 친구의 작품을 보았던 건 그때가 마지막이었다.

인생에 딱 한 번 (원래 그런 걸 보러 다니지 않는다.) 타로점을 봤었다. 이 친구와 함께였고 멋 부리고픈 스무 살 여름이었다. 잘 걷지도 못하면서 화려한 하이힐을 신었는데, 마침 비가 억수로 내리는 바람에 구두를 손에 벗어들고 슬리퍼를 사 신었다. 물에 빠진 생쥐 꼴을 하고서 둘이 엄청 웃었다. 비를 피해 들어간 곳이 마침 타로점을 봐주는 미니트럭이었다. 친구는 사랑의 운을, 나는 학업운을 물었다. 예나 지금이나 물었던 질문을 떠올려보니 각자 너무나 우리다웠다. 쿡쿡 웃음이 난다. 생각해보면 청춘이었다.

구두를 벗고 슬리퍼를 사 신는 일을 다른 사람과 있었다면 하지 않았을 거다. 차라리 일찍 집에 갔겠지. 비를 피한다고 타로점을 보러 평소에 가지 않는 낯선 곳에 들어가지도 않았을 거다. 역시나 편의점에서 우산을 샀겠지. 나는 그런 까칠하고 재미없고 경계가 확실한 성격이다. 다정하고 싶은 이들 앞에서만, 진짜 나를 알아주는 이들 앞에서만 무방비가 되는. 너와 함께여서 나는 그런 모습이었다는 걸 너는 알까? 한번은 말해주고 싶었다. 어린 날 우정을 나누었던 친구는 억만금을 주고도 살 수 없는 귀한 존재임을 이렇게 되새긴다.

아주 가끔 그렇게 만났다. 스물의 인사동에서, 또 어느 해에는 푸른 여름의 평창 숲속에서, 또 한참이 지나서는 미술학원 원장 선생님이 된 친구의 학원 앞 작은 곱창집에서. 몇 년을 건너뛰며 격조하다 다시 만나도 어제 본 사이처럼 친구는 변함없는 다정함으로 날 불러주었고 응원해주었고 제 고민을 털어놓았고 나를 자랑스럽다 여겨주었고 용서해주었고. 믿어주었다.

그런 친구에게 나는 얼마나 좋은 친구였을까. 그 애가 내 인생에 되어준 무엇만큼 나도 그 애의 무엇이 될 자격이 있었을까. 사실 잘 모르겠다. 나는 여전히 착하고 다정하고 진심을 숨기는 법이 없는 맑은 성정의 친구에게 때 묻은 내가 잘 어울리지 않는다고 생각하니까. 다만 하나는 분명히 말할 수 있고 말하고 싶다. 나는 그 애의 그림 그리던 시절을, 자기 작품 만들며 애쓰던 시절을, 미술 하는 사람으로 평생 살고 싶다고, 포기하지 않을 거라고 했던 친구의 바람을 끝까지 잊지 않는 사람이 될 거라는 사실을.

예술을 하는 건 어렵다. 배도 고프고. 가진 재능의 정도와는 상관없이 그림을 그리고픈 사람은 그리고, 글을 쓰고픈 사람은 써야 하는 사람으로 태어난 건데, 세상은 그렇게 얘기 안 한다. 그 재능으로 천문학적인 부를 거머쥐거나 모두가 선망할 만한 명예를 얻지 못하면 예술 말고 다른 거 하라고 등을 떠민다. 누가 등을 떠밀지 않아도 먹고 살자면 결국 스스로 붓을 놓고 펜을 놓기도 하는 게 현실이기도 하고 말이다. 나도 친구도 그 언저리 어디선가 애썼고 여전히 애먹고 있다. 일단 나만 해도 글만 쓰며 사는 삶이 가능할 거라 생각해본 적 없다.

처음부터 투잡, 쓰리잡은 늘 기본이었다. 국어 강사. 첨삭 알바. 그 외 등등. 친구도 크게 다르지 않다. 그림 그릴 작업실을 꿈꾸는 건 언감생심이고 그림 그리는 일과는 접점이 없는 심리상담센터에서 근무하는 중이다. 그나마 미술학원을 운영할 때는 그림과 가까운 삶이었지만 그 역시도 정확히 말하면 자기 작품에 몰두할 수 있는 환경은 아닌 거다. 내가 아이들에게 문학을 가르치는 생업을 가진다고 해서 그게 내 작품을 쓰는 시간은 아니듯이.

꿈을 꾸어도 좋은 십 대와 이십 대를 지나 우리는 현실을 살아야 하는 삼십 대의 정거장을 건너는 중이다. 여전히 초록불인데 횡단보도에 선 마음은 왜 그렇게 조급하고 불안한지. 꿈꾸지 말라고 누가 윽박지른 것도 아닌데 어쩐지 주눅 들고 세상이 정해놓은 어른의 몫을 해내야 할 것 같다. 그 중압감에 잠시 눈을 감으면 꿈에서 금세 멀어진다. 꿈에 가까이 가는 일은 어렵고 험준한데 멀어지는 건 한순간이다. 영영 놓칠 수도 있다. 그런 꿈을 꾸었다는 것마저 잊을 수도 있다. 그래서 세상 모든 어른에게는 친구가 필요하다.

어릴 적에 누가 그런 말을 한 적이 있다. 어른이셨는데, 나이 들면 친구는 쓸모가 없다고. 필요가 없고 가족이 최고라고. 그러니까 공부나 열심히 하라고. 진짠가? 정말 그런가? 한참 곱씹었다. 크면서 계속 생각했다. 벗에게 상처받은 날에는 그 말이 진짜였구나, 성을 내기도 했고 남는 건 정말 가족뿐이지 싶기도 했다. 근데 이제는 안다. 그 말은 틀렸다. 친구만이 해줄 수 있는 일이 있다. 서로 닮은 구석이라고는 없어 보이는 우리가 강산이 두 번 변하는 이십 년이 넘는 시간 동안 친구라는 이름으로 서로의 인생을 지켜보게 된 것은 바로 이것 때문이라고 나는 결론지었다. 어리고 미숙하던 시절부터 그의 손안에 있었던 재능을, 그의 마음에 담았던 꿈을, 그래서 빛나던 순간을 기억하고 포기하지 않도록 상기시켜주는 일. 언제까지라도 믿어주는 일. 이뤄지도록 함께 빌어주는 일. 그것이 친구로서 내가 해줄 수 있고 해주고 싶은 일이다.

얼마 전 친구와 만났다. 역시나 또 오랜만이었다. 오래 보고 싶어서 하루를 전부 비웠다. 스물에 함께 갔던 인사동, 안국동에 갔다. 그때의 옛날 밥집들 사이로 새로 단장한 요즘 맛집을 골랐다. 스물에는 어디가 어딘지도 몰라서 지긋하신 어르신들이 많이 찾으시는 밥집에 들어가 둥글고 울퉁불퉁한 나무 테이블에 앉아 비빔밥을 먹었다. 아무 계획이 없이 여기저기 신나서 잘만 다녔던 것 같다. 서른 이후의 우리는 그때보다 모든 것을 재고 따지고 계획한다. 뭐든 그때보다 쉽고 세련되게 해내고 느끼는 소회는 적은 어른이 되었다. 점심을 먹고 차를 몰아 북촌에 갔다. 진한 말차를 마시고 오래 걸었다. 저녁은 신촌에서 먹었다. 새빨갛게 잘 익은 생딸기가 듬뿍 올라간 치즈케이크를 곁들여 밤이 깊도록 홍차를 여러 잔 마셨다. 내가 다니던 학교 앞 거리를 이제야 함께 걸어본다는 걸 둘 다 그날 깨달았다. "좀 더 자주 보자. 자주 이렇게 바람 쐬자." 둘

다 끄덕였지만 역시나, 쉽지 않을 터였다. 다시 그림 그려보자고 한참을 얘기 나눴다. 그로부터 한 달 뒤, 친구에게서 사진 한 장이 도착했다. 금색과 민트로 포인트를 주고 바탕은 흰색으로 갈무리한 작품이었다. 얼마나 기뻤는지 한동안 눈에 잔상이 맺힌 것처럼 친구의 그림이 둥둥 눈앞을 떠다녔다. 다른 것도 그려보겠다고 했다. 내가 쓴 책 표지를 새로 그려주고 싶다고. 두 점을 함께 보자고 해놓고 둘 다 바빠 아직이다. 다음 작품은 언제가 될지 모르지만 늘 새 소식을 기다리고 있다. 항상 같은 마음으로 궁금해하면서 기다리겠다고 여기에 쓴다.

파랑새가 날아드는 둥근 달빛. 네 손으로 빚은 교교한 색감들. 그것들의 이름을 지어달라던 계절. 그 계절의 노래 같았던 너와의 날들. 나와 달라서 나는 네가 좋았어. 맑고 투명하고 다른 마음이라고는 없는 네가 늘 궁금했어. 어느 날에도 한결같이 그 자리 그대로 있어 줘서 기뻤어. 네가 행복했으면 좋겠어. 이 삶의 노래에는 언제나 네가 등장하고 그래서 나는 온전한 생을 얻었다는 말을. 힘든 날에도 포기하지 않고 씩씩하게 하루를 살아내는 네가 있다는 사실만으로 나 역시 또 하루를 살게 된다는 말을 오늘은 꼭 하고 싶었어. 너는 나를 자랑스러워하지만 실은 네가 있어 다행인 건 나야, 항상 그랬어. 한 치의 거짓도 숨겨진 다른 마음도 없이 나와 내 주변을 돌아봐주던 투명하고 곧은 네가 어떤 순간에는 나를 숨 쉬게 해줬어. 뒤틀린 마음들은 알겠지. 아마 정작 너는 모를 거야. 내 주변에는 온통 뒤틀린 것들이 많아. 너에게만큼은 나도 투명하고 곧은 마음이고 싶어서, 너를 닮고 싶어서 선하고 소박하고 거짓 없는 마음을 남길 수 있었어. 그러니까 훌륭하고 멋진 건 너야. 네가 파랑새를 닮았지.

어느 해부터인가 우리는 크리스마스에도 새해에도 더는 엽서를 쓰지 않게 됐지만, 그런 세상에 맞춰 살아가고 있지만 난 아직 네가 푸른색 펜으로 꾹꾹 눌러써서 내게 건넸던 편지들을 가지고 있어. 네모반듯했던 글씨도 기억하지. 그런 소박한 시간을 함께 건너왔다는 걸 잊지 않으려고 해. 왜인지 모르겠지만 그 편지에 뭔가 깃들었던 걸까. 널 생각하면 늘 좋았어. 넌 좋은 사람이라서 그럴 테지. 언제 만나도 꼭 어제 본 사이처럼 편해서 신기한 사이. 그런 사람. 그런 다정함이 늘 네게 있어. 가끔은 파랑새를 보러 갈게. 그러니까 오늘처럼, 어제 그랬던 것처럼 내일도 포기하지 말아줘. 파랑새가 날아드는 달을 그릴 수 있는 건 너뿐이라는 걸, 나는 알아.

　　스물여섯이었다. 부모님 계신 본가에서 독립했던 해의 나이 말이다. 처음 집을 떠난 건 대학생이 되던 스물이었지만 그때 주말마다 빨랫감을 싸 들고 집에 돌아가 어리광을 피우곤 했으니 독립이라 부르긴 어렵다. 그로부터 여섯 해가 지난 후에야 물리적(공간적), 경제적으로 부모님과 완연히 분리된 진짜 독립을 할 수 있었다.

　　스물여섯의 나는 취업을 준비 중이었다. 취업 준비 두 번째 해였던가, 아마 그랬을 거다. 첫해의 절반은 방송국에서 인턴을 하고 나머지 절반은 언론고시 학원에 다니는 데 썼다. 해를 넘기면서부터는 언론고시 스터디에 참여하고 채용공고가 나면 시험을 보러 다녔다. 몇 개의 자기소개서를 쓰고 몇 번의 필기시험을 보고 몇 번의 면접을 봤는지 지금 와서는 헤아릴 수도 없을 만큼 반복적인 일상이었다.

　　서울, 수원, 청주, 부산, 창원, 광주, 목포… 태어나 한 번도 가보지 않았던 도시들까지 시험을 보러 전국을 누볐다. 결과적으로 그 해를 넘기기 전에 신문사 두 곳, 출판사 한 곳, 잡지사 한 곳, 지역 방송국 한 곳에서 함께 일하자는 연락을 받았다. 지역 방송국은 목포, 신문사 중 한 곳은 수원, 나머지는 모두 서울이었다. 주변의 아무도 예상하지 못했던 일이지만 (심지어는 나조차도) 결국 목포행을 택했다. 계획에 없이 멀리, 아주 멀리 가게 된 셈이었다.

나는 지쳐 있었다. 그 해의 초년생들이 진출해야 할 사회는 유례없이 뒤숭숭하고 환멸 어린 소용돌이 속에 있었고(2014년의 대한민국이었다), 기약 없는 공부에 지치고 취업 스트레스와 인턴 시절 직장 내 괴롭힘을 당한 일 등으로 여러 질병을 얻기도 했던 나는 내가 그동안 누려온 모든 것을 버리고서라도 훌쩍 떠나고 싶은 마음이 컸다. '내가 아는 세상과 내가 아는 사람들, 나의 도시와 사랑하는 가족들을 떠나 과연 잘 살아갈 수 있을까?' 이런 두려움이 앞서기도 했지만 모든 굴레를 벗어던지는 듯한 홀가분함이 그 두려움을 이겼다.

남쪽 끝까지 꼬박 5시간을 달려야 도착하는 목포는 그야말로 쾌적한 도피처였다. 사랑해 마지않는 바다가 있는 도시. 바다로부터 오는 습하고 무거운 공기가 마음을 차분하게 만들어주는 도시. 모든 것이 느리게 조용히 흘러가는 도시. 게다가

기존의 내 터전과 아무것도 공유하지 않는 도시. 아무도 내게 기대하지 않는, 아무도 나를 알지 못하는, 어디에도 기댈 수 없지만 반대로 말하면 그 누구도 내게 상처 주지 않는 새로운 공간. 새로운 생활. 새로운 나. 진정한 의미의 독립을 그곳에서는 해낼 수 있을 것 같았다.

회사는 이주와 입사를 준비할 일주일의 말미를 주겠다고 했다. 맨 먼저 한 일은 아파트를 구하는 것, 두 번째는 이삿짐센터와 연락해 이삿날을 정하는 일, 세 번째는 가족과 친구들에게 목포행을 알리는 것이었다. 그 외에는 별다른 게 없었다. 독립이 뭐 별거 아닌가 싶게 간단했다. 대충 구색을 갖출 가구들을 주문하는 일과 본가에서 가지고 내려갈 이삿짐을 챙기는 일 정도가 남았다.

침대와 책상은 있는 걸 가져가고 책장은 무식하게 덩치가 큰 놈으로 새로 하나 사기로 했다. 책을 워낙 좋아하니 거기까지는 알겠는데, 다른 가구는 뭘 사야 할지 딱히 감이 안 오길래 일단 지금도 인터넷 검색창에 '국민서랍장'이라고 치면 바로 나오는 조립식 철제 서랍장을 하나 시켰다. 어쨌든 수납할 서랍장 하나는 있어야겠지 싶어서 샀는데 정말 너무 '조립식' '철제' 서랍장이었다. 철판 구부리는 손이 어찌나 아픈지! (조립하기 쉽다고 한 사람 잠깐 나와보라고 하고 싶은 심정이었다.)

'에라 모르겠다' 싶어서 현관 신발장 앞에 철판과 손잡이들을 두서없이 죽 펼쳐놓고 죽상으로 앉아 있는데 마침 엄마가 퇴근하고 돌아왔다. 현관 조명은 센서등이어서 움직임이 없으면 꺼진 채로 어둑한데, 그 어두운 가운데 앉은 나를 보고서 엄마는 별말도 없이 신발만 벗고 올라와 내 옆에 앉았다. 우리는 잠깐 불이 켜졌다가 다시 오래 어둑어둑한 그 신발장 현관 앞에서 이따금 설명서나 건네주고 받으면서 같이 서랍장을 조립했다.

서툴기 짝이 없는 내가 철판 하나를 간신히 구부릴 때 엄마는 서랍 하나를 뚝딱 완성해버렸다. 결국 서랍장은 엄마가 다 만들었다. "이런 것도 혼자 못하는 애가 어딜 그렇게 멀리 간다고." 목포에 가겠다고 선언한 나를 엄마는 말리지 않았다. 서운하다고도 안 했다. 그러다 며칠 만에 이 한마디만 했다. 어딜 그렇게 멀리 가느냐고. 담담하고 달큰하고 조용한 엄마의 목소리가 아직도 귓바퀴에 들린다. 이 말 한마디와 함께 엄마는 다 만든 서랍장에 바퀴를 끼우고 드르륵드르륵 서랍을 앞뒤로 밀어보았다.

속이 뒤틀리는 기분이 들었다. 독립이란 게 별거 아닌 줄 알았는데 그게 아니구나 싶었다. 하나도 간단하지 않았다. 물리적으로 공간을 분리하고 경제적으로 부모님에게서 독립하는 것이 다인 줄 알았는데 아니었다. 독립은 마음과 마음이 각자 다른 곳에 앉아 서로를 그리워하게 되는 일이었다. 처음으로 그 무게와 의미를 깨닫는 순간이었다. 나를 만들어준 하나의 세계와 작별하는 것. 나를 사랑하는 사람들을 쓸쓸하게 만드는 것. 이토록 철없고 덜 자란 내가 나를 책임져야 하는 것. 엄마 품에 살 때보다 더 많이 엄마를 걱정하게 만드는 일인 것까지가 모두 독립이었다. 나는 엄마 몰래 찔끔 울었다. 현관이 어두워서 다행이라고 생각했다. 어쩌면 엄마도 같은 속마음이었을지도 모른다. 서랍을 다 만들어놓고도 우리 둘 다 한참을 앉아서 쓸데없이 설명서를 오래 들여다보았으니 왠지 합리적 추론처럼 느껴진다.

　이사 가기 전날 밤, 아빠는 약국에서 커다란 식염수 한 통을 사 왔다. 말없이 내 방문 앞에 놓아주면서 비염이 심할 때 쓰라고 했다. "응, 아빠, 고마워요." 짧게 대답하고 식염수 통을 품에 들고 들어와서는 한참을 끌어안고 가만히 있었다. 이런저런 다정한 말들을 아빠가 하지 않았지만 했고 나는 듣지 않았지만 들은 셈이었다. '떨어져 살면 가족들 사이가 좋아진다더니, 아직 집을 나가기도 전인데 벌써 효과가 심각하게 좋은 거 아닌가?' 애틋한 마음에 눈물이라도 펑펑 쏟아지면 창피하니까 혼자서 이렇게 눙치며 참았다. 바야흐로 독립 전야의 밤이었다.

잠이 오질 않아서 아빠가 챙겨준 식염수를 이삿짐들 사이에 올려놓고 상자 더미를 물끄러미 구경했다. 일주일 새에 이삿짐이 한 무더기 내 방에 들어와 쌓인 탓에 나는 며칠간 그 속에 파묻혀서 잠들고 일어났다. 가져갈 게 별로 없을 줄 알았는데 다 모아놓으니 꽤 되어서 이삿짐센터 사장님이 보시고 놀라시면 어쩌나 걱정스러웠다. 그런 와중에도 더 가져갈 게 없을까 싶어 가족들이 다 잠든 집을 한 바퀴 휘둘러봤다. 뭘 얼마나 잘살겠다고 매의 눈으로 살림살이를 탐색하는 내 모습이 진지해서 웃겼다. '내 방에서는 더 없고, 동생들 방에도 없고, 거실에도 없고. 그래, 부엌에서도 다 챙겼지. 안방이랑 엄마 옷방에는 뭐가 있을 턱이 없고…'라고 생각했지만 이내 엄마 옷방에서 최고로 탐나는 걸 하나 발견했다. 은은하게 옅은 보랏빛이 감도는 엄마의 라벤더색 샤워 가운이었다.

엄마의 샤워 가운은 대학 다니며 잠깐씩 나가 살 적에도 여러 번 눈독을 들였던 아이템이었다. 가져가도 되냐고 물을 때마다 번번이 엄마에게 거절당했다. 비슷한 걸 한 번 찾아보려고 해도 '기분 좋을 만큼만 적당히 도톰하고 부드러운 데다 물기를 잘 머금으면서도 푹 젖지 않는, 게다가 회백색 위에 연한 라벤더를 얹은 노곤하고 편안한 색감을 구현한' 샤워 가운을 찾기란 도통 어려운 일이 아니었다. (우리 가족은 별나게도 샤워 가운의 퀄리티에 엄청 진심인 가족이고, 그런 우리 가족의 역사 이래 최고로 평가받는 가운이 바로 엄마의 라벤더 가운이었다.) '이래서 물건을 살 땐 마음에 들면 꼭 세 개씩 사야 해'라는 생각을 하게 만드는, 타고난 맥시멀리스트의 삶을 더 공고히 해준 아이템 중 하나였다.

매번 엄마에게 매몰차게 거절당하는 나와 동생을 보면서 아빠가 맨날 "딸, 아빠 거 가져가"라며 우리를 불쌍히 여겼지만, 아빠의 가운은 짙은 네이비색이었다. "샤워하고 딱 그 노곤하고 나른한 느낌 속에 폭! 안겨 있는 기분이 들어야지. 아빠, 아빠 가운 색깔은 너무 씩씩하단 말이야." 세상에 분홍색이 스무 개도 넘는다는 딸들의 평소 주장을 이해하는데도 어려움을 겪는 아빠는 역시나 이번에도 고개를 갸웃했고 우리는 깔깔 웃었다. 어쨌든 이번에도 엄마에게 단칼에 거절당하고 말겠지만 '나는 의지의 한국인이니까(?)'라는 마음으로 옷방 문에 걸려 있던 가운을 슬쩍 빼내서 내 방으로 들고 왔다. 내일 아침에 (딱히 희망은 없지만) 허락받아볼 요량이었다.

이삿날 아침이 밝았다. 간단하게 차린 아침상에서 한술 뜨다가 '오, 가운!' 하는 생각이 나버렸다. 숟가락을 입에 물고 우물쭈물 엄마에게 넌지시 물어봤다. "엄마, 있잖아, 나, 엄마 가운 가져가도 돼?" 가족들은 다 나를 한심하게 쳐다봤다. '넌 그걸 또 물어보냐?'는 마음이었겠지? 당연하게도 엄마가 거절해야 할 타이밍인데. 엄마가 기운차게 거절해줘야 하는데. 하얀 까마귀를 보면 기분이 이럴까. 우리 모두의 귀납적 추론을 깨버리고 엄마는 자기가 당연히 챙겨줘야 할 걸 까먹었다는 듯 다정하게 허둥대는 말투로 "오, 그럼, 가져가, 가져가"라고 했다. '아니 왜 그걸 가져가래?' 눈물이 핑 돌았다. 안 울려고 애썼다. 이미 방에 몰래 가져다 놨으면서 나는 자리에서 벌떡 일어나서는 신이 난다며 가운 가지러 가야지, 했다. 그러고는 내 방에 돌아와 미리 훔쳐다 놓은 엄마 가운을 끌어안고 엉엉 울었다. '그냥 집에 살고 싶어.' 철없는 어린아이처럼 되뇌면서.

일찌감치 출발했는데도 목포에서 이삿짐을 모두 내리고 대충 걸레로 바닥까지 전부 훔치고 나니 해가 다 진 저녁 일곱 시였다. 자박자박 아파트 둘레를 두어 바퀴 정도 돌면서 집에 전화를 넣었다. '잘 도착했고 아무 일 없고 나는 잘 지낼 거라고.' 그날 저녁 끼니를 무엇으로 해결했는지 기억이 나질 않는다. 그날부터 지금까지 내내 속이 헛헛하고 어딘가 텅 빈 것처럼 지내고 있다. 목포에 도착한 날, 그날 저녁부터 그랬다. 아파트 상가 모퉁이에서 할머니 세 분이 함께 만드시는 뜨뜻하고 걸쭉한 팥칼국수 한 그릇을 다 먹고도 그랬고, 남편의 술주정을 힘겨워하면서도 손님들에게 늘 웃는 낯으로 밥과 국을 더 덜어주던 설렁탕집 아주머니의 손맛 가득한 설렁탕 한 그릇을 다 비우고도 그랬다. 혼자서 집으로 돌아오는 길은 계절에 상관없이 늘 쓸쓸함이 묻어나고 문을 열고 들어와 현관에 서서 빈집을 바라보면 늘 허기가 졌다. 독립은 멋진 어른의 삶을 시작하는 신호탄 같은 건 줄 알았…기는 무슨, 때를 모르고 찾아오는 헛헛함을 삼키는 법을 배우는 거였다.

유독 그 허기가 심한 날이면 나는 아주 오래 뜨거운 물로 긴 샤워를 하고 엄마의 샤워 가운을 가져다 입었다. 사람으로도 음식으로도 그 무엇으로도 해결이 안 되는 허기를 감당해야 할 때마다 그 가운을 꺼내 덧입고 잠들었다. 모든 것이 낯설고 새롭고 버거웠던 독립 첫해를 나는 그렇게 웅크린 채 버텼고, 그보다 더 다채롭고 어이없는 일들이 빵빵 터져준 독립 이듬해에도, 그 이듬해에도 역시 엄마의 샤워 가운을 끌어안고 잠드는 날이 많았다. 독립하고 나면 어른인 줄 알았는데, 취업하고 사회인이 되면 어른인 줄 알았는데, 별로 그런 건 아니었다. 그냥 영영 이런 허기를 감당하며 사는 것이 삶이라는 사실을 알게 되고 각자만의 방식으로 그 허기를 감당할 방법을 찾아내는 과정이 삶이라는 사실을 알게 되는 것. 그것이 어른의 삶이고 독립이 내게 알려준 전부였다.

목포로 이주했던 건 2014년 가을이었다. 8년이 지난 지금까지 일곱 번 이사를 했다. 그간 새로운 가족인 고양이들이 생기면서 엄마의 가운을 그러쥐고 차가운 침대에서 홀로 잠드는 날은 줄어들었다. 그래도 습관은 어쩔 수 없는 노릇인지 이사할 집에서 엄마의 연보랏빛 가운을 걸어둘 아름다운 빈 벽을 먼저 찾아둔 후에야 계약할 마음을 먹게 된다. 이삿짐을 챙길 때도 그렇다. 절대 잃어버리면 안 되는 상자 하나를 정하고, 그 상자를 먼저 채운 후에 그건 내 차로 따로 싣고 간다. 그 상자 안에는 아빠와 엄마의 젊은 날을 담은 희소하고 귀한 사진들과 우리 집 가족사진, 첫 책을 출판했을 때 축하선물로 받았던 꽃다발을 말려 넣은 유리병과 사랑하는 이들에게 받은 작은 것들, 없이는 못 사는 노트와 펜들, 그리고 마지막으로 엄마의 가운을 정성스럽게 개어 넣는다.

1년 전쯤인가, 친구가 뒤늦은 독립을 한다고 알려 왔다. 서른에 접어들며 더 늦기 전에 혼자 살아봐야 할 것 같다고 했다. 같은 서울 시내 30분 거리에 집을 구해 나오는 것인데도 딸이 함께 살던 집을 떠난다는 사실만으로 우울해하시던 어머님이 적적함을 이기지 못하시고는 강아지를 입양하셨다고도 했다. 강아지는 무럭무럭 어머님 곁에서 잘 자라고 친구는 주말마다 어머님 댁을 찾아 함께 식사를 하고 산책로를 걷는다. 그렇게 그리움의 보폭을 줄여나가고 있다고 했다. 목포로 독립해 나가고 그 후에도 한참을 광주에 살았던 나는 1년에 가족들 얼굴을 채 서너 번도 못 봤다. 엄마는 밤마다 불도 켜지 않고서 내 방 침대에 앉아 한참을 가만히 있다가 혹은 울다가 엄마 방으로 건너가 잠들었다고 했다. 물론 아주 나중에야 들은 얘기다. 그 말을 들을 때에도 나는 엄마의 가운을 매번 입고 잠든다는 말은 안 했다.

자식이 장성해서 크게 부모님 도움받지 않고 독립해 삶을 잘 꾸리면 그걸로 효도인가보다 생각했는데, 그래서 하루라도 빨리 홀로서기를 해야 한다는 생각에 사로잡혀 있었는데, 이제 와 돌이켜보면 잘 모르겠다. 하루라도 부모님 곁을 오래 지키는 자식이 최고인 것 같기도 하고, 뭘 그렇게 급하게 집을 떠나왔나 싶은 후회도 든다.

나는 라벤더색을 딱히 좋아해본 적이 없다. 보라색 계열의 어떤 색에도 큰 뜻도 취향도 없다. 그럼에도 아마 그 라벤더색 가운이, 그 가운의 연보랏빛이 딸들에게 그렇게나 편안하고 인기 있었던 건 늘 엄마가 입던 것이어서였을 것이다. 세상에서 내게 가장 따뜻하고 편안한 사람. 온기와 휴식을 연상하게 하는 사람. 그런 사람의 색이어서 나는 그것을 붙들고 이 험난

한 세상 살아가는 중인 거겠지. 나는 엄마에게 어떤 색을 주고
왔을까. 내가 없는 집을 버틸 무엇을 두고 왔을까. 충분한 마
음을 남겨두고 왔을까. 새삼 무심한 나를 반성한다. '엄마에게
새 가운을 하나 선물해야지. 올해는 그래야지.' 이런 심심하고
멋없는 생각이나 하면서.

엄마, 기억나? 엄마도 기억이 다 나나? 엄마 아직도 새로 산
샤워 가운들에 정착 못 했잖아. 맘에 드는 가운 없이는 못 사
는 데다 정든 물건 없이 지내는 걸 제일 싫어하는 사람인데.
평소 같으면 단칼에 안 된다고 했을 텐데. 낯설고 먼 바닷가
마을까지 가야 하는 내가 안쓰러웠을까? 철모르는 나는 사
실 신이 좀 나기도 했는데, 나중에 이사 와서 짐 풀면서 그
가운을 끌어안고 엉엉 울게 될 줄은 몰랐지. …혼자 텅 빈 집
에서 힘든 날이면 말없이 가만히 엄마의 샤워 가운을 입고
서 소파에 누워 잠들곤 했어. 옅은 라벤더색 가운에서는 라
벤더 향 말고, 엄마 냄새가 나. 엄마 화장품 냄새. 따뜻한 냄
새. 집 냄새. 나를 생각하는 엄마의 마음 같은 냄새가 나. 가
운을 빨 때는 그래서 섬유 유연제 같은 건 지금도 안 써. 그대
로가 좋아. 혼자인 것에 익숙해져야 어른이 되는 걸까? 엄마
는 언제 어른이 됐어? 나는 말이야, 엄마의 가운 없이는 어른

이 될 기운이 나지 않을 것 같아. 아니, 아마도 엄마의 어린 딸에서 조금도 더 크고 싶지 않은지도 몰라. 조금만 더 이대로 있고 싶어. 엄마를 두고 멀리 떠나와서, 혼자서도 잘 사는 것처럼 씩씩하게 말해서 미안해. 실은 엄마만큼이나 나도 항상 엄마가 필요해. 올해는 정말로 더 엄마를 닮은 가운을 같이 고르자. 내가 선물할게.

　붉은 벽돌색 건물의 벽 앞에 서면 어김없이 당신을 떠올리게 된다. 언제 만나도 변함없이, 일하는 날에는 붉은 벽돌색 립스틱을, 휴일에는 말린 장미색 립스틱을 바르는 사람. 변덕은 없고 취향은 확고한 사람. 단단한 사람. 그 단단함을 딛고서 더없이 다정한 사람. 그와 나는 평생을 알았다. 날 때부터 제 색을 가지고 세상에 왔을까 싶었다. 세상의 끝 어딘가에 흔들리지 않는 닻을 매어두고 온 사람처럼.

　그를 만나 말해주었다. 당신을 보면 왠지 모르게 가늠할 수 없는 땅 끝까지 깊이 뿌리 내린 나무가 떠오른다고. 광활한 대지의 차분함도 당신을 닮았다고. 그는 멋쩍어하며 오래도록 자기 자신을 알기 위해 애써왔다고 했다. 그래도 흔들린다고, 때마다 어렵다고 했다. 내겐 마냥 차돌같이 단단하고 멋진 사람이었는데, 그런 고백을 들으니 낯은 설었지만 그 말 자체는 깊이 공감할 수 있었다. 나를 아는 일이 어디 그렇게 쉬운가.

누구에게나 그건 어려운 일이겠지. 다만 그의 입을 빌면 그 고백조차 단단하게 느껴져 나는 조용히 웃었다. 이 웃음의 의미를 그는 아마 영영 모를 것이다.

당신을 보며 마음속으로 내게 묻는다. 나의 색도 어딘가 있을까. 나를 생각하면 떠오르는 색이 언젠가 있게 될까. 누군가 내게 그런 말을 건네주는 날이 올까. 단단하고 다정한, 불안 없이 깊이 뿌리 내린 나무 같은 사람이 나도 될 수 있을까. 이마저도 당신을 붙잡고 묻고 싶은 걸 보면 나는 아직도 멀었다. 정말 한참 남았지 싶다. 당신의 다정함에 기대어 자꾸만 느려진다. 좀 더 어리광을 부리고 조금 더 늦은 어른이 되어도, 하루 더 늦게 이 생의 팔레트를 열어도 될까. 그래도 괜찮을 것만 같은 붉은 벽에 기대어.

따뜻해 보이는 사람이 좋다. 두꺼운 실로 성기게 짠 베이지색 니트가 어울리는 사람이 좋다. 베이지색 니트를 입는 사람은 어쩐지 보이는 그대로일 것만 같다. 거짓도 가면도 없는. 실제로 베이지는 염색하지 않은 천연 그대로의 직물이라는 뜻을 가진 색이다. 표백도 염색도 하지 않은 천연 양모의 색깔을 의미하는 프랑스어에서 이름을 따왔다는데, 색이 가진 정체성을 사전을 뒤져 읽어내지 않아도 눈과 마음으로 인간이 이미 느낀다는 사실이 신기할 따름이다.

베이지의 색감이 주는 느낌 그대로 편안하고 따스한 이. 화려하거나 돋보이려고 애쓰지 않으며 독을 품지 않은 존재. 단순하고 깔끔한 베이지의 미학을 닮은 사람 앞에서는 나도 모르게 경계심이 허물어지고 마음은 누그러져 나 역시 그저 내가 되고 만다. 그러니 더욱 오래도록 바라보고 싶어진다. 따스하고 해사하고 말간 겨울의 색, 베이지.

갓 스물 넘어 대학 다니던 때였다. 학교 기숙사에 살았는데, 기숙사로 올라가는 지름길에는 흙벽이 하나 세워져 있었다. 봄이면 그 벽을 타고 개나리가 피었다. 학교 캠퍼스 안에서 가장 먼저 피는 꽃이었다. 나는 매해 겨울이 끝나고 봄으로 넘어가는 그 아리송한 계절이 좋았다. '어느 날, 어느 때부터 봄이려나.' 기다리는 시간이 꿀처럼 달았다. 하릴없이 걷다 흙벽을 타고 피어난 노란 꽃을 발견할 때 기뻤다. '이제 봄이구나?' 그래, 그때부터 봄이었다.

함께 고등학교에 다녔던 친구들을 고향에서 만났다. 계절이 기억나질 않는다. 두꺼운 외투를 입었는지, 얇은 여름옷이었는지, 내가 어떤 옷을 입었는지 전혀 기억나지 않는 밤이 있었다. 고향의 작은 버스 터미널 앞 술집이었다. 다들 고향을 떠나 서울의 대학들로 진학해 각자의 캠퍼스를 다니느라 한참을 헤어져 있던 차였다. 아주 오랜만에 만났던 것 같다.

아버지가 엄하셔서 빨리 집에 가야 한다며 친구 하나가 자리에서 먼저 일어났다. 꽤 취한 채여서 택시를 태워 보내고 싶었는데 한사코 택시를 타면 아버지께 혼난다며 싫다고 했다. 핸드폰을 손에 쥐여주고 버스가 출발하면 우리에게 전화하라고, 통화를 하다 보면 술이 좀 깨고 덜 위험할 거라고 신신당부를 했다. 버스를 타 자리에 앉는 것까지 확인하고, 출발하는 버스 뒤꽁무니까지 한참을 다 같이 쳐다보았다.

친구는 전화가 없었다. 마음이 불안해진 우리는 친구에게 계속 전화했지만 받지 않았다. 친구의 핸드폰은 배터리가 없는지 전화기가 꺼졌다. 다급해진 우리는 친구 집으로 전화를 걸었다. 하필이면 통화 중이어서 여러 번 다시 건 후에야 가족이 받았다. 친구는 아직 집에 오지 않았다고 했다. 놀란 가족들은 친구를 찾으러 나섰다. 한참이 지나서도 연락이 없어 다시 전화를 걸었는데, 부모님의 통곡과 비명만 들렸다. 친구는 버스에서 내려 길을 건너던 중에 덤프트럭에 치였다고 했다.

고향에는 큰 병원이 없었다. 급한 대로 환자를 이송할 병원도 하나뿐이었다. 우리는 바로 택시를 타고 병원으로 달렸다. 밤은 너무나 짙은 검은색이었다. 그날 하늘은 유난히도 캄캄했다. 텅 빈 도로 위에는 우리가 탄 택시 한 대뿐이었다. 저 멀리서 경고음이 울리며 구급차 한 대가 우리 옆을 쌩하니 지나갔다. 구급차 위의 불빛이 눈 안에 잔상으로 남아 사라지질 않았다. 곧 병원에 도착했다. 친구는 그곳에 없었다. 방금 우리 옆을 지난 그 구급차, 그 차에 실려 서울로 올라가는 중이었다.

몇몇은 죽어라 울었고 누구는 얼이 빠진 채 멍하니 병원 앞에 주저앉은 채였다. 웬일인지 나는 눈물이 나지 않았다. 현실이 아닌 것처럼. 이 밤에 일어난 모든 일이 거짓말 같았다. 한참을 우는 친구들을 달래다 다시 병원으로 들어가 간호사에게 친구가 실려 갔다는 서울의 병원이 어디인지 물었다.

서울 병원에 전화를 걸었다. 어떻게 됐는지 말해달라고 졸라댔다. 가족이 아니면 말해줄 수 없다 했는데 결국은 들었다. 간호사는 한숨 한 번 크게 쉬고는 수술하러 들어갔다고, 시간이 많이 지체되어서 수술이 성공적으로 끝나도 가망이 없을 거라고, 경과가 좋으면 그건 기적이라는 말을 남기고 전화를 끊었다.

고등학교 때 우리를 가르쳤던 학원 은사님이 고향에 계시는데, 그 밤에 그분께 빚을 졌다. 소식을 듣고 병원으로 달려와서는 친구들을 집으로 보내고 끝까지 남아 있던 친구 한 명과 나를 돌봐주셨다. 집에 가도 제정신으로 있을 수가 없을 것 같아 집에 가고 싶지 않다고 이야기했던 것 같다. 그랬더니 선생님은 우리를 절에 데리고 가셨다.

강을 끼고 세워진 운치 있는 사찰이었다. 어려서 그 절에 몇 번을 갔는지 셀 수 없을 정도로 내게는 익숙하고 포근한 정원 같은 곳이었다. 갈 때마다 해 지는 시간이 되면 탑 뒤쪽 바위에 걸터앉아 강가에 햇빛이 부딪혀 부서지는 걸 보면서 글을 쓰곤 했다. 빛이 없는 시간에 그곳에 가본 것은 이번이 처음이었다.

선생님은 우리에게 부처님 앞에서 절하는 법을 가르쳐주셨고 천천히 숨을 고르며 108배를 해보라고 하셨다. 난생처음 불당에 들어 절을 해보았다. 물론 108배도, 다 처음이었다. 절을 하고 또 일어나고 다시 절을 하는 동안 그 밤에 받은 충격으로 몸이 부들부들 떨렸다. 불교 신자는 아니었지만, 머리를 조아려 엎드리며 부처님께 빌었다. '제발 제 친구를 살려주세요. 평생 부처님 믿으며 감사하며 살게요.' 빌고 또 빌었다.

인간이 왜 기도라는 것을 하는지 알 것 같았다. 온몸으로 받아들여도 버틸 수 없는 거대한 물살 앞에서 나는 강가에 굴러다니는 모래알보다도 부서지기 쉬운 존재였다. 너무 무서워서 가만히 있을 수가 없었다. 그 밤에 나는 생애 그 어떤 순간보다 두려웠고 진심이었고 절망적이었다. 발목으로 밤의 한기가 스며들었다. 수술대 위에 있을 친구가 자꾸만 생각났다.

108배를 끝낼 무렵 동이 텄다. 해가 떴고 다리는 후들거렸다. 어디서 그런 용기가 났는지, 사방에 빛이 환해질 때쯤 병원에 전화를 걸었다. 병원에서는 수술이 잘 되었다고 했다. 친구가 살았다고, 정말 잘 되었다고 했다. 기적이라는 이름을 붙이지 않아도 내게는 평생토록 잊을 수 없는 순간이 되었다.

친구는 시간이 지나 무사히 깨어났고 병원에 오래 있었지만 큰 후유증 없이 나을 수 있었다. 나는 스물에 들어서며 고삐 풀린 망아지처럼 마셔대던 술을 거의 입에 대지 않게 되었다. 병문안을 다녀오고 나서도 드문드문 친구 소식을 들으며 지냈고 다들 다시 일상으로 돌아가 학교에 다녔고 친구도 다행히 복학해 학교에 다니게 됐다. 그러고도 한참을 나는 경찰차나 구급차의 사이렌 소리를 들을 때마다 속이 아팠고 가끔은 울었다. 모든 게 괜찮아졌다고 해서 미안한 마음이 사라지는 것은 아니었다. 한동안 죄책감이 들어 세상이 온통 흙빛 같은 날들이 있었다.

그렇게 해가 지나고 이듬해 겨울 끝자락이었다. 여느 때처럼 하릴없이 걷다가 기숙사 언덕 흙벽 앞에 멈춰 섰다. 더 걸을 수가 없었다. 여전한 칼바람 속에서 봄을 읽었는지 일찍이 움튼 개나리꽃을 보았기 때문이다. 나는 아무도 지나는 이 없는 그 길 구석에서 엉엉 울었다. 개나리꽃은 여느 때처럼 봄을 알릴 뿐이었는데, 처음 듣는 소식도 아니면서 이 봄이 내 생의 첫 번째 봄인 것처럼 나는 온몸으로 봄이 주는 것들을 새로 느껐다. 움트는 씨앗과 싹트는 잎사귀, 피어나는 꽃잎이 모두 우리에게로 다시 돌아온 친구의 생을 말하는 것 같았다. 밤을 지나 사찰에서 맞았던 그날 아침 안도했던 것처럼 나는 한 번 더 안도의 한숨을 크게 쉬었다. 개나리꽃은 아마도 영문을 모를 터였다. 딱 한 송이. 이른 봄에 핀 것치고는 너무나 진한, 제대로의 노랑을 움켜쥔 씩씩한 하나였다.

그 벽을 등지고 기대어 서서 오랜만에 친구에게 문자를 보냈다.

오늘 핀 것 같은 개나리꽃을 봤는데.
지금 집에 가는 길이었는데.
아니 그냥 봄인가 봐.
꽃을 보니까 네 생각이 났어.

두서없는 문자를 보내고서 나는 기뻤다.
봄이 와서. 그저. 새봄이 왔기 때문에. 새날들이 모두 너로 인한 것이기 때문에.

다락에 침대를 하나 올려두기로 했다. 이사 하던 날, 남는 침대 하나를 어디에 둘지 고민하다 그렇게 결정했다. 여름에는 덥고 겨울에는 추울 것이 분명한 다락에 침대를 올리는 이유는 단 하나였다. 눈. 엄마는 그 침대에 모로 누워 새하얀 눈을 보고 싶다고 하셨다. 겨울이 오면 다락의 테라스로 떨어지는 하얀 눈을 바라보며 잠에서 깰 수 있을 거라고. 언제나 낭만이 가득한, 그 낭만을 내게 물려준 사람에게 꼭 어울리는 인테리어 초이스였다.

다락은 거실 기둥 옆의 계단을 타고 오르내릴 수 있는 본가 2층의 작은 공간이다. 한쪽 벽면에는 밝은 색 나무로 키 낮은 책장을 짜 넣었다. 부모님의 젊은 날을 엿볼 수 있는 오래된 책들로 가득하다. 책장 앞에는 아담한 밀크색 소파와 미니 테이블, 그 아래엔 부드러운 갈색과 청회색 계열의 카펫이 깔려 있다. 대충 이런 풍경이다.

이 공간은 계절마다 아주 다른 숨을 쉰다. 매번 새로운 생처럼 계절마다 다른 모습으로 아름답다. 가을날 엄마와 엄마의 손님에게는 국화꽃잎 띄운 차를 마시는 공간이다. 가족이 모두 모인 날에는 다락과 연결된 테라스에서 바비큐를 해먹는 캠프장이다. 추석 명절에는 동생들과 하늘 가까이에서 달을 보며 소원을 비는 곳이다. 별이 가득한 여름날에는 텐트를 펴놓고 가장 좋아하는 산문집을 읽다 새벽잠에 들 수 있는 나의 작은 낙원이다.

그 모든 계절과 모든 날 중에서도 가장 아름다운 순간은 엄마가 예견한 그대로, 눈이 내리는 겨울 아침이었다. 아래층에서 깊이 잠들어 있을 가족들은 까맣게 모를, 시린 발을 이불 끝에 숨겨가며 겨울밤을 지새운 자만이 독점할 수 있는 새하얀 풍경. 우연히 눈 내리는 새벽 다락에서 잠들었던 이는 그 흰 풍경의 일부가 되는 행운을 얻는다.

아주 가끔 그런 행운을 얻은 날의 나는 채 잠에서 다 깨지도 못했으면서 급하게 그 새벽을 주섬주섬 끌어안는다. 마치 온 세상을 작은 이불 속에 숨겨서라도 아무도 모르게 하려는 사람처럼. 이 온전한 고요와 눈부시게 흰 세상을 단 1분이라도 더 혼자 독차지하고 싶다는 생각뿐이다. 아니, 생각 말고 아마도 욕심, 그게 더 어울리는 표현이겠다. 숨소리조차 내지 않으려고 노력하는 그때의 나를 나만이 안다. 들킬까 봐. 꼭 눈의 왕국 속에 홀로 서 있는 것 같은 이 찰나를 빼앗는 발걸음 소리가 아래층에서 들려올까 봐. 그렇게 이 풍경 속에 혼자 눈 뜨고 있으면 꼭 희어진 세상이 나를 홀리는 기분이 든다. 그 하얀 빛 어딘가에 숨겨진 힘이라도 있는 걸까. 눈 내리는 다락의 아침, 그 아침 속의 나는 언제나 끝을 모르고 멍해지고 만다.

겨울에는 집으로 돌아가 다락의 침대에 눕고 싶다.

어른이 된 후 줄곧 집으로부터 아주 멀리 있고 그 사실만으로 지친 마음일 때가 있다. 무얼 해야 이 마음으로부터 나를 위로할 수 있을까 생각해보지만 평소에는 떠올려보려 해도 원하는 것을 잘 알아차리기 쉽지 않았다. 다행히도 책을 쓰는 동안 사랑하는 색들, 사물들, 풍경들, 순간들과 조우하면서 나도 모르게 사는 내내 온갖 색깔들 속에 나를 새겨두었음을 새롭게 깨닫고 있다. 다락의 침대에 누워 펄펄 날리는 흰 눈을 독차지하는 새벽이 나를 치유하는 시간 중의 하나였다는 것도 이제야 떠올린다. 무엇이 나를 건져 올리는지, 어떤 일상이 나를 구원하는지 내일도 잊지 않으려고 수첩을 열었다. 아무런 제목 없이 이렇게 적었다.

눈이 펑펑 내리는 겨울밤 맨발로 다락에 올라가기. 뜨끈한 전기장판을 침대에 깔아두고 솜이불에 둘둘 말려서 깊은 잠에 빠지기. 새벽 동이 틀 때쯤 나도 모르게 깨어나기. 홀로 그 어둡고 흰 새벽을 맞이하기.

Part 2

선명하게
타오르는 밤

사소한 취미가 새로 생겼다. 햇볕이 길어지는 오후가 되면 식탁 의자에 대충 걸터앉아 폭이 좁은 부엌 창틀을 바라본다. 정확히는 그 위에 올려둔 유리병 속 오렌지 마멀레이드 잼을 본다. 홀린 듯 오래 본다. 햇살과 유리와 잼의 조합이 영롱하다. 마멀레이드는 오렌지나 레몬 등의 겉껍질로 만든 잼을 뜻하는 단어다. 저 유리병 속에 담긴 잼은 오렌지의 껍질이 아니라 햇살을 부서 넣은 것처럼 빛나고 있다.

햇살 마멀레이드나 달빛 마멀레이드를 파는 가게를 잠깐 상상해버렸다. 어젯밤 『달러구트 꿈 백화점』을 읽은 여파일지도 모른다. 햇살 마멀레이드는 너무 뜨거울까? 지독하게 달콤할까? 아님 슈팅스타맛 아이스크림처럼 입안에서 반짝반짝 부서질까? 아름답게 빛나는 것들은 우리를 이처럼 엉뚱하고도 새롭고 싱그러운 세계로 여행하게 한다. 인간이 빛에 이끌리고 빛을 갈망하고 스스로 빛나고 싶어 하는 것은 어쩌면 당연한 일일지 모른다.

"불공평해. 굳이 저렇게 예뻐야 해?" 나는 식탁 위로 뛰어올라 나를 바라보는 고양이의 동그란 뒤통수를 쓰다듬으며 볼멘소리를 한다. 고양이는 영문을 모르니 관심이 없다. 나만 애가 닳는다. 이토록 사소한 사물이 보석보다도 빛나다니. 그것도 이토록 평범하고 잔잔한 내 집 부엌에서. 더도 말고 덜도 말고 딱 이만큼만 반짝이는 삶을 살고 싶다는 갈망이 스멀스멀 고개를 든다. 많이 내다 버린 줄 알았는데 까딱 방심하면 이렇게 뱃속에서 심장으로, 심장에서 다시 혀끝까지 올라온다. 특별해지고 싶다는, 나도 나의 것으로 모두가 돌아볼 만큼 빛나고 싶다는 욕심이.

반짝이는 것들은 내내 갈증을 부른다. 부럽고 닮고 싶고 가지고 싶어진다. 속 시원히 한 스푼 푹 떠내서 에이드나 만들어 먹어야 하는 건데! '그러려고 만들어놓고 괜히 해가 드는 시간에 널 봐버려서는. 다 틀렸지 뭐야.' 마멀레이드 한 스푼을 푹 떠낼 수는 있어도 그 위에 내려앉는 햇살은 한 줌도 손에 쥘 수 없다는 사실. 정확히는 그 사실이 이 갈증을 더 부추긴다. 달콤한 잼은 햇살에 눌려 그 맛도 향도 색깔도 점점 더 짙어지는 중이다. 뚜껑을 열어 길고 작은 은색 스푼으로 오렌지 조각 하나를 떠내어 먹어보았다. 아쉽게도 빛을 삼킨 기분은 들지 않는다. 달다.

　매일 잠깐씩, 창틀을 바라볼 수 있는 자리에서 꼼짝없이 시간을 보내고 있다. 절기가 달라지면 해의 마음도 손길도 모두 달라진다. 오늘과 같은 빛과 색을 내일은 보지 못할 수도 있다. 눈을 떼기 더욱 싫어진다. 오후의 진한 햇볕색. 하루를 꼬박 황금색 꿀에 절인 오렌지 조각들의 주황. 이 빛깔을 고스란히 사랑하는 이들의 시선 앞에 옮겨 놓을 수 있다면 좋겠다는 생각에 이르고 나서야 눈길을 거둘 수 있었다. 빛도 색도 아름다움도 오늘 같지 않은 내일이 오더라도 기억할 수 있어야 하니까. 부서지는 햇볕과 유리병과 오렌지를 물리의 세계에서 순간 이동시킬 순 없어도 활자의 세계에선 가능하니까. 눈앞의 그림처럼 적어두었다가 사랑하는 이들에게 읽어주고 싶으니까. 노트북을 켜려고 슬쩍 일어났더니 고양이가 나보다 먼저 풀쩍 식탁에서 뛰어내려 방으로 달려간다. 소란스럽게 달큰한 하루가 이렇게 또 채색을 마치고 저물어간다.

붉은 것은 언제나 옳다. 진하고 선명하다. 어떤 순간에도 존재감을 발휘한다. 화려하고 매혹적인가 하면 단단하고 독립적이다. 인생을 통틀어 나를 설명하는 하나의 색만을 남겨야 한다면 망설이는 일은 없을 것이다. 홀로 선 순간마저도 붉게 타오르는 마음이기를 바라며, 결국은 빨강이다.

1

이별을 무서워한다. 누군가를 떠나보내는 일에는 젬병이다. 익숙해지질 않는다. 매번 두렵다. 그것이 아주 사소한 일시의 이별일지라도 그렇다. 부모님의 아침 출근조차도 나는 마음이 편치가 않은 아이였다. 일상적인 배웅에도 자동차 뒷모습이 길모퉁이를 돌아 사라질 때까지 망부석처럼 그 자리에 서 있는 버릇이 들었다. 혹시 다시 못 볼까 두려운 마음이 들었기 때문이다. 더는 보이지 않을 때까지 그 자리에 서서 서툰 기도를 하곤 했다. 뒷모습이라는 단어를 들으면 사람의 등보다 자동차 후미등의 붉은빛이 먼저 생각나는 것은 어려서부터 이런 습관이 있어서였다.

익숙한 것에는 곧 애정이 깃드는 법일까. 후미등의 붉은빛을 점차 사랑하게 되었다. 사랑하는 이의 오늘 하루 안녕함을 그 붉은빛에 기원했기 때문에 그 빛깔에 매료되는 일은 어쩌면 예정된 수순이었을지도 모르겠다. 애정해 마지않는 밤의 어둠과 가장 잘 어울리는 빛깔이라는 점도 크게 한몫을 했다.

이런 시간 속에서 자란 나는 어른이 되어 이사할 집을 고를 때면 공인중개사와의 최초 면담에서 항상 커다란 창이 있는지를 먼저 묻고 창밖으로 통행량이 많은 대로가 보이는 집이면 무조건 좋다고 한다. 지금껏 살았던 곳들 중 이 조건에 가장 잘 맞았던 집은 성수동의 한 오피스텔이었는데, 한쪽 벽면이 전부 창이었다. 창밖으로는 청계천과 중랑천이 만나는 시내가 흐르고 둥글고 높은 다리 길로 이뤄진 내부순환도로가 정면으로 보였다. 천변과 인근의 한양대 캠퍼스 둘레에는 초록의 나무들이 성성해, 녹지가 부족한 서울이 아닌 아름드리 커다란 나무가 빽빽한 어느 외국의 전경 같기도 했다.

해가 지면 거실에는 거의 불을 켜지 않고 지냈다. 창밖으로 보이는 둥근 도로는 퇴근 시간부터 자정이 지날 때까지 내내 차들의 행렬로 가득했고 그 덕에 행복했다. 창문에 이마를 대거나 코를 박고서 불빛에 홀린 사람처럼 몇 시간이고 그 도로를 메운 빨간 불빛들을 내다보며 살았다. 산도 바다도 강도 깊이 사랑하지만 도시가 아닌 곳에서 영영 살 수는 없겠다고 생각한 것은 이때부터였다.

도심의 자동차 불빛 가득한 도로는 언제 보아도 정신을

아득하게 만드는 매력을 가지고 있다. 비라도 쏟아져 빛이 번질 때면 그래서 붉은색이 더 짙어질 때면 바라보는 마음도 더 짙어지는 기분이 든다. '기다리는 이를 향해 돌아가는 중일 테지. 돌아가야 할 곳으로.' 그런 생각에 닿으면 안도감이 찾아오곤 했다. 이내 나른하고 노곤한 채로 잠들기에 딱 좋았다. 내 마음과 주파수가 잘 맞는 풍경이지 않았나 싶다. 밤이 가진 풍경, 밤이 가진 색깔, 밤이 가진 불빛 중에 가장 아름다운 것을 묻는다면 대답은 늘 같을 테다. 붉게 번지는 밤의 빨강. 도시의 레드.

2

지난해 비가 퍼붓던 여름, 신촌에서 친구를 만났다. 성냥갑만큼 좁고 허름한 호텔 방을 하나 빌려놓고 친구들을 불러 모으는 사랑방처럼 며칠을 썼다. 창도 아주 작아서 습하고 눅눅해 온종일 에어컨의 제습 기능을 틀어놓고 지냈다. 장대비가 내리니 밖에도 나가질 못하고 온종일 틀어박혀 책이나 읽으며 뒹굴었다. 친구들이 오기로 한 시간에만 잠깐 그 작은 공간도 나도 활기가 돌았다. 산다는 건 그런 걸까. 이 무덥고 습하고 비가 주룩주룩 내리는 날에도 나를 만나러 와주는 이들이 있다는 사실만으로 모든 버거운 일들이 조금은 가볍게 느껴진다.

종일의 업무에 지쳤음에도 나를 보러 와준 친구와 늦은 저녁 그 방에 앉아 빙수를 시켜 먹었다. 우리는 삶과 사랑과 오늘 하루와 우리의 과거와 미래를 빙수가 얹힌 쟁반 위에 함께 얹어두고 도란도란 즐거움과 갈망을, 분노와 절망을 공유했다. 긴 시간이 허락되지는 않았다. 우리가 함께 신촌을 누비던 십여 년 전의 학부생 시절과는 달리 사회인이 된 지금, 평일 저녁은 다음날의 전쟁과도 같은 일상에 대비해 체력과 정신력을 충전해야 하는 시간이기도 했다.

　열 시가 좀 넘었을까. 어둑한 신촌 기차역 사거리 저 너머까지 여전히 비가 오고 있었다. 집으로 돌아가는 친구를 배웅하러 함께 나왔다. 8차선 대로를 가로지르는 횡단보도를 앞에 두고 각자 우산을 쓴 채로 아쉬운 인사를 나눴다. 신호등이 이내 초록으로 바뀌고 친구는 내게서 등을 보이고 걸었다. 한참을 걸어가는 그 애의 등을 보고 서 있었다. 오늘 하루가 힘들었다고 했다. 몸은 아프고 마음은 지치고 여전히 어딘가를 방황하는 기분이 든다고도 했던 것 같다.

　타인의 지친 하루에 우리가 해줄 수 있는 것이란 사실 별다른 게 없어서, 나를 두고 자박자박 빗길을 따라 멀어지는 친구의 뒷모습을 끝까지 보고 서 있는 정도가 해줄 수 있는 전부였다. 그런 등을 보고 선 날에는 꼭 내가 빗물 따라 번지는 자동차 후미등의 붉은빛이었으면, 하고 생각하게 된다. '나, 여기 있으니 예고 없이 다가와 나를 다치게 하지 마세요. 지금은 위험하니 덩달아 당신도 다치지 않도록 조심해주세요'와 같은 말들을 그 애의 등 뒤를 보고 걷는 모든 이에게 그 애 대신 전할 수 있으면 좋을 테니까. 돌아가는 길의 끄트머리까지 내내 무사하고 무탈하도록 말이다. 그날 그이가 지키고 싶은 것이 무엇이었든.

익숙한 것에는 금세 애정을 가지게 되고 한 번 품어버린 애정은 더 큰 의미로 번지고 마는 모양이다. 부모님의 자동차 뒤에 남겨져 배웅하던 아이는 이제 누구의 혹은 무엇의 등을 보아도 자주 비 내리는 밤 자동차의 붉은 불빛처럼 눈시울을 붉힌다. 떠나는 이의 등을 보며 뒤에 남아 있기보다 발맞춰 같이 걷고 싶어지는 이유다.

모두의 뒷모습에서 나는 눈이 부시게 아름답고 붉은빛을 본다는 걸. 그 빛과 색이 깊게 남아 내게서 등을 보이고 걷는 모두를 깊이 사랑하고 그리워할 수밖에 없다는 사실을, 사는 내내 끌어안고 지냈으면서도 지금에서야 처음 입 밖으로 내어본다. 내 뒷모습에서도 누군가 붉은빛을 볼까. 그랬을까. 오래도록 나의 등을 보고 선 채로 나를 아껴주던 이가, 나에게도 있었을까. 얼마나 붉은 밤이었을까? 그에게는. 요원하지만 언젠가 누군지 모를 그에게 내 뒷모습이 어땠느냐고, 한 번쯤은 묻고 싶어진다.

3

팬데믹 시대를 가로지르고 있는 2020년에는 그리운 도시들의 이름자를 나열하는 것만으로도 조금은 슬프지만, 그래도 활자로 적어본다. 파리도 하노이도 싱가포르도 모두 그립다. 한 손에 꼽을 수 없을 정도로 비행기를 타고 훌쩍 떠나고픈 곳은 많다. 그런데 개중 유독 홍콩이 사무친다. 여행하는 도시마다 그곳에서 생활하듯 가볍게 지내고 관광에 열을 올리기보다 내 눈과 마음에 차는 나만의 풍경 속에 홀로 오래 앉아 있기를 좋아한다. 홍콩에는 그렇게 나만 아는 시간과 나만이 아는 밤의 뒷모습이 있었다. 지금도 그 공간의 밤들은 여전할까?

한 도시를 여러 번 다니는 여행을 좋아하고, 워낙에 몸이 약체라서 긴 비행을 하지 않아도 되는 곳들을 골라 질릴 때까지 가고 또 간다. 비교적 최근(코로나 이전)에 많이 다니던 곳은 베트남의 하노이인데, 다섯 번은 다녀왔으니 이제 새로운 도시를 찾아 나설 때가 되었다 싶을 즈음 코로나 19로 하늘길이 막혔다. 하노이 이전에 늘상 다니던 도시는 홍콩이다. 스물 이후의 첫 여행지였던 홍콩에는 남다른 애정을, 때를 모르는 그리움을 늘 가지고 있다.

홍콩에서는 항상 같은 동네, 같은 구역의 호텔들에 번갈아 가며 묵는다. 관광객들이 주로 찾는 중심가, 번화가인 침사추이나 센트럴이 아닌 구룡 외곽지역인 몽콕Mongkok과 타이콕추이Tai Kok Tsui 인근을 좋아한다. 예쁘고 화려하고 아기자기한 홍콩 말고, 꾸밈없는 가게와 사람들을 만나게 되는 곳. 번쩍이는 빌딩들보다는 잿빛 색감의 건물과 현지인들의 소박한 삶을 더 가깝게 볼 수 있는 동네다. 체리 스트리트(이름이 예뻐서 좋아하기 시작했는데, 여러 번 걷다 보니 한적하기까지. 혼자 산책하기 좋아하는 길이다.)를 따라 올림픽 역까지 10분이 채 안 걸리는 거리에 이제는 익숙해진 R호텔과 D호텔이 있다.

으레 홍콩의 많은 호텔이 그렇듯 위로 높고 객실은 좁다. 그중 D호텔은 답답하게 보이지 않기 위해서인지 빌딩 전면을 유리 재질로 만들었고, 객실 내부도 벽 대신 거울을 붙여 공간감을 확보하는 인테리어 전략을 썼다. 창가의 유리와 그대로 이어진 책상도 모두 유리로 만들어두었다. 그 책상 앞에 앉아 유리벽 너머를 바라보면 길게 뻗은 대로를 바삐 오가는 자동차들과 홍콩 택시의 행렬을 볼 수 있다.

혼자일 때는 자정쯤부터, 방을 함께 쓰는 여행의 동행자가 있다면 그가 잠들고부터 유리 책상에 앉아 미니 히터를 틀어두고 창밖을 보며 글을 쓴다(고 적었지만 한참을 공상할 때가 더 많다). 글이라고 할 것까진 없고 그냥 문장들, 낙서들이다. 그 자리에 앉아 도로를 지나는 차들을 멍하니 바라보다 보면 항상 자로 잰 것처럼 똑같은 기분을 느낄 수 있다. 감정의 부유물들이 마음의 바닥에 정갈히 가라앉고 뿌옇게 머릿속을 어지럽히던 고민의 안개가 걷히는 느낌. 혹여 요즈음 글로 풀어내고 싶었던 단 하나가 있다면 그게 무엇인지 알게 되는 선명함. 도로 위에는 오고 가는 것, 이 두 개의 풍경만 존재한다. 자동차가 와서 잠시 멈추었다가 다시 떠나는 모습을 보면 단순함의 미학 속을 헤엄치는 기분이 든다.

새벽 네 시쯤 되면 노트를 덮어두고 일어나 잠자리에 든다. 시계를 보고 아는 것이 아닌데, 늘 자리를 뜨면 어김없이 새벽 네 시쯤이다. 시간을 맞출 수 있는 비밀은 도로 위에 있다. 자정 즈음에는 도로를 가득 채웠던 자동차들의 행렬이 시간이 지날수록 줄어들다 두 시를 지나 세 시를 넘길 때쯤이면 한 눈에 들어오는 도로 한 컷에 담기는 차의 대수가 다섯 대 이하로 줄어든다. 택시가 아닌 차는 개중 많아야 두 대. 그러다 영영 사라진다. 시간이 조금 더 지나면 홍콩의 명물, 새빨간 택시만 남는다. 그마저도 한 컷에 여러 대 함께 담기지 않는 때가 온다. 한 대 왔다가 뒤꽁무니에 한 대 더 붙는 정도. 그러다 한 번에 택시 한 대만 서 있다 떠나고 텅 빈 도로를 3분 이상 보게 되면 그때는 자러 갈 시간이다. 그때 책상을 정리하고 일어서면 꼭 새벽 네 시쯤 되었더라.

다들 돌아갈 곳을 찾아 떠나고 무사히 그 밤을 침대 귀퉁이에 접어 넣었을 시간. 이 순간이 나는 유난히도 좋다. 풍경 자체만으로도 가치 있지만 그것만으로 설명할 수 없는 안도감이 느껴지기 때문이다. 무언가의 의식 같기도 했다. 나는 그들을 모르고 그들도 나를 모르더라도 이 밤, 그 하루만큼은 서로에게 안온함을 빌려준 사이가 된 것 같았다.

노트 하나 간신히 올려놓을 수 있을 만큼 작은 그 유리 책상 앞에서의 시간이 여전히 그립다. 붉은빛 가득한 밤들은 아무도 모르는 나만의 것이었다. 동행한 여행자 누구에게도 말해본 적 없었다. 긴 밤 잠들지 않고 내가 무얼 하는지 아무도 모르는 게 좋았다. 누구나 나만의 것으로 남겨두고 싶은 순간이 있으니까. 한국으로 돌아오는 비행기 안에서부터 다시 그 자리에 가 앉을 때까지 영영 그리워하게 되는, 가장 사랑하는 밤의 뒷모습이다.

인생에는 오래 남는 날들이 있다. 어떤 이유로든 잊기 힘든 순간들이 있다. 눈부시게 아름다운 것을 보았던 날 역시 그중 하루가 되겠지. 인생을 관통하는 색이 있었던가 골몰하지 않아도 금세 나는 이 언덕 위에서의 저녁이 떠올랐다. 그저 하루의 해가 저물었을 뿐인데. 내가 떠나온 이후로도 지금껏 매일 해는 저물었을 텐데. 그곳에선 그저 흔한 하루의 소소하고 당연한 색채였을 텐데. 그런데도 나는 잊을 수가 없다. 피렌체 미켈란젤로 언덕에서의 노을을.

언제나 일출보다 노을을 좋아했다. 해가 뜨는 것은 보지 못해도 해가 지는 것은 꼭 멈춰 서서 바라보는 버릇이 있었다. 기분이 묘하고 마음이 울렁이는 때였다. 노을의 짙은 오렌지빛에 사람을 쥐고 뒤흔드는 마력이 있기 때문인지, 그 이후로 어김없이 어두운 밤이 온다는 사실 때문인지는 알기 힘들었다. 경위가 어찌 되었든 나는 노을의 아이였다. 그 시간에 날 만나고 싶으면 집에서든 학교에서든 날 찾는 사람은 노을이 지는 창가로 찾아오면 되었다. 나는 아주 오래도록 노을을 바라보는 일에 정성을 쏟으며 살았다. 노을에 관해 이야기하자면 하루 꼬박도 기꺼이 해낼 수 있다. "어느 바다의 노을은 나를 어떤 깊이에 잠기게 하더라. 어느 마을의 노을은 어떤 사람들이 함께 앉아 즐기더라" 하는 수다를 오래 떨 수 있다. 그런 내게도 그날 피렌체에서의 노을은 손에 꼽을 만큼 강렬했다. 태어나 지금껏 보았던 그 어떤 저녁노을보다도 아름답다는 생각이 들 정도였으니까.

미켈란젤로 언덕은 이탈리아의 도시 피렌체에 있다. 노을을 보기 위해, 관광객들이라면 피렌체 여행에서 한 번은 꼭 찾는 이곳의 정확한 명칭은 미켈란젤로 광장이다. 피렌체는 일본의 소설가 에쿠니 가오리와 츠지 히토나리가 협업한 소설『냉정과 열정 사이』의 주된 배경 도시로, 소설 속 가장 중요한 상징이자 공간인 피렌체 두오모 성당의 전경을 미켈란젤로 언덕에서 감상할 수 있어, 그를 이유로도 많은 사람이 미켈란젤로 언덕에 오른다. 피렌체의 두오모 성당은 모두에게 감탄을 자아내게 할 만큼 그림 같은 건축물로, 미켈란젤로 언덕에서 짙은 노을과 함께 꼭 감상해야 할 풍경의 주인공으로 손꼽혀 왔다. 정식 명칭은 산타 마리아 델 피오레 대성당이다. '꽃의 성모 교회'라는 뜻을 가졌는데, 그 이름만큼이나 아름다운 자태와 어우러지는 해 질 녘의 낭만이 해를 닮은 들꽃처럼 언덕 위에 흐드러진다.

대성당 외에도 피렌체에는 숨 쉬는 것을 잊게 할 만큼 고운 존재들이 여럿이다. 어디서 어디를 바라보든 다 아름답다. 도시 전체가 유네스코 세계문화유산으로 지정되어 있다고 누군가 말해주었는데, 오롯이 이해된다. 발 닿는 곳마다 역사책 한 페이지를 펴고 그 안에 들어가 두리번대는 기분이 든다. 세계의 많은 도시를 다 가보진 않았지만, 시가 흐르는 것처럼 느껴지는 곳은 처음이었다. 그런데 그 모든 것 중에서도 미켈란젤로 언덕의 노을이 내게는 가장 깊게, 오래도록 여운이 짙은 단 하나로 남았다. 어째서 그렇게 절경이었을까. 그 이유를 생각해보는 지경에 이를 만큼 압도적인 풍광이었다. 카메라 렌즈로는 내가 직접 본 풍경을 결코 다 담지 못했을 게 분명한데도 그때 찍어온 사진마저 다시 꺼내볼 때마다 탄식을 내뱉게 한다. 어김없이.

세상의 모든 아름다운 것들을 한데 모아 불태우면 그리 강렬하고 아련한 색이 될까. 검은 어둠을 밑바탕에 깔고서 주황빛으로 타오르는 노을이 삽시간에 사방을 에워쌌다. 화염의 짙은 오렌지색을 닮은 것도 같았다. 궁금했다. 내 마음에서는 과연 무엇을 꺼내 불 속에 던져야 저리 짙은 주황빛을 낼 수 있을지. 그럴 만한 순수와 진심이 내 속 어딘가에 있을지.

그날의 노을이 유독 아름다웠던 것은 곰곰이 생각해보면 사방팔방이 전부 다 하늘이었기 때문일지도 모르겠다. 서울 하늘에서는 노을이 건물과 건물 사이를 비집고서야 내게 간신히 오지 않나. 내게 닿을 때쯤이면 그 빛은 퍼지고 굴절되고 도시의 네온사인들과 만나 희미해지고 나서야 내 것이 된다. 그러니 짙고 진한 주황빛을 제대로 감상하자면 산이나 들판을 향해 걷는 노력 정도는 필요한 셈이다. 노을이 땅에 뚝 떨어지는 그 순간을 방해하는 것들이 없을 때 비로소 밤으로 향하는 주황빛의 진정한 아름다움을 보게 되니까. 미켈란젤로 언덕 위에 섰을 때가 그랬다. 아래로는 피렌체의 전경이 모두 보이고, 옆으로 혹은 위로 하늘을 간섭하는 것이 없었다. 다만 단지 그뿐이라면 쉬울 텐데, 여전히 그 짙음이 어디서 왔는지에 대한 완벽한 이해에 닿지는 못했다. 그리 짙은 오렌지빛의 하늘은 처음이었다. 게다가 그날로부터 십 년은 훌쩍 지났는데도 그 숱한 날 동안 그런 노을을 다시 보지 못했다. 밤이 몰려오는데, 그 밤을 잡아먹을 기세로 짙고 붉은 노을의 강렬함이란. 노을이 짙은 탓에 땅 위의 것들이 더욱 또렷하게 검은 능선을 그렸다. 수평선이 바라봄 직한 줄은 알았지만 매일 걷는 땅이, 그 땅끝의 지평선이 이리 아름다운 줄은 난생처음 알았다.

무엇으로도 이해하기 어려운 자연의 강렬한 아름다움 속에서 나는 자꾸만 마음에 대해 생각했다. 이토록 마음에 남는 색채를 세상에 떨어뜨려 주려면 분명 노을을 관장하는 신께서 세상에서 무언가 가져갔을 거라고. 아마 그것은 다름 아닌 인간의 마음 어느 구석진 곳에 있는 것들일 거라고. 자주 내가 그리워하며 내게서 찾기 힘들어하고 두려워하며 그런데도 사랑해 마지않는, 진심에 관한 이야기들일 거라고.

그날 저녁 미켈란젤로 언덕 위에 나는 친구와 함께 있었다. 인천을 떠나 런던으로 들어간 것은 연말 크리스마스 시즌이었고, 유럽의 여러 도시를 거쳐 피렌체에 당도했을 때는 해가 바뀌어 신년이었다. 우리가 만나 친구가 된 지 꼬박 열 번째 해를 함께 맞이한 곳이 이탈리아였던 셈이다. 그해에 우리는 스물넷이었다. 십 년을 둘 다 고군분투해 이제는 그 시절로 돌아가라면 반쯤은 질색하며 지금이 좋다고 말할 수 있게 되었지만, 그때는 어떤 모습으로 어떻게 살아가게 될지 아무것도 결정된 것이 없고 오롯이 내 발버둥에 불투명한 미래를 믿고 맡겨야 하는 시기였다. 이탈리아를 남부까지 훑으며 여행하고 나면 며칠 지나지 않아 한국으로 돌아가야 할 때가 다가오는 거였는데, 돌아간 후에는 대학 졸업반의 시작이었다. 마음이 어지럽지 않다면 거짓말이었고 불안과 아득한 심사도 컸다. 물론 지금에 와서 그때를 돌이켜보면 얼마나 좋은 날들이었나 싶기도 하지만, 그때 그 나이에는 온갖 각오와 온 우주의 기운이 필요하다며 울상이었다. 그 해에도 그다음 해에도 또 그다음 해에도 나는 힘이 들었다. 이후로 힘들지 않은 해가 있기는 했나 싶은 것이, 어른의, 어른이 되어야만 하는 사정 앞에 대롱대롱 매달린 나이의 삶이었다. 인생의 낯선 구간으로 들어서며 두려울 때마다 나는 스물넷 연초의 그 노을을 회상했다. 폭우처럼 쏟아지는 빗줄기와 하늘이 뚫린 것처럼 떨어지는 눈발 같은 것들에 압도되는 경험은 쉬이 상상할 수 있지만, 노을이 너무 짙어 나를 에워싸는 느낌이란 그 이전으로도, 이후로도 없었다.

낮과 밤의 경계에 갇혀 어디로도 갈 수 없는 기분이었다. 땅은 검고 하늘은 불타오르는데, 나는 한낱 두 발이 붙어버린 인간이어서 타오르는 화염과 식어버린 땅의 경계에 갇혀 오도 가도 못하는 느낌. 그런데도 이상하게 안도하는 마음이기도 했다. 그저 그 주황빛에 폭 안겨 잠들 수 있을 것 같았다. 오도 가도 못하는 이 순간에 갇혀 쉬어가도 괜찮을 것 같았다. 노을이 내게 말을 걸어오는 것도 아닐 텐데, 내게 짙은 어둠 속에 숨어 아무것도 하지 않아도 괜찮다고 말해주는 것 같았다.

사회에 내 자리라고는 하나도 없는 것만 같을 때, 나라는 인간의 쓸모에 대해서 나조차 재평가해야 하는 순간이 올 때, 함께 하던 이들이 하나둘 각자의 자리를 찾아 떠나고 익숙하고 정들었던 무리가 해체될 때, 이해할 수 없는 새로운 질서에 순응해야 할 때. 이 모든 일이 노을을 바라보던 그 밤을 전후로 일어났다. 온 세상이 노을로 붉게 물들던 언덕 위의 하루를 생각하며 나는 쉬이 진정되지 않는 마음들에 말을 걸곤 했다. 눈을 감고 언덕 위의 나와 친구의 그 해 질 녘, 평화로웠던 우리의 뒷모습을 떠올렸다. 그 안에 숨어들어 잠을 청해보려고 노력한 것도 여러 날이었다.

"피렌체에는 말이야, 예쁜 것들이 정말 많지만, 사실은 어떤 오래된 역사적 건축물과 미술관 같은 것들보다도 아름다운 게 있어. 너희, 오늘은 아무것도 하지 말고 노을이 가장 아름다울 시간에 미켈란젤로 언덕에 올라가보렴. 자, 여기 버스 노선도란다." 피렌체에 도착한 첫날, 꼬깃꼬깃한 낡은 지도를 펴놓고 우리에게 피렌체 구석구석을 설명해준 현지인의 말이었다. 우리는 다른 일정을 다 버리고 노을이 가장 아름다울 시간이라는 바로 그 시간에 맞춰 언덕에 올랐다. 사람이 많지 않았다. 합쳐서 열 명도 채 안 되는 이들끼리 노을을 보았으니까. 관광이 바빠 다들 노을의 붉음이 정점에 이르는 바로 그 시간을 잘 맞추지는 못하는 듯했다. 제시간에 맞춰 오는 이들은 손에 꼽는다고. 푸드 트럭에서 간식을 팔던 상인은 우리에게 엄지손가락을 들어 보이며 럭키하다는 말을 했다. 여기까지 쓰고 보니 어쩐지 그날 함께 이야기를 나누었던 이들마저 그립다.

나는 그 언덕에 다시 가고 싶기도, 다시는 가고 싶지 않기도 하다. 그 밤 같지 않으면 어쩌나, 그게 두려워 망설이게 된다. 눈을 감으면 보이는 그날의 노을을 잃게 될까 두려운 이 마음. 바로 이런 마음을 태우면 그런 주황빛이 나오는 걸지도 모르겠다. 내내 마음에만 품고 살 일이 아닐지도 모르지. 언제나 한 편의 글을 마무리하는 말미에는 엉뚱한 용기가 생긴다. 그리움은 더 짙어진다. 그러니 정말 떠나볼까도 싶다. 붉은 노을 아래. 이번에는 부디 단순하고 가벼운 마음만으로. 그리고 말해주어야지. 그간 네게 많은 빚을 졌다고. 그리하여 다행히 기운차게 살았다고. 이다음의 십 년도 한 번 더 잘 부탁한다고.

　　발밑으로는 금빛이 부서지는 바다, 등 뒤로는 너른 귤밭
이 펼쳐진 정원에서 아침을 맞았다. 동화 같았다. 오후 한 시에
는 사파이어를 잘게 부수어 물빛을 만든 듯 새파란 월정의 바
다 앞에 서 있었다. 늦은 저녁 체크인 후 서귀포의 호텔 테라스
에서는 하늘까지 닿을 듯 높이 자란 야자수 두 그루 뒤로 보랏
빛 제주 하늘이 저물어가는 걸 지켜보았다. 제주 바다가 문을
열고 제주의 하늘이 그 문을 닫는 완벽한 하루의 끝이었다. 그
날의 보랏빛 하늘은 대충 보라색의 기색이 섞인 수준이 아니
었다. 마치 진하게 덧칠한 포스터를 보는 줄 알았다. 한 번 보
고 나면 누구라도 그곳을 향해 떠나고 싶어질 어느 열대의 풍
광을 그려놓은 것처럼 작정하고 멋져서 나는 놀라버렸다. '이
풍경을 보기 위해 태어났을지도 몰라.' 문득 그런 생각이 들 정
도였다. '오늘 지금 여기 이곳에서, 저 풍경을 보려고 태어났다
고 해도 믿어진다고.'

주황의 열매와 푸르다 못해 눈이 부실 만큼 반짝이는 바다, 일순간 언어를 잃게 만드는 보랏빛 노을의 시간 속에서 나는 되뇌였다. '이 섬을 떠나고 싶지 않아. 이 섬의 오늘에 멈추고 싶어.' 섬은 매번 인간을, 나를 홀리는 데 성공한다. 그래서 육지로 되돌아가는 마음은 매번 서글퍼지고 만다. '이런 것들만 보면서도 살 수 있는 걸까? 돌아가지 않을 수도 있을까? 무얼 위해 이리 아등바등 부대끼며 살고 있지? 여기에는 이런 색깔들이, 이런 풍경들이 있는데.' 꼬리를 무는 생각들에 조금 병병했다. '있고 싶은 곳에 있을 수 있는 사람이 되는 것보다 행복한 일이 없겠다. 그보다 큰 욕심이 인간에게는 없는 거구나.' 노을이 바다 너머로 사라지고 나서도 생각보다 오래 그 빛이 지평선과 수평선 위에 남아 있었다. 완전히 어둠이 깔리기 전에 기록해두려고 핸드백을 뒤져 노트와 펜을 꺼냈다.

남부의 일몰
야자수 너머로 보랏빛이 짙게 깔렸고 그 위로 주황이, 그 위로 다시 짙은 파랑이 쌓였다. 다시 이 모습을 보지 못할까 두려울 만큼 아름다운 색조의 풍경이다. 남쪽 섬의 남쪽에서, 새로운 사랑이다. 사랑하게 된 순간이다. 여행하기를 멈출 수 없는 이유다. 더 많은 것을 사랑하고 감탄하기 위해서 떠나고 또 떠나는 삶을 살고 싶다. 이 풍경을 매일 보며 살아간다면 너무도 내일이 소중할 것 같다고 느껴지는 나만의 장소, 나만의 색채들을 전부 만나고 싶다. 그것이 살아가는 이유가 될 수 있음을 오늘의 노을에서 온전히 이해했다. 드물고 깊은 날이었다. 지금, 제주에 있다.

_제주, 2019 겨울

워낙 아름다운 것, 새로운 것, 감탄할 만한 것을 찾아다니고 좋아하는 성격이지만 이날 느낀 감정의 파고는 좀 달랐다. '무용하게 아름다운' 것들을 갈망하면서도 동시에 세속적인 욕망과 야망의 크기도 큰 인간이라 "어디의 무엇이, 어떤 날이 참 아름답더라" 하면서도 모든 걸 뒤로 하고 그 풍경만으로도 살아갈 이유가 되겠다고 생각해본 적은 없었다. 그런 내가 나도 모르게 "나 말이야, 이 순간을 위해 태어난 거 아닐까? 왜 인간이 전부 여기에 와 있지 않고 다른 데서 다른 걸 하고 있어야 해? 다들 여기 서 있으면 지구가 평화롭겠다. 그치?"라는 말을 했다. 진심을 판별할 겨를도 없이 튀어나와버린 진심이었다. 이날 이후 돌아온 터전에서의 일상에 미세한 균열이 생겼다. 마음 한 조각을 거기 두고 온 모양이었다. 온전히 원래대로의 나다워지지가 않았다. 몰랐으면 몰라도 알아버린걸 어쩌겠는가. 나라는 인간이 실은 마음의 허기를 채우는 데 어느 날, 어느 시간의 노을 한 점이면 된다는데. 그럼 왜 여기서 가져도 가져도 허전하기만 한 것들의 허상을 좇아 이 갖은 고생을 하고 있냐는 말이다.

나만큼은 나를 잘 안다고 생각했다. 그렇게 자신하고 나에게 내가 원하는 것들을 쥐여주기 위해서 독하게도 굴어보고 바쁘고 부지런하게도 살아보고 쉬는 법을 모르는 채로 산더미처럼 일거리를 만들고 또 만들면서 살았다. 그래서 얻는 과실들이 없지 않았고 그 과실들은 맛도 모양도 화려하고 훌륭했다. 그런데 나는 왜 지쳤을까? 말을 잃게 만드는 경치를 보았다고 해서 모두 원래의 삶을 떠나 그 풍경 앞으로 삶을 옮겨오고 싶다고 하지는 않을 텐데. 실은 내가 나를 잘 모르나? 내가 정말로 지치고 괴로운 걸까? 몇 번이고 이런 질문을 스스로 반복해서 던지는 나를 보며 알 수 있었다. '인정하기 싫구나. 그러다 그날의 제주 풍경들에 한 방 세게 먹었구나. 에이, 설마. 내가 지칠 수 있나? 난 욕심이 많고 원하는 게 많고 그만큼 해내야 하잖아. 그게 내가 원하는 거 아닌가? 그런데 전부 의미 없다고? 그럴 순 없지 않나? 이렇게 바보 같은 도돌이표나 머릿속에 돌려대면서 그동안 나를 들들 볶았구나.'

내가 열 명쯤 되면 좋겠다고 입버릇처럼 말하며 살았다.

한 명은 이 자리에 남아 이뤄내고픈 사회적 성공을 이루고 또 한 명은 해내고픈 인도주의적 활동에 매진하고, 누구는 뒤도 돌아보지 않고 멈추지 않아도 되는 여행을 떠나고 또 누구는 사랑하는 이들 곁에서 한시도 떨어지지 않고 그들 곁을 지키고 또 한 사람은 하염없이 보고픈 풍경 속의 일부가 되어 그 풍경인 채로 아무것도 예정되어 있지 않은 오늘을 살았으면… 하는 마음으로. 이런 바람을 가지는 것만으로도 욕심이 크다 싶어 부끄럽다.

귤밭의 주인은 오늘도 금빛으로 부서지는 푸른 바다를 보았을까? 매일같이 새삼스러울까. 행복할까. 오후 한 시를 정확히 지키면 월정의 바다는 매일같이 그때의 파랑 그대로일까. 그 호텔 그 객실의 테라스에서 바라보는 노을은 그 저녁만큼 여전히 아름다운 보랏빛일까. 만약 다르다면 나는 실망하게 될까? 그때와 여전히 똑같다면 그 아름다움이 반가울지 혹은 두려울지 모르겠다. '그 가치를 도저히 부인할 수 없는 색채와 풍광 속에 있어야 할 나를 엉뚱한 곳에 잡아두고서 삶을 허비하는 중인 건 아닐까?' 스스로 이렇게 질문을 시작하는 순간 삶은 어제와 같지 않게 되니까. 모르는 척 어제에 남아 있어야 지금을 유지할 수 있으니까. 그러나 이미 돌이킬 수 없다. 나는 나를 온전하게 만드는 풍경을 보았고, 사랑하게 되었고, 나를 다시 알아가는 중이다. 그러니 이미 시작한 셈이다. 언젠가, 언젠가는 그 바다로 돌아가 멈춰 설 수 있는 삶을. 당신은 어떤가. 나와 함께 떠나주려나. 모두 함께 떠나면 좋을 것만 같은데.

자작나무를 좋아한다. 벗나무와 매화나무도 사랑하지만 그건 그들의 몸이 아니라 피어나는 꽃을 향한 사랑이니 순수하게 나무로서의 몸은 자작나무가 제일이라고 말하고 싶다. 희어서 좋고, 흰 몸만큼 서늘해서 좋고, 새하얀 주제에 거칠기를 마다하지 않는 그 질감도, 눈 내린 숲에서조차 여전히 희게 빛나면서도 검게 파인 생채기들을 고스란히 품고 있는 것마저 좋다. 흰 몸의 자작나무에 가만히 손바닥을 가져다 대면 끓었던 열이 식고 불길처럼 일었던 파도가 잔잔해진다.

드문드문 상처 입은 것처럼 갈색의 속살이 섞인 거칠고 차가운 흰 몸이 손바닥에서 손목으로, 손목에서 팔꿈치로, 팔꿈치에서 다시 어깨로, 어깨에서 또 귓가로 제 언어를 전하는 동안 나는 나의 언어로 적을 수 없는, 그런데도 이해할 수 있는 진리를 듣는다. 어떤 날에는 위로. 어떤 날에는 통렬한 호통. 어떤 날에는 응원. 어떤 날에는 필요한 침묵. 나무의 언어를 통

역하는 통역기는 그 앞에 선 사람의 마음이다.

아무리 둘러보아도 내 인생 너무 캄캄한 것 같을 때, 손발이, 마음이 다 새카맣게 타들어간 숯덩이 같을 때. 그럴 때 나는 자작나무의 숲에 가고 싶어진다. '조용히 남몰래 눈을 감고 다시 손바닥을 대어보면 좋겠어. 지금 그랬으면 좋겠어.' 참을 수 없이 그 몸이 그리워질 때가 있다. 자작나무의 숲에서는 무엇이든 고백할 수 있다. 무엇이든 토로할 수 있다. 마냥 희고 곱기만 하면 엄두가 나지 않았을 텐데 희고도 거칠어서 그 몸이 좋았다. 흰 것을 검게 만들까 봐 걱정하지 않아도 되고 이미 검은 몸 어디에 내 것을 더 묻을 수 있겠나 싶어 그냥 돌아서지 않아도 된다.

자작나무 아래에 나는 많은 마음과 많은 이야기들을 묻었다. 무거운 것들을 거기 내다버렸다. 바람에 깎이고 시간에 녹아 형체는 사라져도 곧장 스며들어 스스로 나무가 되기를 바랐다. 한 그루 자작나무처럼 희고 거칠고 서늘하고 곧고 쓸쓸하고 변함없기를 바랐다. 도저히 매달고 다닐 수 없는 무거운 것들도 결국은 나의 역사이고 삶이고 사랑이었으니, 버려야 하더라도 때때로 찾아가 손바닥을 대어보고 이마를 대어보고 그때의 마음들로부터 새로운 해답을 얻을 수 있기를 바랐다. 흰 숲이 모두 아름다운 것들의 무덤처럼 보이는 이유다.

자작나무의 숲을 찾아가 가끔은 당신이 깃든 몸에도 손바닥을 대어본다. 선명하지 않아도 들려오는 목소리가 있다. 여전히 모든 것이 거칠게 상처 입은 채여도 새하얀 몸으로, 살아 있다.

불꽃처럼 산다는 건 어떤 걸까. 귀찮은 게 싫고 벌레도 싫고 낮은 캠핑용 의자도 싫지만 캠핑 가자는 사람이 있으면 마다하지 않는다. 불을 볼 수 있기 때문이다. 일렁이는 불꽃을 보고 있으면 나 대신 일렁여주는 불길 덕에 정작 내 뱃속은 놀라우리만치 고요해진다. 중심을 잡게 된다. 나는 욕심이 많다. 야망 같은 단어를 좋아했다. 불꽃처럼, 누구든 나를 볼 수 있을 만큼 커다란 불꽃으로 일렁이는 삶을 살고 싶었다.

오렌지빛의 불꽃 속에는 얼음보다 차가운 청색도, 검게 재만 남기 직전의 애타는 주홍도, 옅은 노랑의 경계도 있다. 그모든 것이 불꽃을 이루는 색이었는데, 어릴 적에는 불꽃의 정점이자 주인공 격인 밝은 주황만 똑 떼어 가지고 싶었다. 이제는 안다. 타오르는 불꽃처럼 산다는 건 결국 검은 재가 될 길을 향해 가는 일이라는 걸. 나를 태워서 아름다운 게 어떤 의미를 지니는지 생각해볼 만큼은 어른이 되었다.

불꽃은 언제나처럼 나를 매혹하는 존재이지만. 멍하니 보고 있다 보면 새벽이 밝아올 만큼 그저 아름답지만. 아무 생각 없이 멍할 수 있게 해주어 더욱 사랑했지만. 요즘은 오히려 어떻게 살아야 하는가에 대해서 더 고민하게 만드는 것도 같다. 주황의 불꽃이 매우 그리운 날이면 도시에서는 라이터를 사서 불을 켜보거나 작은 성냥을 꺼내 적린(성냥을 긋는 붉은 네모 칸)을 긋곤 하는데, 얼마 전에는 생일 케이크에 딸려온 성냥으로 불꽃 지수를 채웠다. 하나는 불이 붙어 제 쓰임을 다 했고 나머지 하나는 적린을 비껴 그어 불발이었다. 불붙지 않은 채로 남은 성냥 한 개비를 보면서 괜히 좀 쓸쓸해서 이런저런 생각이 들었다. 상념의 요지만 남기면 이거였다. '불을 붙이지 않으면 성냥이 아닌가? 불발된 성냥 같이 산대도 뭐가 어떤가. 언젠가 다시 타오를지도 모르지. 아니면 또 어때. 타오를 것을 예정하고 살아가는 삶이기만 해도 얼마나 멋진가. 불꽃을 품고 태어난 존재라는 것만으로도 얼마나 폼나는 생인데. 결국 타오르지 않았대도 나는 분명 붉디붉은 성냥인 것을.'

성냥을 모으기 시작한 것은 스무 살 언저리부터였다. 바에 가면 명함 대신 예쁜 성냥들을 가득 쌓아두는 집들이 많았다. 기념 삼아 하나씩 챙기곤 했는데 그러다 취미가 됐다. 요즘은 아무도 성냥을 안 쓰니 예쁜 디자인 상품, 기념품 취급이라

편집숍에나 가야 있다. 쓰지도 않을 성냥, 요즘은 제법 비싼 값에 산다. 성냥 모아두는 상자를 가끔 열어본다. 할 일은 많고 바쁜데 아무것도 하기 싫고 심심할 때. 딱 그때 성냥 상자와 조우하는 편이다. 예전에는 붉은색 머리를 가진 것들이 대부분이었는데 요즘은 콘셉트를 가지고 개발되는 상품에 속하다 보니 초록, 노랑, 핑크, 파랑 등 현란하다. 가장 최근에 구매한 성냥은 검은 고양이를 콘셉트로 한 상자 디자인에 검은색 머리를 가졌다. 죽 늘어놓고 감상하고 있자면 다들 새롭고 매력적이긴 하지만 구관이 명관이라고, 여러 해를 보아도 역시 붉은 벽돌색이 제일 내 것 같다.

어린 시절 가족들과 생일파티를 하면 그게 누구의 생일이든 성냥불은 내가 붙이고 싶어서 생떼를 부리곤 했다. 적당히 힘을 주어 적린에 성냥을 긋는 순간, '칙' 소리를 내며 화르륵 불을 붙이는 데 성공한 순간, 파티에서 그 순간이 제일 설렜다. 내 힘으로 불을 얻는 데 성공한 선사시대 인간의 마음이 마치 이랬을까도 싶고. 요즘은 딱히 기념할 것이 없어도 가끔 성냥에 불을 붙여 금세 사그라지는 불꽃을 본다. (지금은 손 소독제를 많이들 쓰니까 혹시나, 걱정되어 덧붙여요. 위험!) 물에 흠뻑 적셔 찰박찰박한 정도로 젖은 휴지를 앞에 깔아두고는 한참을 그러다 보면 바빠 캠핑 갈 처지는 못 되는 날에도 미니 '불멍' 정도는 한 마냥 기분이 나아진다.

앞서 얘기했던 이번 생일에서처럼, 성냥에도 불발이 있다. 주로 습한 곳에 오래 두면 그렇다. 신기한 것은 성냥갑 안에 전부 함께 있었는데도 어떤 것은 불이 붙고 어떤 것은 불꽃이 일 기미조차 없다는 점이다. 예고 없이 불발인 성냥을 쥐고서 몇 초 정도는 '에이, 김새네' 한다. 나머지 멀쩡한 성냥들을 태워내고 나서 불발된 성냥을 다시 성냥갑에 집어넣다 보면 언제 불만이었냐는 듯 생각을 고쳐먹게 된다. 불에 타 없어지지 않은 것이, 사라지지 않고 내 곁에 남은 것이 오히려 네가 나에게 줄 수 있는 미덕이었을지 모른다고. 다른 것들은 제 몫을 다 한다며 검게 타버리는 동안 너는 아름다운 꽃 한 송이처럼 여전히 붉지 않냐고.

가끔은 젊은 날의 우리가 꼭 성냥 같다는 생각도 든다. 취업 전선에서 골인을 위해 달리는 이들은 골이 들어가고 나면 행복해지리라 믿는다. 아직 불이 붙지 않은 성냥처럼 말이다. 취업에 성공하고 원하는 성취를 이루는 데 성공한 순간은 성냥에 불이 붙은 바로 그때를 말하겠지. 불꽃이 아름답게 일렁이는 너무나도 짧은 찰나. 그 뒤엔 자신을 까맣게 태워 버티는 시기가 이어진다. 누군가에겐 인생이 밤새 이어지는 불꽃놀이 같을 수도 있겠지만, 대부분의 삶은 짤막한 성냥을 닮은 것 같다. 그러니 불을 붙이는 데 성공했다는 게, 내가 불붙은 성냥이 되었다는 게 마냥 좋기만 한 일인지 다시 생각해보게 된다. 꼭 성냥은 불이 붙어야만 존재의 의미가 있나. 그저 두어도 내겐 고이 모셔두고 싶은 퍽 예쁘기만 한 존재인 것을.

언제인지도 모를 옛날, 작은 성냥갑에 내가 적어두었던 낙서를 발견했다. '불이 붙지 않아도 나는 성냥인 것을.' 과거에도 지금도 나는 나인가 싶다. 그때의 나도, 지금의 나도 비슷한 생각을 하는 걸 보면 변하지 않는 나라는 인간의 심지가 기특하기도 하고, 함께 쓰여 있는 연도를 보니 어떤 마음일 때 써둔 것인지 알 것 같았다. 그래, 타오르지 않아도 나는 충분히 붉다. 불붙지 않더라도 우리는 아름답다. 어쩌면 타오르는 성냥보다 더 길게, 더 오래 살아남아 존재의 의미를 가질 테다. 아무것도 이루지 않아도, 아무런 필요와 쓸모를 증명하지 않아도 나는 나로서 충분하다는 말을 듣고 싶은 날이 누구에게나 있다. 내 경우에는 이십 대의 불안했던 밤마다 늘 그랬다. 이십 대의 찬란한 혼란 속을 헤쳐나가는 중인 동생들에게, 후배들에게 이 말을 가끔 한다. '성공해. 잘돼야 해. 잘될 거야. 결국 너의 시간이 올 거야' 같은 덕담은 남들이 많이 해줄 테고, 난 그저 지금의 너로 충분하다는 말을 하는 어른이 되고 싶었기 때문이다. 이런 말을 해주는 어른이 곁에 없었던 나는 혼자 그 말을 하고 또 했다. 성공의 기쁨을 만끽하는 짧은 순간보다도 그런 숱한 날들이 삶을 깨닫게 했다. 의미 있었다.

불이 붙지 않는 삶도 있다. 활활 타오르는 삶도 있다. 둘 중에 무엇이 성냥인가. 불꽃을 품은 삶과 지금 불꽃인 삶 사이의 간극은 과연 그리 대단한가. 붉은 아름다움으로 태어나준 것만으로 이미 성냥은 할 도리를 다했다. 애써 타오르지 않아도 좋다. 단지 내 곁에 오래 있어 줬으면 싶다. 붉은 생을 살아가는 데에는 여러 방법이 있는 법이다.

검은 고양이를 구조했다. 그것도 세 마리나. 길 위의 고양이들이었다. 한 마리는 이미 다 자란 성묘였다. 학교 도서관에 토익 공부를 하러 다니던 친구가 몇 개월째 이 까만 고양이를 만나 부쩍 친해졌다고, 어느 날은 먹던 소시지를 방심하다 빼앗겼다고, 또 어느 날은 운동장을 한 바퀴 돌면서 함께 산책도 했다고, 또 어떤 날은 물을 먹고 싶은지 더러운 웅덩이 앞에서 물에 비친 자기의 얼굴을 쳐다보고 있노라고 전해주었다. 우리는 부쩍 이 고양이에게 마음을 쓰게 됐다. 안 보이면 걱정되고, 보고 있으면 안쓰러워 좌불안석이었다. 고양이를 길러본 적이 없어 미지의 세계로 들어가는 기분이었지만 마음껏 먹고 마실 수 있는 따뜻한 공간을 주고 싶다는 생각이 점점 더 커졌다. 친구는 내게 "데려갈까?" 물었고, 나는 그러자고 했다.

* 누아는 우리 집 검은 고양이의 이름이다. 검은색을 의미하는 프랑스어 noir. 외래어 표기법상으로는 '누아르'가 되지만 현지 발음을 그대로 옮겨와 '누아'라고 부르고 쓴다.

병원에 데려가 몸무게부터 쟀다. 제대로 먹지 못하고 마시지 못한 탓에 다 자란 고양이 몸무게가 2kg을 조금 넘는 수준으로 비쩍 말라 있었다. 체형에 따라 다르긴 하지만 집 생활을 하는 고양이들은 평균적으로 4~6kg 정도 나간다. 다행히 지금은 그 애들을 따라잡아 5kg 전후를 유지하는 건강한 고양이로 지내고 있다. 윤기가 흐르는 검은 털에 에메랄드빛 초록색 눈동자를 가진 이 고양이는 겨우 연명하는 상태에서도 늠름하고 당당한 표정을 하고 있었다. 그 자태가 멋져 이름을 '마들model'이라고 지어주었다. 친구는 마들이에게 이름이 적힌 빨간 리본 목걸이를 선물해 걸어주었고 도톰하고 따뜻한 재질의 베이지색 방석을 깔아 쉴 자리를 마련해주었다.

내 인생의 두 번째 검은 고양이는 한 해를 건너뛰어(마들이 다음 해 여름에는 고등어 무늬 고양이 가을이와 인연이 닿았다) 그다음 해 여름에 만났다. 동네의 작은 냉면집에서 이른 저녁을 해결하고 걸어서 집으로 돌아가는 길이었다. 초등학교 화단 앞을 지나는데 둥글고 까만 솜뭉치 하나가 발밑으로 굴러왔다. 굴러떨어진 것에 가깝다고 해야 하나. 어쨌든 순식간이었다. "어머, 너 뭐니?" 하며 허리를 굽히자마자 겁도 없이 되바라진 그 솜뭉치는 처음 본 인간의 품 안으로 확 뛰어들어 안겼다. 어미가 있을지도 모르니 인간 냄새가 배기 전에 내려놓았어야 했는데, 집으로 날 데려가라고 명령하는 것처럼 당당하게 내 옷을 그러쥐고는 놓지 않았다. 이미 길에서 사람의 손을 탔거나 집에서 태어나 버려진 혹은 주인의 부주의로 잃어버린 고양이 같았다. 한 손에 들고도 손안의 공간이 남을 만큼 작았다. '그래. 에라 모르겠다. 같이 가자.' 반쯤 자포자기한 심정으로 일단 데리고 가서 주인을 찾아주기로 했다.

바로 택시를 잡아타고 함께 집으로 돌아오는데 피식피식 웃음이 났다. 이 말도 안 되는 우연하고도 당황스러운 상황 때문이 아니었다. 택시에 함께 오르자마자 경계는커녕 품 안에서 꾸벅꾸벅 졸다 깊이 잠든 새끼 고양이의 태연한 얼굴 때문이었다. '뭐, 이런 놈이 다 있어?' 집에 데려와 현관에 내려놓자마자 이 작은 솜뭉치는 온 집 안을 점령하려 들었다. 다 자란 성묘 고양이가 두 마리나 선점하고 있는 공간을 겁도 없이 여기저기 쏘다니며 자기의 존재를 알리더니 자기보다 두 배는 더 키가 큰 마들이와 가을이의 목에 매달려 헤드록을 걸어가며 덤벼들기도 했다. 미처 신발도 못 벗고 거실의 이 긴박한 상황을 보고 있자니 또 웃음이 터져 한바탕 신나게 웃어 재꼈다.

엎치락뒤치락 한 시간을 넘게 싸워대더니 지쳤는지 다 같이 머리를 맞대고 잠든 모습을 보고 이내 정이 들어버렸다. '다른 집에 못 보내겠네.' 당시에 혼자 살기 너무 외롭고 우울하다며 훌쩍 서울을 떠나 뉴질랜드에서 여행하던 동생에게 전화를 걸었다. "너, 고양이 키울래?" 입양 글을 올리기 전에 한 번 물어나 보자 싶어 전화를 걸었는데 동생은 3초 만에 "Yes"를 외쳤다. 나는 "진한 호박색 눈이고, 검은 고양이야. 주먹 하나만큼 작아. 엄청난 말썽꾸러기야"라고 말해주었다. 동생은 잠시 놀란 눈치였다. 그리고 되물었다. "까만 고양이?" 까만 고양이라서 무슨 문제라도 있느냐 묻는 내게 동생은 '실은 지난겨울부터 언니처럼 고양이를 기르고 싶어 미리 지어놓은 고양이 이름이 있었다'라며 메신저로 사진을 하나 보내왔다. 눈밭에 나뭇가지로 크게 쓴 알파벳 네 글자였다. 불어로 'noir', '검은색'이라는 뜻이다. 전혀 계획한 바 없는데 머릿속에 저 단어가 떠오르더란다. 그런데 한국의 언니로부터 검은 고양이 소식을 듣게 되었다고 했다. 우리 모두 조금 놀랍고 많이 뭉클했다. 성질이 엄청나고 잠자리를 가리지 않는 이 전투적인 솜뭉치는 그날부터 우리 가족의 두 번째 검은 고양이 '누아'가 되었다.

검은 고양이 두 마리(마들, 누아)와 고등어 무늬 고양이 한마리(가을). 이렇게 세 마리와 3년쯤 함께 지내며 우리는 몇 가지 새로운 사실을 알게 되었다. 아니, 알 수밖에 없었다. 가을이와 외출하면 들을 일이 없는 얘기들을 검은 고양이 마들이혹은 누아와 함께일 때는 종종 들어야 했기 때문이다. "까만

고양이에요? 신기하다", "털이 정말 머리부터 발끝까지 다 까맣
네요?", "와, 까만 고양이는 처음 봐요", "저는 치즈가 예쁘던데.
그렇지 않아요?", "까만 고양이 두 마리가 함께 오는 건 의사
생활 중에 정말 처음이네요" 같은 말들. 물론 우리 고양이들을
싫어하는 마음을 담아서 하는 얘기들은 아니었다. 기본적으
로 고양이를 사랑하는 사람들이었으니까. 다만 진심으로 의아
해하거나 신기해하는 중이라는 건 늘 느껴졌다.

　그런 말들을 여러 번 들은 후에야 비로소 알았다. 사람들
에게는 선호하는 고양이의 털 코트 색깔이 있고 그게 일반적
으로 검은색은 아니라는 것. 검은 고양이가 천대받아온 시절
이 있지만 그건 모두 옛이야기라고 생각했던 건 내 착각일 뿐
이었다는 것. 그 사실에 눈을 뜨고 나니 여태 보이지 않았던
것들이 보였다. 실제로 고양이들의 입양을 위한 인터넷 카페에
서는 검은 고양이라 입양이 어려울까 봐 걱정이라는 댓글들이
꽤 있었다. 사려 깊지 못한 소수의 지인이 반려동물을 취향에
맞게 고를 수 있다는 듯 "왜 검은 고양이를 골랐어?"라는 말을
할 때 "고른 거 아니야. 구조한 거야. 근데, 검은 고양이가 왜?"
라고 진심으로 되물었는데, 그게 꽤 멍청해 보였을 거라는 사
실도. 그 질문에는 누구나 검은 고양이를 선호하지 않는다는
전제가 깔렸었으니 말이다.

이런 말들에 익숙해질 때쯤 나는 인생의 세 번째 검은 고양이를 만나게 된다. 대학원에 갓 입학한 2017년 여름이었다. 동기들이 학교 건물 옆 하수구 안쪽에 어미 없이 방치된 새끼 고양이를 발견했다며 새벽에 내게 연락을 해왔다. 집이 넓고 고양이를 돌볼 줄 아니 임시 보호라도 좀 해주면 안 되냐고 다급히 물어와서, 야박하게 거절은 못 하고 일단 가보겠다고 했다. 얼마나 급한 상황인지, 도움이 필요한 게 맞는지, 그날 새벽부터 내리 3일을 지켜봤다. 누아를 처음 만났을 때만큼 작은 새끼 고양이였다. 누아와 형제가 아닌지 의심될 만큼 눈 색깔도, 기운찬 울음소리도, 잽싼 몸놀림도 전부 닮은 검은 고양이.

첫날은 마음만 급해서는 바보같이 먹을 것도 준비를 못했다. 사람들이 주고 간 사료에는 여름날 뙤약볕 아래 아스팔트를 점령한 개미들이 들끓었다. 고양이는 어느 계절부터 쌓여 있었는지조차 모를 낙엽을 침대 삼아 하수구 안쪽에서 웅크리고 있다가 깡충대며 뛰어나와 개미가 끓는 사료를 물끄러미 바라보다 다시 들어가 잠을 청했다. 한 5분쯤 기다리니 다시 나왔다. 아무리 생각해봐도 배가 고팠겠지. 슬픈 눈으로 먹지 못할 사료를 쳐다보다 다시 들어가 잠을 청하기를 여러 번 반복하고 있었다. 그러다 대로변에서 트럭이나 오토바이가 지나가는 소리가 들리면 소스라치며 뛰쳐나와 오들오들 떨면서 사람들 발치를 지나 풀숲에 몸을 숨기곤 했다. '나 말고도 밥 주는 사람이 있을걸. 나 말고도 데려가 보살펴줄 사람이 있겠지.' 고양이를 더 데려올 계획이 없었던 나는 그 애를 저기 그냥 두고 돌아와서는 밤새 뒤척이며 잠을 청하지 못했다. 다음날은 먹을 것을 챙겨가 배불리 먹이고 어미가 돌아와 보살피는지 살폈다. 사람들의 손길도 끊기고 어미는 보이지 않았다. 주변에 데려가 길러줄 사람이 있는지 물색해봤지만 여의치 않았다.

다음날, 자정 가까운 시간까지 고민하다 결국은 참지 못하고 인적 없이 조용한 그 대로변에 무릎을 꿇고 앉아서 하수구 위 아스팔트를 콩콩 두드렸다. "나와봐. 아가. 나와도 괜찮아." 그러는 사이 모기에 엄청 뜯겼다. '너, 이렇게 신중한 편이었니? 낮에는 그렇게 사방팔방 사람들 사이를 돌아다니더니.' 고요한 가운데 내 발걸음 소리가 고양이를 겁먹게 한 모양이었다. 모기에 20방 정도 물어뜯긴 다음에야 새끼 고양이의 눈을 볼 수 있었다. 임시 보호고 뭐고 우리가 그냥 거두기로 마음먹고 데리러 간 거였다. "아휴, 너를 또 어떻게 기르니. 셋도 힘든데. 정말 어쩌지? 그래도 잘 지내보자, 우리."

앞서 두 마리의 검은 고양이를 기르면서 검은 고양이에 대한 사람들의 호불호를 익히 경험한 후였기 때문에 데려가지 않으면 답이 없겠구나, 했다. 영영 차가운 낙엽 위에서 잠들고,

온종일 끊이지 않는 배달 오토바이 소리에 몸을 떨고, 벌레 끓는 밥을 보며 눈물이나 흘리다 비쩍 곯아 제 명을 다 살기 힘들겠지, 싶었다.

첫 만남부터 패기 넘쳤던 누아와 달리 이 아이는 겁이 많았다. 내 품에서도, 친구의 손 위에서도 그치지 않고 서럽게 엉엉 울었다. 우리가 저에게 나쁜 짓을 한다고 알리려는 듯 빽빽 울었다. 그래놓고 집 안에 들어서자마자 밥을 여섯 그릇은 먹은 것 같다. 이 귀여운 대식가에게 나는 가장 따뜻하고 다정한 이름을 주고 싶었다. 한 번 소리 내어 불러보고 나니 왠지 모를 서러움이 녹아내리는 기분이 들었다. 봄. 봄아, 안녕, 우리 봄이. 세상 사람들이 검은 고양이에게 가장 붙일 것 같지 않은 이름이었다. "봄. 네 이름은 이제 봄이란다. 봄은 정말 좋은 거야. 너도 알게 될 거야." 생전 처음 먹어보는 맛있는 음식에 넋이 나가 그릇을 핥아대는 봄이의 귀에 내 말이 들렸을 턱이 없다. 그래도 내 마음을, 이 세상 모든 검은 고양이에게 붙여주고 픈 이름을 준 내 마음을 분명 봄이도 알았을 터였다.

벌써 함께 살기 시작한 지 순서대로 7년, 5년, 4년이 되어가는 세 마리 까만 고양이는 이제 내 인생의 다시없을 환희다. 멸시받고 공격받으며 살아온 세월이 생존에 유리한 유전자를 남긴 건 아닌지 의심하게 될 만큼 영리한 아이들이다. 감탄을 자아낼 때가 많다. 마들이는 호기심이 강하고 용감하다. 누아는 이제 사람 말을 한다는 의혹을 불러올 만큼 사람과 소통한다. 봄이는 집요하고 끈기가 있어 별명이 서울대형 고양이다. 셋 다 믿음과 사랑을 준 이에 대해 고집스러울 만큼 충직한 모습을 보이기도 한다. 전부 고슴도치 엄마의 자식 자랑이라고 하면 딱히 할 말은 없지만, 어쨌든 검은 고양이 만세다. 몸의 반쯤은 새하얀 털을 가진 고등어 고양이 가을이가 햇빛 아래 서 있으면 새하얀 눈을 보는 것처럼 눈부시게 아름답지만, 윤기가 흐르는 검은 털의 마들이가 햇빛 아래 서 있는 모습은 꼭 정글 속의 흑표범을 마주한 듯 유려하고 매혹적이다. 검은 고양이 세 마리에 둘러싸인 가을이를 보면 세상에 고양이란 전부 검은색이고 삼색 털을 가진 가을이가 별난 존재처럼 느껴진다. 모든 것은 이렇게 상대적이다. 평범함과 아름다움의 개념 자체도, 우리가 마주하는 온 세상 모든 존재의 천차만별인 피부색도. 어떤 색을 타고 났느냐는 그 존재의 잘못이 아니다. 한 생명으로서의 존귀함, 그 귀함에서 비롯된 아름다움이 있을 뿐이다. 누아는 잘못이 없다. 검은색은 잘못이 없지. 마들이도 봄이도 그렇다. 다들 그저 귀하고 아름다울 뿐이다.

오래전부터 검은색이 나쁘지 않다고는 생각했다. 아니, 꽤 괜찮은 색이었다. 변하지 않는다는 점이 좋았다. 쉽게 물들지 않고 하루아침에 변해버리지 않으니 믿을 만하다고 생각했다. 운동회에 입고 가려고 샀던 예쁜 흰색 티셔츠에 물감이 묻어 속이 왕창 상했던 날 처음으로 그런 생각을 했던 것 같다. 그렇지만 그게 다였다. 좋아하는 색이라고 나서서 손에 꼽을 일은 아닌 그냥 그런 색이었다. 어디에 매치해도 세련되고 무난하게 어울리고 기본적으로 갖춰두면 좋은 색. '무슨 색을 좋아해?'라고 물었을 때 이런저런 이유를 주절대지 않고서는 상대방을 이해시키기 어려운 색. 빨강, 보라, 초록, 분홍 같이 쨍하거나 오묘한 매력이 있어 한눈에 누군가를 매혹하기는 좀 어려운 그런 색 말이다.

이제는 다르게 느낀다. 그러니 사람들에게도 다르게 말할 생각이다. 검은 고양이 색이 이 세상의 기본색처럼 느껴지니 정말 어쩔 수 없는 일이다. 세상에서 가장 깊은 색. 무엇보다 내가 사랑하는 깊은 밤의 하늘색을 닮은, 유려하고 반짝이는 색. 가장 사랑하게 되어버린 색. 좋아하는 색을 물으면 가장 먼저 답하게 된 색깔이라고 검은색을 다시 소개해야만 한다. 속세의 때 묻은 설명 없이 이야기할 줄도 알아야겠지. "안녕하세요. 저는 검은 (고양이) 색을 1번으로 좋아합니다"라고.

겨울이 끝나간다. 봄이 대지를 점령하고 나면 이 메마른 공기와 건조한 바람과 촘촘히 별 박힌 밤하늘과 그 하늘 끝까지 타오르는 장작의 불꽃은 제 온도와 개성을 잃고 만다. 그런 이유로 오늘은 마음이 좀 급하다. 그러니 거두절미하고 지금부터는 오래도록 타오르는 겨울밤의 불꽃에 관해 쓴다. 새까만 숲속에 둘러앉은 이들의 마음을 장작 삼은 밤의 오렌지색에 대해.

어린 시절에는 학교 선생님, 친구들과 함께 캠핑 갈 일이 많았다. 낮에는 엉성한 체조도 하고 산도 타고 맛없는 밥도 비우고 텐트도 치고 어설픈 연애들도 하고 물놀이도 했다. 밤이 오면 둥글게 둘러앉아서 노래를 부르고 부모님께 편지를 쓰고 내 키의 두 배도 넘을 것 같은 나뭇더미가 붉은 화염을 만들어내는 모습을 보면서 불티가 어디까지 날아갈지를 궁금해하기도 했다. 밤이 깊어가면 우리는 주로 울었다. 울렸'다는 표현이 더 적절할지도 모르겠다. 슬픈 노래는 계속 흐르고 앞에서 마이크를 쥔 레크레이션 강사 혹은 교관 선생님(?)이 자꾸만 눈을 감고 부모님을 생각하라고 이야기했다. 친구들이 하나둘씩 고개를 처박고 눈물을 흘리기 시작하면 그때부터 나도 비상이었다. 손에 들고 있는 하나뿐인 촛불이 바람에 꺼지기 전에, 촛대마저 다 녹아 사라지기 전에 재만큼은 슬피 울어야 효녀가 될 것 같고 눈도 좀 퉁퉁 부어줘야 이 멋진 밤이 완성되는 것 같기도 해서 열심히 슬픈 생각을 쥐어짰다. 눈가에 울었다는 흔적이 남도록 대충 눈물을 훔친 후에는 불 앞을 벗어나지만 않으면 되는 자유 시간이 주어졌다.

긴긴밤 동안 나는 흥이 오른 친구들과의 대화보다 타오르는 불꽃을 바라보는 일이 좋았고 점점 사그라들며 더 짙어지는 오렌지빛의 불길을 벗 삼는 일이 좋았다. 시늉만 했대도 눈물을 흘리긴 했기 때문일까? 밤공기의 결을 따라 일렁이는 주황빛 불꽃만큼이나 마음이 쉽사리 일렁이곤 했다. 친구들은 멍하니 불을 보는 나를 가끔 이상하다고 했다. 툭 치면서 정신 차리라고도 하고 대체 무슨 생각을 하길래 불러도 못 듣느냐고도 하고 '불이 참 예쁘다'라며 내 옆에 앉아 덩달아 나처럼 멍해지는 아이도 있었다. 누가 뭐라 묻든 아무런 대꾸도 하기 싫었다. 그래서 그냥 웃었다. 인간으로서의 내가 대화를 하고 싶어지는 순간은 주로 외롭거나 궁금할 때인데, 불을 앞에 두고서는 외롭지가 않았다. '스스로 가지고 태어난 열기와 온도에 그 비밀이 있을까. 뜨거워져 붉은 걸까. 붉어서 뜨거운 걸까. 너는 어떻게 그렇게 내내 매혹적일까.' 타올랐다 꺼져버리면 그만인 불을 두고서 나는 마치 귀가 있는 존재에게 말을 건네듯 자주 그런 것을 물었다. 질문을 하나 던질 때마다 한 발짝 더 불길 속으로 이끌리는 것 같았다.

내 마음의 온도는 줄곧 서늘하게 그늘진 응달과 같은데, 그런 내가 불 앞에 서면 꼭 꼬챙이에 꿰어진 마시멜로가 된 것처럼 노곤해졌다. 오해의 소지가 있을까봐 짚어두는데, 꼬챙이에 꿰어진 마시멜로 신세가 참 좋다는 얘기를 하려는 거다. 그것만이 제 일이지 않나. 따뜻한 불의 열기 속에 녹아내려 이내 달콤해지는 것. 그 존재만으로 결국은 사람들을 행복하게 하는 것. 불 앞에 서면 언제나 나도 그렇게 될 수 있을 것 같은 포근한 착각이 들었고 따스한 온도의 용기를 마음 어딘가에 주유하듯 채워 넣을 수 있었다.

딱히 주황에 개인적인 선호도가 있는 편이 아니다. 그런데도 얼어 죽기 딱 좋았던 캠핑장에서 고기 굽고 남은 나무장작에 불을 붙였을 때, 생일케이크를 앞에 두고 성냥 하나를 그었을 때, 그때의 첫 불씨, 공기와 바람 머금고 타오르던 화염,

꺼져가면서도 오렌지빛 그대로인 불티까지도 모두 귀했다. '인간을 매혹하는 것은 유구한 역사 속에서 주황의 불길과 번쩍이는 황금뿐이었겠구나.' 불을 앞에 두고서 문득 이런 생각도 들었다. 아무래도 인간의 마음속 깊은 곳에 자리한 욕망과 불의 색채가 가진 주파수가 같을지도 모르겠다. 불을 다루는 것은 자연으로부터 인간만이 얻은 신비인데, 욕망을 가진 존재가 이 지구상에는 인간뿐이어서 인간에게 불이 곁을 내준 것은 아닐까. 커다란 불꽃 앞에 앉아 있자면 가끔은 이런 엉뚱한 생각의 섬까지도 곧잘 헤엄쳐 가게 된다.

황금은 화염을 이길 수 있을까. 밤의 오렌지를 이길 수 있는 색채란 아마 존재하기 힘들 테다. 그것은 밤을 집어삼키고 사람들의 욕망을 집어삼켜 점점 더 밝고 크고 짙어져 결국은 나를 그 앞으로 끌어다 놓고 마는 존재였다. 적어도 나에게만큼은 꼭 마력을 가진 것 같은 색. 두려우리만치 강렬하고 황홀하며 홀연한 색. 언제나 그 색을 숭앙하고 마는 나는 그 불길 앞에서 이토록 속수무책인 것을 한 번은 고백하고 싶었다. 내 앞에서 타올랐던 불꽃들에게는 이 고백을 들어줄 귀가 분명 있다. 듣고서 일렁이며 일어나 화답할 몸이 있다. 모든 불꽃은 우리에게 말을 걸고 나와 당신의 속삭임을 듣고 누군가의 눈물을 기억하고 대신 춤을 추고 대신 절규하며 얼어붙은 몸과 마음으로 밤을 지새지는 말라고 다독여도 준다. 사랑하지 않을 재간이 있나. 욕망하지 않을 방법이 있나. 그러니 뜨겁게 고백할밖에. 가장 오래 타오르는 마음의 색, 누구든 마음을 빼앗기지 않을 수 없는 한밤의 불꽃'을 여기 이 어두운 숲속 한 귀퉁이의 나 역시 열렬히 사랑하고 있다고.

' 어릴 때 엉성한 전생 알아보기 테스트가 유행한 적이 있다. 연예인들이 최면술을 받는 척(?) 그 전생을 알아보는 방송 프로그램도 한참 동안 인기였다. 우리는 방송에서처럼 고급지게는 못해보고 기껏 인터넷에 떠도는 전생 테스트나 돌려보곤 했는데, 나도 한 번 해봤다. 먼 옛날 일인데도 그 어설픈 테스트가 내놓은 결과가 맘에 들어서 여태 잊지 않았다. 다른 결과가 나올까 봐 일부러 딱 한 번만 했다. 그만큼 신났었다. 테스트가 말하기를, 공주도 왕자도 나라를 구한 장군도 심지어는 사람조차 아닌 내 전생은 불이었다. 어느 숲속에서 꺼지지 않고 계속해서 타오르는 푸른 불꽃. 조악한 픽셀의 이미지도 같이 보여줬던 것 같은데 글자만 제대로 기억이 난다. 불꽃, 불, 전생에 내가 불이었다면 어떤 몸, 어떤 팔, 어떤 눈과 귀, 어떤 숨을 가졌을까? 스스로에게 질문을 던진 순간 낯설고 기묘한 감각이 나를 덮쳐왔던 것을 기억한다. 그때부터였는지도 모른다. 다음번의 캠프파이어를 손꼽아 기다리게 된 것은.

달. 달 없이 밤을 어떻게 지새울 수 있으려나. 달 없이는 노래도 이야기도 사랑도 그 어떤 오래된 기원들도 생겨나지 않았을 것이다. 드뷔시의 〈달빛〉, 달에게 사랑하는 임의 안녕과 평화를 비는 고대가요들, 〈플라이 미 투 더 문〉… 온갖 노랫말과 음악 속에 달이 등장한다. 음악은 그래서 밤마다 나의 친애하는 벗이다.

달을 노래한 곡들을 듣고 있자면 달빛 그 자체를 음을 통해 구현한다는 느낌을 받을 때가 많다. 눈이 아닌 귀로, 마음으로, 온몸으로 음표를 입은 달빛이 스며든다. 손끝이 달빛색으로 물드는 것을 본다면 그때 깨달으면 된다. 다행히도 이 밤을 건너 꿈으로, 쉼으로, 모든 소리가 멈춘 고요의 땅으로 실려왔구나.

나는 24시간 귀에서 이명이 들리는 이명 환자다. 스스로나 자신을 이기지 못해 얻은 병의 후유증이다. 생명에는 지장이 없지만 생활은 종종 무너진다. 개인적으로는 솔직히 조금 끔찍하다. 최근 찾아간 병원에서 (방법이 없음을 알면서도 가끔 새삼스럽게 무서울 때 병원에 간다.) 이명 증상으로 인해 얼마나 고통을 받고 있는지 작성하라고 조사지를 주었는데, 마지막 질문에 이 병 때문에 '화가 나느냐'라고 쓰여 있었고 숫자로 정도를 표시하게 되어 있었다. 어느 칸에도 동그라미를 치지 못했다. 네모 칸 밖에 한글로 '슬프다'라고 적었을 뿐이다. 조사 결과지를 받아들고서 의사는 곤란한 얼굴로 "너무 슬퍼하실 거 없으세요. 적응하실 수 있어요"라는 말을 건넸고 나는 어째서 슬픈지 말하지 않고 "네, 고맙습니다" 하고 건조하게 웃었다. 영원히 적응할 수 없고 받아들이기 힘든 사실을 타인과 공유하는 것은 아무런 의미가 없어서 그냥 웃었다. 그런데 왜 여기에 쓰고 싶을까. 아무런 의미가 없는데 왜 이 지면 위에 적고 싶은 마음을 참지 못할까.

불 꺼진 방에서 혼자 아무런 소리도 들려오지 않는 밤의 고요를 듣는 것을 아이일 적부터 좋아했는데 이제는 어디서도 고요를 만날 수가 없다. 다름이 아니라 그 사실 하나 때문에 가끔은 미칠 것 같다. 공부하는 데 집중이 힘들고 잠드는 게 힘들고 작은 소리를 알아듣는 게 점점 힘들어져도 다 그러려니 할 수 있는데 내가 고요를 잃었다는 사실만큼은 9년이나 지났는데도 여전히 사무친다. 듣지 못하는 사람도 목숨이 위태롭게 아픈 사람도 많은데 고작 이런 것을 괴롭다고 해도 될까. 그건 염치가 너무 없는 것 같은데⋯ 싶어 한 번도 토로해본 적 없지만 오늘만큼은 말하고 싶다.

벌써 세 단락째 초고에는 없던 내용을 덧붙이고 있는 중이다. 꼬박 하루를 이 글을 고치는 데 쓰고 잠들었다가 일어나 전부 내다 버리고 다시 쓴다. 제대로 털어놓고 싶어서 다시. 종일 이 글 하나 붙잡고 있다가 잠들던 어젯밤에는 책에서 글을 빼야겠다고 생각했다. 책에 싣고 싶지 않다고 결론을 냈다. 그런데 오늘 다시 열어보고는 계획에 없이 이 구구절절한 마음을 적어 내려가고 있다. 내일은 또 마음이 바뀔지도 모르겠지만 일단 오늘은 용기를 낸다.

타인의 고통은 타인의 것일 뿐이니 나는 그 고통에 공감하더라도 해결해줄 수 없고 나의 고통 역시 늘어놓는데도 누가 해결해줄 수 없음을 알면서도 어째서 여기에 털어놓으면 조금 나아질 것처럼 느껴질까. 그 이유를 알지는 못하지만 고통은 견디고 싶은 방식으로 견디는 게 제일이라는 것쯤은 안다. 그러니 오늘만큼은 내 멋대로 하겠다. 누가 크게 뜯어 말리지 않는 일이라면. 아니, 다들 말리고 손사래를 쳐도 여러분도 여러분을 나아지게 하는 방법으로 각자의 고통을 견디기 위한 최선을 다했으면 좋겠다. 그래서 내일 떠오르는 해를 보며 좀 더 씩씩할 수 있으면 정말 좋겠다. 나는 지금 그러려고 이 글을 다시 쓰고 있다.

치료법은 없다고 했다. 평생 이대로 살아야 한다. 만나는 의사마다 마음을 편하게 가지라고 이야기하는 게 전부여서, 그때부터 귀를 핑계 삼아 나를 덜 몰아붙이며 사는 법을 터득했다. 어릴 땐 졸리면 날카로운 샤프 끝으로 허벅지를 찔러 나를 깨우고 까딱 졸면 나뒹굴며 바닥으로 떨어지도록 빙글빙글 돌아가는 의자에 쪼그리고 앉아 공부했다. 시험 기간에는 밤새 공부하고 새벽 여섯 시에 딱 한 시간, 머릿속에 외운 것을 뇌가 정리할 수 있도록 딱 한 시간만 자고 일어나 등교해 시험을 치곤 했다. 이젠 어림없다. 그렇게 살지 않는다. 조금만 무리하면 귀가 소리를 지른다. 그 뒤를 따라 가진 지병들이 같이 합창을 하며 오케스트라를 완성하려고 든다.

가끔은 내가 아니라 내가 가진 질병들이 나인 것 같다. 지금에서 더 나빠지지 않는 것. 지금을 유지하는 것. 지금에 감사하는 것. 그게 중요하다는 사실을 잊지 않으려고 노력한다. 하루에 한 번 거울을 보며 "괜찮아" 하며 내 손으로 내 볼을 감싸 쥐고 달랜다. 아파서 겁을 먹었을 땐 피부가 차갑다. 내가 겁내고 있다는 걸 차가운 볼이 알려준다. 나를 잘 달래가며 내 일도 그럭저럭 따뜻한 온도로 살고 싶다. 그래서 이제는 남들보다 일부러 더 천천히 일부러 뒤처지며 산다. 그래도 괜찮다고 나를 설득하는 데 정말 오랜 시간이 걸렸다. 지금도 전부 설득되진 않았다.

처음 이명이 생긴 뒤로 한참은 밤에 잠드는 일이 어려웠다. 고요한 밤 시간에 귀에서 나는 소리가 더 크게 들리기 때문이었는데, 그 소리를 듣지 않을 수 있도록 음악을 틀어두어야만 잠을 잘 수 있었다. 어떤 음악을 틀어놓은들 마음이 편할 리 없었다. 지금은 원래 이렇게 태어난 것처럼 함께 살아가는 법을 배웠지만, 처음에는 이렇게 평생을 살아야 한다는 것이 패닉이었다. 어떤 음악을 틀어놓아도 귀를 때리는 것처럼 아프기만 했다. 그래서 하루는 찬찬히 나에 대해서 생각했다. 내가 좋아하는 것들에 대해서, 나를 안심하게 만드는 것에 대해서,

나만의 진정제 같은 것에 대해서. 그리고는 달을 노래한 곡들을 하나씩 플레이리스트에 모아 넣기 시작했다. 그때부터 잠들 수 있었고 주어진 삶을 받아들이는 일이 한결(까지는 아니고…). 음, 아마도 조금은 가벼워졌다. 달에게 도움을 받는 것이 처음은 아니었다. 달은 이미 예전부터 긴 시간 나의 피난처였다.

열 살에서 열한 살로 넘어가는 중이었을 거다. 어디서 뭘 보고 들었는지, 처음으로 죽음이라는 추상의 개념을 인식하게 되었다. 밤마다 호흡곤란을 호소하면서 부모님께 달려가 울었다. 그런 증상에서 벗어나는 데 꽤 오랜 시간이 걸렸는데, 괜찮아진 것이 아니라 나이를 먹고 학년이 올라가면서 죽음이란 것을 이해하지 못하고 무서워한다고 해서, 울고불고 난리를 피운다고 해서 별다른 수가 있는 게 아니라는 걸 알고 입을 다물었을 뿐이다. 키우던 토끼가 죽은 건 열세 살, 쓰레기 줍는 봉사활동을 하다가 숲에서 죽은 참새를 발견한 건 열다섯 살. 우리를 듬뿍 사랑해주고 아껴주셨던 은사님이 돌아가신 건 열아홉 살 때였다. 전부 열 살 그때보다 한참 뒤의 일이다. 가족들도 모두 건강했고 아무런 충격도 없었는데 대체 열 살의 나에게 무슨 일이 있었던 걸까 싶다.

어쨌든 그때 아주 고역이었다. 낮에는 내내 괜찮다가도 밤에 자려고 이불을 덮고 눕기만 하면 온 정신이 그리로 쏠리고 말았다. 내가 오늘 죽어도 내일 은행 문이 열린다는 사실이(초등학교 때 집으로 돌아오는 버스를 타는 정류장 앞이 은행이었다. 그 나이의 내가 아는 가장 공적인 기관이었던 모양이다.) 견딜 수 없게 이상하고, 일부러 숨을 참고 60까지 세어보기도 했다. '죽는다는 건 영원히 이렇게 숨을 참아야 하는 거야?' 그런 생각 끝엔 더 무서워져 또다시 엄마를 부르며 안방으로 달려가는 일을 반복했다.

  기억도 안 나는 아가 시절부터 부모님은 나를 데리고 전국을 여행 다녔다. 고등학생이 되기 전까지는 내내 주말마다 가까운 거리라도 꼭 여행을 다니는 집이었는데, 위의 증상이 생긴 이후로는 여행에서 돌아오는 밤 자동차 뒷자리에서도 그렇게 숨이 막혔다. 여행이라는 하나의 의식이 끝나고 집으로 돌아가는 길이 무언가의 종말처럼 느껴져서 그것을 죽음에 대한 두려움과 결부시키는 식이었다. 드문드문 별이 뜬 검은 하늘을 바라보면서 주로 울었다. 부모님은 이런 나에게 어떤 조언을 해줘야 할지 곤란해하거나 혹은 대수롭지 않게 여겼으므로 앞 좌석의 부모님에게 내 심정을 말하기보다는 그냥 소리 내지 않고 울었다. 주룩주룩 눈물이 흐르는 것을 그냥 두었다.

  그러다 어느 날 한 번은 달이 따라오는 것을 봤다. 환하게 전부 보였다가 산을 하나 지날 때는 사라졌다가 다시 탁 트인

도로에서는 내게 얼굴을 보여주었다. 당시의 나에게는 안도이 자 구원처럼 여겨졌다. 손가락 끝으로 창문틀을 꼭 잡고서 몸을 옆으로 돌려 따라오는 달을 보며 '이제 살 것 같다'고 생각했다. 그제야 숨을 쉴 수 있었다. 그때부터 달을 사랑했다. 꼬박꼬박 매일 밤 창가에 앉아 한참 동안 달을 보았고 기념할 만한 날에는 늘 달에게 소원을 빌었고 달의 어느 구석에 그 소원들이 차곡차곡 쌓여간다고 생각했다. 사랑하는 사람과 달을 보는 일을 게을리하지 않았고 어느 때에는 달을 보며 나를 생각했다고 말해주었다는 이유로 누군가와 사랑에 빠지기도 했다. 화사한 햇볕 아래서 보는 짙은 봄꽃보다 은은한 달빛 아래의 흰 꽃을 더욱 사랑했고 밤의 달빛에 찬사를 보내는 예술가들의 마음을 읽는 일이 좋았다. 달 없이는 어떻게 버티고 살았을지 잘 모르겠다.

달은 어느 날에나 완벽하다. 그렇지 않은 날이 없다. 그래도 한사코 하루를 꼽아야 한다면 가장 사랑하는 순간을 한 번 떠올려보자…. 음, 내 경우에는 창백하게 희고 푸르스름한 날의 달빛도 좋고 여느 때처럼 평범한 듯 레몬 빛일 때도 좋지만 아무래도 온몸이 샛노랗게 한껏 영글어 번쩍이는 것 같은 보름의 달빛 아래서 최고로 설레고 벅찬 마음이 된다. 왠지 달에게서 내 존재를 저도 알고 있다는 신호를 받는 기분이 든다.

달이 벌써 많이 이지러졌다. 달이 하늘의 절반보다 더 아래로 내려오면 그때는 음악의 힘을 빌려 애써보아도 잠을 청하기가 어렵다. 주치의 선생님은 잠들기 어려우면 멜라닌 3g짜리를 복용하고 제때 자라고 당부했지만 아직은 달과 음악의 힘으로 버텨보고 싶다. 달을 노래한 곡들을 담은 나만의 플레이리스트에서 가장 사랑을 많이 받은 두 곡을 소개하고 이만 자러 가야겠다. 소개하려던 두 곡은 맨 첫 단락에서 이미 이야기했던 드뷔시의 〈달빛〉, 그리고 아이유 버전의 〈Dear Moon〉이다. 원곡은 가수 제휘가 불렀다. 가사를 읽고 또 읽어도, 듣고 또 들어도 처음 만난 순간처럼 마음의 평화를 선사한다. 잔잔한 떨림, 고요한 슬픔, 처연한 하루, 고단한 밤, 이 모두를 아우르는 달빛 같은 곡이다. 매일 하늘 위로 떠오르는 데도 마치 처음 만난 것처럼 감탄하게 되는 달빛과 맥이 같은 노래다. 나의 밤을 이 노래와 둥근 달이 함께한다. 그것만으로 이젠 괜찮다. 무섭지 않다. 덜 힘들다. 달이 하루를 마감하기 전에, 해가 그 자리를 다시 이어받기 전에 잠자리에 들어야겠다. 모두의 평안한 밤을 빌며.

더운 나라를 여행 중이었다. 한국에서는 계절이 가을일 때였다. 처음 와본 도시였지만 가보고 싶은 곳이 딱히 없었다. 매일 쨍한 볕 아래 호텔 수영장에서 수영이나 하고 선베드에 누워 긴 수건을 덮고 잠이나 실컷 잤다. 사실 어느 나라의 어느 도시든 상관없었다. 전화기를 꺼둘 수 있는 곳이면 다 좋았다.

비행기에 오르기 전, 한국에서는 유쾌하지 않은 일들이 많았다. 소속 집단 내에서 폭력이 있었다. 고소하고 싶었는데 못했다. 조직의 면이 서지 않는다며 거국적으로 사건을 은폐하고 조작하고 협박하는 사람들, 그에 동조하는 이들 혹은 방관자들과 함께 있다 보니 이러다 딱 죽겠다 싶었다. 죽거나 죽이거나. 그런 야만의 마음들이 숱한 도시를 벗어나는 게 급했다.

여행 직전에 나는 병원에 입원한 환자 신세였다. 사건 은폐를 주도한 상급자에게 불려갔다 온 후, 열이 40도 가까이 절절 끓는 채로 쓰러져 병원에 실려 갔다. 의사는 원인 불명의 급성 염증이라며 스트레스받는 일이 있었냐고 물었다. 온몸이 바들바들 떨리고 오한이 들어서 대답도 제대로 못 했다. 너무 억울해 가해자에게 전화해 따졌지만, 가해자는 대수롭지 않다는 듯 전화를 끊어버렸다. 그때 알았다. 괴로운 것은 여전히, 그리고 앞으로도 나뿐이라는 걸. 세상사를 마라맛 4단계로 배웠달까? 1년 전 끊어놓은 비행기 티켓 날짜가 이제 와 코앞인데 환자복을 입은 내 모습이 어이가 좀 없고, 아프기는 너무 아프고, 괘씸한 인간들이 떠올라 웃었다 울었다 했다.

약을 한 줌씩 챙겨 먹어가며 열이 떨어지기를 기다렸는데, 전혀 차도가 없었다. 병원에서는 공항에 가야 한다는 나를 퇴원시켜줄 수 없다고 했다. 나는 이젠 좀 살 것 같다고 둘러댔다. 이 도시를 벗어나면 더 괜찮아질 것 같다고 졸랐다. 그건 진심이었다. 의사는 하루가 더 지나고 나서야 내게 각서 비스름한 걸 내밀었다. 환자의 의지로 퇴원하는 거라고 쓰랬다. 여전히 떨리는 손으로 또박또박 퇴원 동의서인지 뭔지를 썼다.

생명줄 붙잡듯 약 봉투를 단단히 챙기고서 기차역에 갔다. 열은 높고 약 기운은 세서 아직 정신이 혼미한 지경이었다. 기차를 기다리며 플랫폼에 앉아 5분에 한 번씩 목을 만져보았다. 손끝은 차갑고 목은 뜨거웠다. 꼭 마법 같은 일이었는데, 기차를 타고 잔인한 도시로부터 멀어지자마자 신기하게도 끓던 열이 조금씩 내리기 시작했다. 처음에는 내 손끝의 감각을 믿을 수가 없었다. 빠르게 열이 내리고 있었다. 나는 도망치고 싶었던 모양이었다. 뭐가 어떻게 되든 상관없으니 다 때려치우고 이 꼴 저 꼴 안 보는 것, 그게 내가 살 길이었던 거다. 약을 때려 부어도 내리지 않던 열이 공항에 도착해 비행기를 탈 때쯤에는 더 좋아졌고, 점점 더 나아져 여행 이틀 차 아침에는 완전히 정상 체온이 되었다. 그래도 약은 꼬박꼬박 챙겨 먹었다. 몸속에 남아 있는 염증과 함께 겹겹이 쌓인 분노도 항생제가 해결해주기를 바랐다.

쉬는 여행은 거의 처음이었다. 대체로 사방팔방 놀러 다니는 걸 좋아하는 성격이라 여행지에서 호텔에서만 시간 보내는 일은 거의 없었다. 처음 이렇게 쉬어보는데 나쁘지 않았다. 수영장에 둥둥 떠서 하릴없이 세월을 보내는 여행도 꽤 근사하다는 걸 이때 처음 알았다. 하늘을 보며 물 위에 떠 있다가 슬슬 가라앉을 것 같을 때쯤 팔을 두어 번 다시 휘적대주는 게 전부였다. 도시의 새벽, 낮, 그리고 밤 풍경을 모두 그 수영장에서 봤다.

며칠째 호텔 밖에 나가질 않았으니 밖에 뭐가 있는지 잘 몰랐다. 아침과 점심은 룸서비스로 해결하고 저녁에는 호텔 뷔페에 갔다. 뷔페 예약을 받아주던 호텔 직원과 친해졌다. 케이

팝을 좋아하고 지드래곤과 런닝맨을 좋아한다고 했었다. 하루는 그가 내게 숲으로의 여행을 권했다. 반딧불을 볼 수 있다고 했다. 가볍게 '좋은데요?' 하고 대답했다. 호텔을 벗어나지 않고 벌써 나흘째인 저녁이었다. 내내 후드를 뒤집어쓰거나 가디건을 대충 휘감고 다녔는데, 기분 전환이 될까 해서 검은색 미니드레스를 차려입고 식사하러 갔던 날이었다. 나보다 더 나의 근사한 저녁을 좋아해주어서 고마웠다. 적의 없는 사람과 선의만으로 나누는 대화가 얼마만인지 기억조차 나지 않을 만큼 오랜만이었다. '사람과의 대화란 이런 거였지. 이렇게 선선하고 산뜻하고 가뿐한 거였지. 그동안 나는 괴물들과 있었지.' 속으로 생각했다. 그날 저녁엔 우유를 넣은 홍차를 석 잔이나 마셨다. 기분이 정말로 좋았다는 뜻이다.

호텔 객실은 두꺼운 통창으로 되어 있었다. 밖으로는 첨탑처럼 높고 뾰족한 도시의 랜드마크와 빌딩 숲이 펼쳐져 있고 형형색색의 불빛들이 점점이 번져 야경이 훌륭했다. 시선이 소란스러울 법한데도 그만큼 깊고 까만 밤하늘의 여백이 함께 자리해 그 균형이 적당했다. 유리창에 코를 박고 한참, 아무 말 않고 한참을 창밖을 바라보다 잠들었다.

느지막이 일어나 드디어 호텔을 나왔다. 알아본 바로는 반딧불의 숲에 닿기 위해서는 도시에서 버스로 반나절을 더 들어가야 했다. 무성하게 우거진 초목들과 반딧불이가 반짝이며 뿜어내는 빛, 무겁고 깊은 소리로 흐르는 강물이 전부인 곳이었다. 노을도 지나가고 사방은 어둠이었다. 낯설고 도심에서도 아주 먼 곳인데, 이상하게 무섭지가 않았다. 고요가 인간을 살린다고 생각했다. 분명히 나는 회복되고 있었다. 적막이 흐르는 숲과 강이 그것을 가능하게 해주었다.

뱃머리에 서서 노 젓는 이를 포함해 세 명만이 탑승할 수 있는 쪽배가 강가에 간혹 흘러가고 있었다. 배가 뭍에 닿기를 기다려 조용히 배에 올랐다. 발을 딛는 순간, 기우뚱 몸이 비틀리는 배의 단면과 그 아래를 받치고 있는 강물의 물살이 고스란히 느껴졌다. 둥글게 서로가 서로에게 얽힌 강가의 어지러운 수초들 사이로 반딧불의 불빛이 반짝이다 사라지고 또 반짝이다 사라지기를 반복했다. 노 젓는 이는 배의 색깔조차 알 수 없는 어둠 속으로 천천히, 아주 천천히 물살을 가르며 잎담배에 불을 붙였다.

노 젓는 소리와 배가 기우는 소리, 강물이 흐르는 소리만 한참을 듣다가 나는 담배를 거의 다 태워가는 그에게 이름을 물었다. 도시의 생과 완벽하게 유리된 이 순간을 하나의 장면으로, 하나의 언어로 남겨두고 싶었다. 그 언어는 이 강을 매일 오가는 동안 수풀과 강기슭과 흐르는 물살에 새겨졌을 그의 이름인 것이 옳은 것 같았다. 그는 연하게 웃으며 고개를 저었다. 우리는 끝내 그의 이름을 들을 수 없었다. 온통 칠흑인 곳에서 그의 웃음을 볼 수 있었던 것은 담뱃잎을 태우는 주홍의 불 때문이었을까. 보인다고 착각했을까. 다시 가보지 않고서는 도저히 알 수가 없겠다.

어느새 강의 하구까지 밀려온 것 같았다. 그는 이따금 기침을 했다. 폐부 깊은 곳에서 올라오는 기침이 검푸른 적막을 깰까 두려워 애써 누르는 듯한 소리였다. 이 밤의 고요가 그에게도 의미 있을까. 속으로만 궁금해하고 말았다. 나는 오히려 그 기침 소리에 조금 더 편안해졌다. 그의 밭은기침마다 버려야 할 나의 독毒들이 하나씩 떨어져 나가는 것 같았다. 황홀한 고요의 끝이 다가오고 있었다. 곧 배에서 내려야 할 시간이었다. 나를 다시 도시의 생으로, 검은 강의 바깥으로 밀어내려는 듯 둔탁해진 물살의 소리와 연기처럼 흩어지는 기침 소리가 검푸른 숲의 강을 휘돌았다.

내내 우리를 따라오던 반딧불이만이 청량한 금빛 속에서 날개를 파닥이며 빛을 반짝였다. 떠나온 도시에는 빛이라고는 없었는데. 어떤 인간의 눈에서도 저 빛을 보지 못했는데. 아름다웠다. 인간은 이렇게 아름다운 것들과 함께 살아갈 수도 있는 존재였다는 사실을 나는 오래 잊고 있었다. 반딧불이가 내

뿜는 빛은 아주 작지만, 분명히 거기 있었다. 없는 희망과 없는 휴머니즘을 부여잡고서 나는 힘겨웠는데, 분명히 밝은 것을 보니 살고 싶어졌다. 반짝이는 황금색 빛깔과 그 고요 속에 있었기 때문에 들을 수 있었던 반딧불이의 날갯짓 소리가 선명했다. 꺼지지 않는 빛이었다. 그 어둠 속에서도.

숲을 벗어나 호텔로 돌아오고 다시 공항에 가고 다시 비행기를 타고 다시 죽기보다 싫은 그 도시로 돌아왔고 해결되지 않은 일상의 고통은 그대로였지만 살 수 있었다. 산다기보다 버텨야 하는 시간들이었지만 버틸 수 있었다. 어쩐지 언젠가 다시 그 강으로 돌아가 반딧불을 볼 수 있을 거라는 생각이 전혀 들지 않았는데도, 세상 어딘가 반딧불이 반짝이고 고요와 적막이 흐르고 인간의 존재가 지워지는 일이 미덕인 곳, 그런 질서가 있다는 것만으로도 숨 쉴 틈이 생긴 모양이었다.

몇 년이 지난 지금도 문득문득 생각이 난다. 이름 모를 사공은 이제 기침이 멈추었을까. 나는 이제야, 이제야 열이 내리고 있는데.

영영 그리울
것들의 노래

트리를 만들었다. 몇 개월 만에 만난 막냇동생과 함께였다. 그 애는 손끝이 여물어 뭐든 예쁘게 뚝딱 만들어낸다. 나와는 전혀 다르다. 엄마를 닮았다. 혼자 트리를 망칠까 걱정하지 않아도 되어서 슬쩍 즐거워졌다. 신이 난 김에 트리 만들 자리를 미리 봐두었다. 저녁도 거르고 백화점에 가서 나무와 장식들을 골랐다. 나무는 진녹색 잎이 풍성하고 짙은, 키가 허리께에 오는 정도로 아담한 것을 샀다. 반짝이는 전구는 한 줄에 100cm 길이라고 했다. 하얀색이나 은색 전깃줄보다는 나무의 색과 같은 진녹색 줄이 좋았다. 전구의 개수도 정해야 했다. 60구와 100구 두 종류 중에 어떤 것을 원하느냐고 점원이 물었다. '반짝이는 것들은 많을수록 좋지. 화려한 건 항상 옳고.' 생각은 그렇게 해놓고 고르기는 60구를 골랐다. 어쩐지 차분한 연말이 끌렸고 밤은 밤답게 어두웠으면 했다. '나무의 초록을 전부 반짝이는 불빛으로 뒤덮어버리지는 않는 게 좋겠어.

희미해서 아름다운 것도 있지.' 그 밤에 급조한 철학이었는데 근본도 근원지도 없다. 아마 그날의 기분이 차분한 쪽이었던 모양이다.

둥근 것들을 많이 달았다. 황금의 종이나 산타를 기다리는 양말 같은 것은 구하지 못했거나 걸어둘 자리를 마련치 못했다. 바싹 말라 그 질감만으로도 겨울이구나, 느끼게 하는 솔방울들을 달고 싶었는데 그도 여의치 않았다. 이미 발 빠른 이웃들이 장식을 모조리 쓸어가고 남은 것이 많지 않았기 때문이다. 금색, 은색, 빨강으로 칠해진 둥근 공 모양의 장식들을 가지마다 걸고 쿠션의 솜을 빼내어 만든 눈송이들을 가져다 가지 끝에 붙여두었다. 천으로 만든 하양, 진녹, 빨강의 구슬을 실에 꿰어둔 오너먼트를 전구와 함께 나무에 둘러주었다. 둥글어 여유로운 것들 사이에 솜뭉치들이 내려앉은 모양새가 꽤나 근사해서 더는 손을 대지 않기로 했다. 점등식도 했다. 어두운 거실 바닥에 아무렇게나 앉아 말없이 오래 바라보았다. 각자 무슨 생각을 하는지는 묻지 않았다. 켜졌다 꺼지고 또 켜졌다 꺼지는 작은 전구의 불빛 60개를 같이 바라보고 있는 것만으로 충분하고 충만한 밤이었다. 11월 어느 하루였다.

사는 일이 늘 이맘때 같으면 좋겠다고 노트에 슥슥 휘갈겨 적어보았다. 왠지 모르게 사랑스럽고 어쩐지 축제 같아서 조금 들떠 있어도 이상해 보이지 않고 설레는 마음을 옆 사람에게도 이해받을 수 있는 때. 힘든 일이 있다가도 괜히 크리스마스의 시그니처 빨강, 초록 휘장을 걸어 트리를 세우고 반짝이는 전구들을 휘감아 연말을 알리는 도시의 풍경을 보면 '모든 게 다 괜찮아질 테지' 하고 생각하게 된다. 잠시 모든 걸 멈추고 집으로 돌아가 사랑하는 이들과 함께 따뜻한 밤을 보내야겠다고 마음먹게 된다. 언제나 이런 마음일 수 있다면 좋을 텐데.

몇 살 때 시작된 일인지는 모르겠다. 어려서부터 어머니와 매년 크리스마스트리를 만들었다. 찬바람이 불기 시작하면 매일같이 베란다 창고 문손잡이만 흘끔댔던 기억이 난다. 허술하게 칠해놓은 페인트가 이내 벗겨져 나무의 원색이 보이기 시작했던 흰색 나무문. 나는 벌써 다 커버려 이제는 취향대로 고른 나무를 사다가 차 트렁크에 싣고 직접 운전해 혼자의 집으로 돌아오는 어른이 되었는데, 그런데도 여전히 캐럴 한 소절만 들으면 속절없이 그 흰색 문 앞에 선 어린아이로 돌아가고 만다. 어쩐지 자꾸만 뒤를 돌아보며 어머니에게 문을 열어달라 보채고 싶어진다. 어른이 된 지금, 그 문을 여는 일이 더 간절한 것처럼 느껴지는 이유가 뭘까. 지금에 이르러 내가 그 문을 열고서 찾고 싶은 것은 과연 무엇이려나.

창고 안에는 어머니와 늘 함께 만들던 크리스마스트리와 장식물들을 모아놓은 상자가 있었다. 바싹 마르고 구겨진 채로 둘둘 말려 있던 커다란 플라스틱 트리는 어머니의 손길 몇 번에 금세 숨을 되찾고 진한 초록의 빛을 되찾아 올겨울 가장 푸르른 나무처럼 변신하곤 했다. 나는 그때까지 얌전히 손을 모으고 기다렸다가 나무가 제 모습을 되찾아 일어설 수 있게 되면 그때부터 온갖 장식들을 내 맘대로 달았다 떼었다 하며 온종일 매달려 놀았다. 맞벌이하며 아이 셋을 기르느라 정신없던 어머니는 분명 그날도 바빴을 테다. 어머니에게 바쁘지 않은 날은 단 하루도 없었으니까. 그럼에도 어머니는 매년 단 한 번을 거르지 않고 나를 위해 트리를 꺼내고 함께 만들어주었다. 그러고는 항상 이렇게 말씀하셨다. "네가 좋아하니까. 네가 좋으면 엄마도 좋아."

나는 크리스마스가 되기 한참 전부터 잠들기 전 이 말을 되뇌며 잠들 수 있었던 행복한 아이였던 셈이다. '내가 좋아하는 것을 올해에도 엄마가 함께 해줬어.' 예쁘게 빛나는 트리를 보는 것보다도 나는 트리를 함께 만드는 행위를 통해서 엄마의 사랑을 확인하는 일이 좋았을지도 모르겠다. 그린 기분과 마음으로부터 자라나 지금껏 크리스마스 시즌이 되면 알 수 없는 안온함과 안도감을 느낄 수 있는 것일지도 모르겠다고, 여러 번 생각했고 생각하며 따뜻했다.

어머니와 함께 살던 집을 떠나 홀로 살면서부터는 트리를 만들지 않았다. 시즌 두 달도 더 전부터 캐럴은 끊이지 않게 틀어두고 살았지만, 트리를 만드는 일은 자꾸만 뒤로 미루고 또 미루다가 10년을 넘겨버렸다. 매년 어머니가 만들어주던 트리를 그리워하고 매년 어둠 속에서 반짝이는 불빛을 보고 싶다고 생각했으면서도 선뜻 용기가 나질 않았다. 내가 만드는 트리는 왠지 전자레인지에 데워먹는 레토르트 식품 같을까 봐 걱정했다. 돌이켜보면 어머니의 트리는 멀리 떨어져 있어도 곧 돌아갈 수 있을 것만 같은 집과 고향, 가족과 보낸 따뜻한 밤, 볼썽사납게 흔들리는 날에도 나를 지탱해주는 뿌리 그 자체였다. 나도 모르게 자꾸만 진녹색의 담요를 사고 엽서 상자 안에 쓰지도 않을 진녹과 빨강의 크리스마스 엽서를 쌓아둔 것은, 오르지도 않을 산 밑에 차를 대놓고 트리의 초록보다 딱 한 치만큼 더 짙은 한겨울 산등성이를 멍하니 보다 돌아오는 일은, 전부 어머니의 트리를 대신할 무언가가 필요해서였나보다.

올해는 집을 떠난 후 열두 번째로 돌아오는 크리스마스 시즌이다. 동생 앞이니 뭐, 어쩔 도리가 없어 나름 대범한 척하며 겨우 트리와 트리 장식을 샀고 엉겁결에 처음으로 혼자의 트리에 불을 밝힐 수 있었다. 동생은 트리를 만드는 일에 일조

하고서 홀연히 다시 저 사는 곳으로 돌아갔고 나는 혼자 남았
는데, 밤마다 홀로 성성한 불빛을 보며 깨닫는 바가 있다. 이제
야 나는 뿌리를 내리는 법을 알아가기 시작했다는 사실, 그리
고 어머니는 그런 심지를 내게 심어주기 위해서 매년 눈코 뜰
새 없이 바쁜 와중에도 나를 위해 트리를 만들어주었을 거라
는 사실 말이다.

　홀로 있어도 늘 꺼내볼 수 있는 평화롭고 안온한 기억과
색깔, 모양과 계절로부터 어머니는 내가 사랑받았음을 기억하
기를, 어른이 되어서도 즐거운 날과 즐거운 일이 중요함을 잊
지 않기를, 뿌리로부터 멀어져 한참을 불안하게 흔들릴 때는
그 자리에서 직접 뿌리를 내리는 사람이 되기를 바라셨을 것
이다. 다행히도 어머니 바람대로 나는 자랐다. 나의 이름은 오
만가지 의미를 지녔지만 그중 하나는 크리스마스의 짙은 초록
으로부터 왔다. 역시나 어머니에게서 온 무엇이다. 세상 모든
존재가 그렇듯.

　올겨울 당신의 발치에도 짙은 녹음이 허락되었으면 좋겠다.
　메리, 크리스마스.

라즈베리. 산딸기. 영어로도 한글로도 예쁜 이름을 가졌다. 생긴 모양새도 그 붉은 색깔도 예쁜 이름에 걸맞게 앙증맞고 곱다. 요즘은 디저트 이름에서 더욱 자주 보게 된다. 생과일로 먹는 일은 드문 듯해 아쉽다. 어릴 적 나는 양동이째로 뒷산에서 수북하게 따온 산딸기를 먹으며 자라는 행운을 누렸다. 사촌 언니, 오빠, 동생들도 그때는 다 어려서 우리 모두 손이 작았다. "딸기 먹어라" 하시며 투박한 손으로 우리 앞에 커다란 은색 양푼을 밀어주시던 외할머니와 이모들. 어른들 말씀이 떨어지기가 무섭게 몰려들던 우리. 양푼 하나에 손이 다섯 개 아니, 열 개는 더 왔다 갔다 해도 충분할 만큼 우리는 작았고, 여린 손을 쉽게 물들일 만큼 깊은 산속에서 난 산딸기는 붉디붉었다. 고사리손으로 집어먹다가 손끝이 발갛게 물들던 어린아이들은 이제 다 자라 어른이 되었다. 아이들에게 산딸기를 따다 주느라 산을 오르던 어른들은 이제 그 산에 오르지 않는다. 그 산이 이제 와 얼마나 적막한지, 혹여나 우리를 그리워하는지, 여전히 제철에 붉은 산딸기들이 알알이 맺히는지에 대해서 나는 더 이상 알 길이 없다.

외갓집은 물안개가 피어오르는 시간이면 신비롭다 못해 신묘한 풍경이 펼쳐지는 동강을 품은 강원도 영월이다. 어릴 적 외갓집의 풍경을 지금에 와서 적어보려 하니 망설여진다. 나조차 거짓말 같아서, 거짓말보다도 아름다웠어서. 그래서 이 모든 게 꿈은 아니었나 싶다. 두터우면서 색이 화려하고 결이 고운 이른바 '호랑이 이불'들이 겹겹이 아랫목 윗목을 나뉘어 깔려 있고, 아랫목에는 아직 돌아오지 않은 가족을 위해 뚜껑을 덮어둔 공깃밥을 여러 개 넣어두던 집. 어린아이들 코가 시릴까 봐 아랫목으로 아이들을 자꾸만 밀어두던 집. 아담하게 삐뚤빼뚤 지어진 외양간에 어미 소와 송아지가 함께 살던 집. 우리 엄마와 가족들의 반세기 역사와 나날들, 그 손길들이 고스란히 묻어나 더욱 진해진 고동색 기둥 위로는 황금색 볏짚 곡선이 아름다웠던 지붕의 초가집.

집 뒤편에는 엄마와 이모들, 우애 좋은 네 자매의 놀이터가 되어준 얕은 언덕배기 뒷산이 있었다. 철마다 꽃이 피고 열매 맺고 온갖 동물들이 다녀가던. 둘째 이모는 외할머니의 불호령이 떨어질 때면 무조건 이 뒷산으로 도망가 숨었다고 했다. 어른들이 우리에게 산딸기를 따다 주러 오르던 산이 바로 이 동산이다. 정작 나는 산으로 오르는 초입 즈음에서 엄마 등에 매달려 찍은 사진 정도나 있을 뿐, 산에 오르내린 일이라든가 그 푸르름을 기억하지 못한다. 좀 더 탐험하지 못한 걸 두고두고 후회하는 중이다. 외할아버지는 한참을 연세 드시고서도 직접 만드셨다던 나무 지게를 지고 그 산에 오래도록 다니셨다. 한 번은 따라 나서볼 것을 그랬지.

집 앞쪽으로는 맑은 개울이 흘렀다. 동강의 지류 혹은 그 지류의 지류일 것이다. 산보다 물을 좋아하던 나는 다행히 강에는 자주 들었다. 동물을 무척이나 좋아한 나머지 동물과 소통하는 것이 아닌지 의심할 정도였던 사촌 형제의 길 안내를 받으며 우리는 강가의 물길을 따라 맑은 강에서만 산다는 물고기와 가재 옆을 짚고 다녔다. 아주 옛날에는 이 개울에서 다들 멱을 감았다고 했다. 가느다란 실뱀이 다리를 타고 올라와 엄마를 휘감더니 커다란 구렁이가 되었다던(나는 어째서 용이 아닌 걸까 자주 투정했다.) 내 태몽도 이 강가를 배경으로 했다고 한다. 운이 좋으면 멀리 휘돌아나가는 강 모퉁이에서 하얗게 피어오르는 물안개를 볼 수 있었다. 내 어머니의 기원이고 그래서 나의 기원처럼 여겨지는 이 강가에서 나는 결국 바다에가 닿을 물줄기를 오래 바라보거나 금빛 볏짚 삐죽이던 지붕과 뒷산의 서로 퍽 닮은 능선을 바라보며 자랐다. 태어나 얻은 꿈결 같은 여러 날 중에서 어쩌면 제일이었을지 모를 일이다.

가끔 플라스틱 팩에 산딸기 가득 넣어 파는 걸 보는데, 반가워 걸음을 멈추기는 해도 한 번도 사본 적은 없었다. 실은 지금도 벌써 가물가물한 외갓집 산딸기 맛을 혀끝에서 지우게 될까 봐 싫다. 더는 붉을 수 없을 만큼 새빨갛게 익어 5분이면 동이 나고 손끝에만 그 존재가 남던. 그때 그 딸기의 빨강과는 색깔도 달라 보인다. 열이 올라 사경을 헤매는 아들을 위해 겨울날 산수유를 구해왔다던 아버지의 사랑을 담은 시 구절*을, 겨울 산수유 열매의 붉음을 나는 외갓집 이야기에 자주 대입해서 읽었다. 매서운 칼바람 맞으며 산을 헤매었을 사람들의 이야기를 들을 때마다 외갓집 풍경이 눈앞을 스친다. 산자락에 살며 강물을 벗 삼은 이들의 삶 속에는 미처 내가 다 알지 못하는, 세상 가장 붉고 아름다운 것들이 지천이었을 것이다. 밤은 인적 드물고 적막하고 고되고 추위에 떨어야 하지만 자연과 그보다 가까운 곳이 없으니 가장 먼저 해가 뜨고 아침은 더욱 아름다웠을 것이다. 세상으로부터 지쳐 어딘가 숨고 싶을

---

* 서러운 서른 살 나의 이마에 / 불현듯 아버지의 서느런 옷자락을 느끼는 것은, // 눈 속에 따오신 산수유 붉은 알알이 / 아직도 내 혈액 속에 녹아 흐르는 까닭일까.
  – 김종길 시인의 「성탄제」 중.

때면 나는 매번 매서운 겨울의 강원도 산골짜기 어딘가로 간다. 검게 숨죽인 겨울 산의 능선을 보며 숨을 틔울 때 그나마 깊은숨을 쉴 수 있다. 아름다운 것은 모두 그곳에 있다.

오래전 일본 남부에 부모님과 여행을 간 적이 있다. 화려한 신사로 유명한 도시 다자이후에 갔던 날. 엄마는 홍매화 가득 피어 흐드러진 금빛 장식의 신사 앞에 서서 내게 이 풍경 속에 서 있는 것이 꿈결 같다고 했다. 꿈결 같다는 말을 하는 엄마의 목소리가 바람결에 흩어져 날리는 벚꽃처럼 반짝거렸다. 그보다 꿈결 같고 꿈보다도 결이 고운 자연 속에서 나고 자란 사람의 순수 같았다. 신사의 금빛에 꽃을 수놓은 반지를 두 개 맞추고 안쪽에 '영원히 꿈결 같은' '언제나 아름다운'이라는 글자를 새겨 넣어 엄마와 각자 하나씩 나눠 가졌다.

우리의 마음도 영혼도 기르던 초가집은 사라진 지 오래되었다. 초가집과 울타리, 외양간을 모두 허물고 그 자리에 신식의 이층집을 지었다. 그 집에는 이제 다른 이들이 산다. 나무 조각 하나라도 간직할 것을 그랬다. 초가를 허물 때 나는 너무 어렸고 사라지는 것들이 얼마나 귀하며 다시 볼 수 없을 것들인지를 알기 어려웠다. 이제 와 안다. 사라진 것은 집 한 채가 아니라 하나의 시대였음을. 십 년이 지나고 이십 년이 지나고 백 년이 지나도 알알이 붉게 물들어 맺히는 산딸기 피어날 그 언덕배기만큼은 그대로이기를 빈다. 숱한 산허리 아래를 파내어 만든 오늘날의 수많은 터널만 남은 자리에 원래는 이리도 아름답고 이리도 붉고 푸르른 산천이 있었을 것이다. 그 자리의 그 산자락을 기억하는 이들은 내내 슬프겠지. 지나간 것들의 물감으로 완성한 그림은 밤과 낮을 지나 해를 거듭할수록 점점 더 푸르고 점점 더 붉게 물든다. 마치 우리가 잃은 것이 무엇인지를 온 우주가 기억하고 있다고 화답하는 것처럼. 잃지 않고 살아가야 할 것들을, 잊지 않고 살아가야 할 것들을, 아직 우리에게 남은 마음들을 오늘은 한 번쯤 돌아보고 싶어진다.

영원을 말하지 않을게요. 나는 당신을 영영 기억할 테지만 영원할 거라고 말하진 않을게요. 약속보다는 이 순간의 진심을 남기고 싶어요. 복숭앗빛으로 물든 당신의 뺨, 봄빛보다 설레었던 웃음을 기억할 수 있게 해주어 고맙다는 말도 이제는 삼킬게요. 영원보다 더 고요한 곳에 당신이 있기를 기도해요. 누구의 무엇도 닿지 않는 곳에서 이제는 평안하기를 빌어요. 삼킬 수 없을 것 같은 말들을 삼키며 여기서 작별의 인사를 해요. 우리. 진심으로 미안하고 고마웠어요. 당신이 떠난 그 가을에도 하늘은 청명했지만, 당신을 사랑하는 많은 사람이 이 봄까지도 당신을 생각하며 울고 당신을 생각하며 웃고 당신을 생각하며 삶을 돌아봐요. 나는 느려진 도로에서 지평선 너머로 옅은 노을이 질 때 주로 슬펐어요. 자꾸만 당신이 생각나고, 하지 못한 말들이, 전하지 못한 진심이 마음속에서 시끄럽게 덜그럭거려요. 남은 사람들의 몫이겠죠. 하루만큼 더 나아진 세상 같은 건 모르겠어요. 한 번은 이렇게 꼭 이 마음을 전하고 싶었을 뿐이에요. 살구와 복숭아가 지천인 싱그러운 계절이면 더욱 그리울 거예요. 계신 곳에서 여전히 빛나고 있겠죠? 안녕의 인사를 받아주세요. 안녕, 안녕. 여전히 아름다운 그대에게.

젖은 모래 위에 앉은 누군가의 등을 보았다. 그는 오래 앉아 하염없이 바다를 혹은 바다 너머의 무엇을 바라보았고 나는 그런 그의 등을 보고 한참을 서 있었다. 그의 등에서 읽히는 마음을 모르고 싶었다. 듣는다고, 안다고 해서 타인이 어찌 해결해줄 수 없는 것들을 삼킬 적에야 젖은 모래 위에 앉을 수 있는 거 아닐까. 미동도 없이, 아무런 망설임도 없이. 그러니 '지레 감당할 수 없는 마음에 끼어들지 말아야지. 이 거리를 유지해야지. 다가가지 말아야지.' 남몰래 생각했다. 사람이라고는 우리뿐인 텅 빈 바닷가, 이른 아침 비 그친 백사장에서 어찌할 바를 모르던 나는 애꿎은 모래로 작은 산을 만들었다가 부수고 또 만들었다 부쉈다. 안 그래도 흠뻑 비를 맞은 모래가 내 발밑에서 흑설탕보다도 조금 더 진해졌다.

바다에 가자, 오랜만의 휴일에 내게 청할 때부터 이럴 작정이었을까. 혼자서는 털고 일어날 기미가 보이지 않았다. "날씨 때문이야. 괜히 비는 내려서 사람을 싱숭생숭하게 만들어서는." 흰 운동화 앞뒤로 지저분하게 묻은 모래가루들을 슥슥 털어내며 나는 불만스럽게 읊조렸다. 그러고도 한참을 더 기다렸다. 그가 어떤 심연에 잠겨 있는지는 알 수 없는 노릇이지만 누구든 심연 속에 저만치 오래 있어서 좋을 건 없었다. 한 시간이 훌쩍 넘어갈 때쯤이었다. 그를 일으키러 성큼성큼 모래 위에 보폭 넓은 발자국을 남기며 걸었다. 찡그린 얼굴로 잠깐 고민했다. 딱히 별도리는 없어서 그의 옆에 엉성하게 구부려 앉았다. 그는 두 다리를 쭉 뻗은 채였다. 젖어버린 모래에 우리의 옷자락이 쓸려 서걱거렸다. 파도가 그의 발끝까지 왔다가 다시 밀려가고 또 그의 발치까지 왔다가 다시 밀려갔다. 가장 잔잔한 파도의 속도에 맞춰 나는 조심스레 그의 등을 두어 번 쓸어주었다.

　왼손으로는 그의 등을 쓸어주면서 오른손으로 모래를 한 움큼 쥐어보았다. 모래는 단단했다. 물기를 머금으면 세상의 모든 결정이 이다지도 단단하고 거칠어지는지 궁금해졌다. '아닌데. 소금도 설탕도 녹잖아. 모래는 짙어지고 단단해지는 쪽이구나.' 바보 같은 생각을 해놓고서 괜히 좋았다. 짙어진 모래는 손가락 사이로 빠져나가지 않는다는 사실도, 오래 이 손안에 남는다는 사실마저도 어쩐지 마음에 들었다. 평소 같으면 바닷물에 손을 담그고 여러 번 씻어도 잘 씻기지 않는다고 투덜 댔을 것을. 이 뭉근하고 연한 기분 탓인가 싶으면서도 오늘의 수확은 젖은 모래의 사랑스러움이라고 기억해두었다.

"이제 일어날까?" 말하고서 먼저 일어나 옷을 털었다. 밀려오는 얕은 파도에 손을 담근 채로 잠깐 있었다. 빗물에는 단단해졌던 모래들이 바닷물 속에서는 녹아내리는 것 같았다. 쌀쌀한 공기와는 다르게 파도 속에는 온기가 있었다. "바닷물이 따뜻해." 웃으며 그도 바닷물에 손을 얹어보았다. "신기하네." 우리는 바다를 등지고 천천히 걷기 시작했다. 얼마쯤 걸었을까. 말이 없던 그는 내게 정확히 이 한마디만 했다. "내가 아무것도 기억을 못 해도 나를 여기 이 바다에 데려와 줘."

그제야 나는 그의 심연을 알았고 이해했고 조금은 같이 무너지는 기분을 나눴다. 백사장은 온통 함께 걷는 우리 둘의 발자국으로 가득했다. 짙은 모래색보다 더 짙은 채로 우리를 따라오는 발자국들이 좋아 이리저리 좀 더 걸었다. 여전히 물기를 가득 머금은 공기가 그 짙은 흔적을 햇살 좋은 날보다 한층 더 길게, 무겁게 눌러주었다. '우리가 이곳에 다녀갔다는 걸 조금 더 오래 기억해주겠구나' 생각하니 위안이 되었다.

모래를 벗어나 아스팔트 위로 올라왔다. 식사를 거르고 커피부터 마셨던가. 기억이 가물가물하다. 인간의 기억이란 이렇게 연약하기 짝이 없다. 모든 것을 붙잡아둘 수 있다면 좋을 텐데. 어쨌든 우리가 나무로 집을 지은 카페에 들어가 바다가 보이는 창가 자리에 앉았다는 것만은 틀림없다. 사장님은 오늘 같은 날은 손님이 드문데 반갑다며 인사를 건넸고 자신을 이 바닷가의 터주로 소개했다. "우리, 20년이나 이 바다에 다녔는데 어떻게 모를 수가 있지?" 마음이 급하고 어리석은 인간은 이렇게나 많은 것을 놓치며 산다. 놀며 쉬며 바다 보러 와서도 어찌나 바람같이 다녔으면 몰랐을까 싶어서 둘이 눈을 마주치고서 한참을 놀라워했다.

음료는 무엇이 좋을까 고민하다 사장님 추천을 받아 카푸치노 한 잔, 그리고 설탕이 잔뜩 들어간 무언가가 필요할 것 같아서 코코아 한 잔으로 정했다. 달큰한 시나몬 향이 목조건물 특유의 나무 향과 섞여 바닷바람의 피로를 녹여주었다. 원래 라떼나 카푸치노보다는 진한 아메리카노를 즐겨 마시는 그는 오랜만의 색다른 커피가 입맛에 맞았는지 바다에서보다 한결 밝아졌다. 똑같은 카푸치노로 한 잔을 더 시켜 두 번째 잔까지 모두 비웠던 걸 기억한다. 기억하기로 그 순간 마음먹었기 때문에 오늘까지도 기억한다. 그 바다에서 그의 눈과 마음이 머물렀던 모든 것을 다 따라잡을 수는 없지만 좋다고 했던 것들, 마음에 든다고 이야기한 것들만큼은 내가 기억할 수 있으니까. 그의 마음을 낮게 만들어줄 수는 없더라도 이런 사소한 것은 내 몫이어서, 내 몫일 수 있어서 다행이다.

그의 어머니는 오래 치매를 앓으셨다. 그를 알아보는 날도 알아보지 못하는 날도 있었다. 치매와 함께 여러 숙환이 겹쳐 오랜 치료 끝에 돌아가셨다. 한참 전의 일이다. 몇 해가 더 되었다. 그래도 그에게는 어제의 일처럼 사무칠 것이다. 가끔은 두려워하는 것도 같다. 사랑하는 것들을, 사랑하는 모두를 기억하지 못하는 날이 오면 어쩌나 하고. 옆에서 전부 지켜 봐왔던 나 역시 덩달아 그런 마음이 들 때가 있다. 상실의 슬픔, 그 상실의 과정에서 느껴야 했던 두려움들은 어떻게 없앨 수 있을까. 그런 방법은 아마 없겠지. 잊은 듯하다가도 어느 날 비 내리는 바다와 함께 밀려오는 마음인걸.

아무것도 기억하지 못해도 이 바다에, 우리의 바다에 다시 데려와달라는 그의 부탁을 나는 마음에 돌이라도 얹은 듯 세상에서 가장 단단한 칼로 그 돌 위에 글씨를 새기듯 외워두었다. 그래도 끝끝내 대답은 하지 않았다. 그런 일은 없을 테니까. 젖어버린 모래 위에도 거리낌 없이 함께 앉아 한 시간쯤은 거뜬히 쓸데없는 수다를 떨고, 이 짙은 모래색의 시나몬 파우더를 잔뜩 올린 카푸치노를 두 잔 비우고, 돌아가는 길에 단골 식당에 들러 한 상 가득 나온 요리를 맛보고, 다른 가족들을 위해 음식을 포장하는 즐거운 여행을 하는, 길고 긴 생을 영영 함께하면서 서로를 기억할 테니까. 당신과 나의 발자국이 다시 흰 모래로 덮이더라도 비는 또 내리고 모래는 다시 짙어지고 젖은 모래는 우리의 인생에서 쉽사리 흘러내려 사라지는 존재가 아니니까.

그에게 말해주지는 못했다. 그저 생각할 뿐. 나만큼은 그의 인생에 짙은 색 모래알이 되고 싶다고 말이다. 모든 것이 쉽게 사라지고 떠나가고 흘러가더라도 나만큼은 오래 남아 언제까지고 그 모래사장에 힘없이 앉아 있던 그의 등을 기억하고 싶다고. 그리고 아마도 이건 슬픔이 아니라고. 잊지 말아야 할 것들이, 잊고 싶지 않은 것들이 하나씩 또 하나씩 생겨나고 더해지는 게 인생이고 그렇게 아름다운 순간과 아름다운 결, 잊을 수 없는 색들이 내 인생의 팔레트에 하나씩 더 채워져 간다는 사실에 감사하면 그 뿐이지 않겠느냐고. 두려워할 것은 아무것도 없다고. 우리는 서로를 잊는다 해도 잊히지 않을 거라고.

파리에 도착하다

파리는 사랑스러웠다. 온통 복숭앗빛으로 물든 파리의 밤을 사랑하지 않기란 어려운 일이었다. 반나절, 딱 반나절이 필요했다. 낯설고 무서운 도시에서 낭만과 역사가 흐르는 꿈결 같은 곳으로 파리를 느끼게 되는데 걸린 시간 말이다. 파리에 도착한 날은 어느 해 12월 31일 오후, 해가 넘어가기 직전이었다. 가난한 여행자였던 나는 유흥가가 즐비한 골목의 허름한 숙소에 방을 잡았다.

숙소를 찾는 데만 한 시간이 족히 걸렸다. 규모가 너무 작아 주변 상인들도 호텔 이름을 듣고도 어딘지 몰라 도움을 주지 못했다. 울상으로 캐리어를 질질 끌고 배회하던 나는 나처럼 주변을 열 바퀴는 빙빙 돈 것 같은 또 다른 여행자와 길 위에서 부딪혔다. 울상인 표정, 손에 들고 있는 호텔 약도만으로도 서로 같은 처지라는 걸 알 수 있었다. 눈빛 교환 1초 만에 우리는 웃음을 터뜨렸다. 이대로 국제 미아가 되는 건 아닌가 하고 서러웠던 마음이 조금 누그러졌다. 합심해서 여차여차 그토록 찾아 헤매던 호텔의 1층 현관문 앞에 서는 데 성공했다. 가로 폭이 좁고 세로로 하늘까지 길게 뻗은, 전형적인 프랑스식 건물이었는데, 그마저도 좁은 1층의 3분의 2는 입점한 가게가 차지하고 있었고 3분의 1이 우리 호텔로 들어가는 입구였다. 아무도 여길 몰랐던 게 이해가 될 만큼 작고 존재감이 없었다. 연보라색 페인트를 칠한 나무문이 달려 있었는데 그마저도 빛이 바래 눈에 띄지 않았다. 이민 가방처럼 큰 캐리어를 들고 온 나는 쪽문 열리고서 보이는 그 폭 좁은 계단에 잠깐 말을 잃었다. 쿠당탕 소리를 내는 캐리어 모퉁이들을 계단 벽에 부딪혀가면서 2층 로비로 올라갔다.

아니, 세상에, 호텔 체크인하러 가서 이런 풍경을 보는 건 태어나 처음이었다. 회합이라도 있는 줄 알았다. 웅성대는 사람들이 바리바리 배낭을 메고 캐리어를 든 채로 2층의 비좁은 로비에 몰려들어 있었고 작은 블랙보드와 열쇠 꾸러미를 든 호텔 직원이 이야기를 시작할 참이었다. 멍하니 그 광경을 넋놓고 보고 있는 우리를 발견한 직원은 고개를 절레절레 저으며 얼른 올라와서 합류하라는 손짓을 했다. 지금 무얼 하는 거냐고 먼저 도착한 여행자에게 물었다. 그는 아주 작은 목소리로

"직원이 좀 무서워요. 약간 까칠한 듯. 여기 엘리베이터가 없거든요? (솔직히 각오하고 있었다) 3층부터 8층인가 9층인가까지 있는데, 여기서 체크인할 층수를 알려준대요. 저는 제발 3층이길 기도하는 중이에요." "아…." 아까 가로 폭이 좁다고 적지 않았나. 그 사실의 중요한 의미를 나는 이때 새롭게 깨달았다. 층마다 방이 하나뿐이었다. 3층 1호실, 끝. 4층 1호실, 끝. 이 말인즉슨 3층을 배정받는 행운은 희박하고 희소하다는 뜻이었다. 나도 눈 감고 빌기 시작했다. '3층, 3층, 3층, 제발 3층!'

직원이 블랙보드에 분필로 슥슥 몇 자 적더니 수건 몇 장을 챙기고 그 위에 열쇠 하나를 올렸다. 그러고는 "3층, 스텔라!" 하고 이름을 외쳤다. '네????' 속으로 쾌재를 불렀다. 예약할 때 적어낸 내 이름이었다. 누군가는 휘파람을 불며 박수를 쳐줬고 누군가는 망연자실하며 나에게 부럽다고 했다. '아니, 이게 이럴 일인가… 여긴 뭐지?' 싶었지만 일단 너무 신났다. 득의양양하게 수건과 열쇠를 받아들고 사람들에게 인사를 하고 3층을 향해 올라가는데, 기분이 속된 말로 정말 '째졌다.' 아무래도 그 순간 시작이었던 모양이다. 싫은 일이라고는 하나도 없었던, 환상적이기만 했던 파리와의 여행 합 말이다.

등 뒤에서 나와 호텔을 같이 찾아 들어왔던 친구(원래 여행에서는 5분만 같이 고생해도 친구가 된다.)의 이름과 함께 "8층!"을 외치는 직원의 목소리가 들려왔다. '으으, 이런…' 나는 뒤를 돌아 손 모아 합장하는 제스처를 취하며 미안한 표정으로 그에게 인사를 했다. 어깨를 으쓱하며 괜찮다는 표정으로 그가 웃어주었다. 그 뒤로 파리 여행이 끝나는 날까지 우리는 한 번도 마주치지 못했는데, 여전히 낯설고 무서운 파리의 험한 동네 위를 함께 누볐던 잠깐의 기억이 생생한 걸 보면 평생 까먹긴 힘들 것 같다. 여행은 이렇게 스치듯 만나 즐겁고 유쾌했던 사람들과의 기억을 위해 존재하는지도 모르겠다.

12월 31일 밤의 파리는

방은 정말 아담했다. 덜컹거리는 까만색 철제 프레임 위에 작은 매트리스가 얹혀 있었고 붉은색과 오렌지색이 번갈아 칠해진 1인용 벨벳 줄무늬 소파 하나, 흰 갓을 씌운 노란 등의 장스탠드 하나가 놓여 있었다. 샤워실은 피자 한 조각을 닮은 부채꼴 모양이었는데 성인 한 명이 들어가면 꽉 차는 크기였다. 애써 몸을 돌리지 않아도 한눈에 다 구경할 수 있을 만큼 허름하고 작은 방이었지만 딱 하나, 세로로 길게 뻗은 직사각형의 커다란 창이 마음에 들었다. 양쪽 바깥으로 열리는 두 개의 창을 열면 아래로는 큰 도로와 지나는 사람들, 맞은편에는 똑같이 세로로 길고 가로로 폭이 좁은 프랑스식 건물들과 촘촘히 세워진 가로등이 보였다. 전부 가깝고 큼직했다. 낮은 층이라 창 밖 풍경이 더욱 성큼 내 눈 앞이었다. 창가에는 낮은 높이로 철 제 난간이 만들어져 있어서 창가 앞에 앉아 난간에 팔을 얹고 밖을 구경하기 좋았다. 한숨 돌리고 나니 파리에 있다는 게 실 감 나기 시작했다. 한참을 그렇게 골목을 구경하다 해가 져 어 둠이 깔릴 즈음이 되어서야 털고 일어나 밖으로 나왔다.

처음 보는 파리 골목 풍경에 홀려 게으름을 피웠더니 저 녁 일정이 좀 늦어버렸다. 꼭 12월 31일 밤은 에펠탑에서 보내 겠다고 다짐을 했던 터라 뭘 챙겨 먹거나 할 겨를도 없이 출 발했다. 부랴부랴 메트로를 탔다. 그날 밤에는 바람이 거세게 불었고 에펠탑에 오르기 위해 기다리는 사람들의 줄도 무진 장 길었다. 바람을 고스란히 맞아 돌덩이처럼 딱딱해진 바게 트 말고는 줄 서서 먹을 만한 먹거리도 딱히 없어서 돌덩이 같 은 바게트 하나 질겅질겅 씹으며 두어 시간을 기다려야 했다. 내내 에펠탑을 올려다봤다. 엄청 컸다. 예쁘다는 생각보다 너 무 크고 높다는 생각이 지배적이었다. 생각했던 것보다 훨씬 더 웅장했다. 매시 정각마다 에펠탑에서 반짝반짝 빛나는 조 명이 켜져서 몇 시간이나 여기 서서 기다렸는지 자연히 알 수 있었는데, 그 긴 시간이 지루하지 않았다. 다들 그런 모양이었 다. 앞뒤로 빽빽하게 줄 서 있는 사람들은 국적도 생김새도 연령도 전부 다양해 보였는데, 하나 같이 비슷하게 즐겁고 행복한 얼굴이었다. 한 해의 마지막 밤, 낭만적인 파리, 낭만의 에펠탑 앞이라니. 혼자인 이도 친구와 가족과 연인과 함께인 이도 모두 즐겁지 않을 수 없는 순간이기는 했다. 그만큼 나도 들떴던 밤이었다. 한참을 기다려 올라간 에펠탑에서는 파리 전체의 전경을 볼 수 있었다. 별빛이 전부 다 땅으로 내려오면 그만큼 반짝일까 싶었다. 파리 시내에 새로운 현대식 건물이 들어서지 못하도록 규제하고 있어서 파리 중심 구역의 건물들은 모두 키가 낮다. 그래서인지 에펠탑 위에서는 시야에 걸리는 것 없이 파리의 땅끝까지 전부 보였다. 그 땅의 끝까지 이어지는 불빛들이 점멸하며 장관을 이루는데, 마치 진한 복숭아색 물감으로 반짝이는 모든 불빛을 점점이 찍어둔 점묘화를 감상하는 것 같았다. 그 광경에 감탄한 것은 나뿐만이 아니었다. 그 자리의 모두가 파리를 사랑하지 않을 수 없다는 황홀한 표정이었다. 그 사람들 사이에서 다정한 노부부는 짧게 입을 맞추고, 에펠탑은 몰려드는 사람들로 점차 더 바빴다.

숙소로 돌아가는 길에는 기념품을 샀다. 에펠탑에서 메트로로 가는 길 내내 1유로에 다섯 개, 색색의 에펠탑 모양 키링을 파는 노점상들이 줄지어 있었다. 1유로를 내고 맘에 드는 색깔 다섯 개를 골라서 가져가면 되었다. 은색, 짙은 파란

색, 밝은 초록색, 메탈릭 핑크, 금색을 골랐다. 돌아와서 주변에 나눠주고 내 것은 잃어버려 이제 남은 게 없다. 조악하기는 해도 예뻤다. 파리를 오래 기억하게 해주는 물건이었다. 허술하고 조악한 기념품을 사람들이 이해하고 용서하고 심지어는 사랑하는 이유일 것이다. 기념품이란 그 자체로 쓰임이 있기보다 사랑하게 된 도시를 기억하게 만드는 데 기특한 재능이 있다.

금세 도착한 메트로 개찰구에는 둥글고 귀여운 손글씨로 'Metro is free'라고 쓴 메모지가 개찰구마다 전부 붙어 있었다. 급조한 티가 한껏 났다. 한 장씩 달랑달랑 스카치테이프로 급하게 붙여놓은 태가 나서 더 근사했다. 12월 31일 밤을 기념하는 이벤트인 듯했다. 실제로 그다음 날인 새해 첫날에도 메트로는 물론, 많은 미술관, 박물관들이 전부 무료 개관했다.

들뜬 기분으로 돌아가는 메트로 안에서 배가 너무 고프다는 사실을 깨달아버렸다. 유럽은 한국 같지 않아서 모든 상점이 초저녁에 문을 닫곤 하는데, 이날은 연말 마지막 밤이기도 해 더욱 그랬다. 숙소가 있는 골목은 전부 불이 꺼졌고 그나마 불빛이 새어 나오는 식당이 딱 한군데 있었는데 역시 문은 닫혀 있었다. 불 꺼진 간판 위의 그림을 언뜻 보니 기로스(그리스식 음식) 식당이었다. 런던에서 파리로 넘어오느라 정신이 없어 종일 굶다가 씹히지도 않는 바게트 하나를 들고서 몇

입 먹으려 시도해본 게 전부였으니, 굶주림이 심할 만도 했다. 낮에는 낯선 도시에 긴장해서, 밤에는 에펠탑에서의 아름다운 풍경에 홀려 잠시 허기를 잊었던 모양이었다. 그대로 숙소에 들어가도 잠이 올 것 같지 않아서 불빛만 새어 나오는 식당 앞을 서성이고 있었는데 딸랑, 작은 종소리와 함께 식당 문이 열렸다. 식당 사장님이었다. 미리 말해두지만 나는 그러면 안 됐다. 식당 앞에서 멈추지도 말고 미련스럽게 서성이지도 말고 그냥 굶고 살이나 빼자, 하며 얌전히 숙소에 들어가야 했다.

"무슨 일인가요?" "안녕하세요. 식사를 못 해서 식당을 찾고 있었어요." "오, 미안해요. 오늘은 올해 마지막 밤이라 일찍 식당 문을 닫고 친구들과 작은 파티를 하고 있답니다." "아, 죄송해요. 그럼 혹시 캔 음료수라도 하나 사갈 수 있을까요? 마실 것도 미처 챙기질 못해서요." "음… 네, 그럼 잠깐 들어오세요." 사장님을 따라 식당 문 안으로 들어가니 저 멀리 안쪽 구석 자리에서 맥주를 마시던 사장님의 친구 둘이 잔을 높이 들어 보이며 인사를 해주었다. 나는 폐를 끼쳐 미안하다고 말하며 음료수 냉장고에서 콜라 두 캔을 집어 들고 돌아섰는데, 사장님이 이왕 온 거 음식을 해줄 테니 가져가라며 식당 부엌에 불을 올렸다.

어떻게 감사를 표해야 하나 싶어 어쩔 줄을 몰라 하고 있는데 문제가 생겼나. 배고픈 이들이 또 있었던 거다. 식당에 불이 켜진 걸 보고 쏜살같이 따라 들어온, 고등학생쯤 되어 보이는 소년 둘이 내 옆에 서서 자기들도 음식 주문하겠다고 우기기 시작했다. 사장님은 허리춤에 손을 올리고 소년들을 보더니 한숨 한 번 쉬고서 '오케이' 했다. 난감해서 진땀이 나기 시작했는데, 그런 내 표정을 보았는지 사장님은 신경 쓰지 말라고 괜찮다고 말해주었고 사장님 친구들은 맥주잔을 들고서 내게 와서는 이런저런 여행 이야기를 물어봐주었다. 죄송하지만 나름 잘 넘어가려나 싶던 와중에 진짜 그 밤의 문제가 터지고 말았는데, 앞서 적은 대로 이 골목은 유흥가였다. 클럽과 술집이 많았다. 자연히 취한 사람도 그 안에 많았겠지. 그중 한 무리가 불빛을 따라 내가 있는 기로스 식당까지 찾아 들어왔다. 이건 뭐, 불나방들도 아니고…. 그날 그 골목에서 '나 때문에' 식당은 불빛이 제일 성성한 핫플레이스가 되어버린 셈이었다. 이쯤 되니 정말 울고 싶었다. 난 그냥 배가 좀 고팠을 뿐인데, 태어나 이렇게 큰 민폐를 끼쳐본 적은 아무리 생각해봐도 없는 것 같았다. 남들의 즐거운 연말 파티를 다 망치고 말았다. 에펠탑이고 뭐고 시간을 런던에서 파리로 오는 유로스타 탈 때쯤으로 돌리고 싶다고 생각했다. 망했다 싶었다. 뭔 사달이 나도 날 것 같고 이러다 사장님 가게가 다 박살 날 것도 같고 그럼 난 어째야 하나 싶고 가게가 다 부서지게 생긴 이 마당에 내가 무사하긴 할까? 싶기도 했다.

영화에서나 보던 갱단처럼 무서운 외양을 가진 사람들이었는데, 들어오자마자 철판으로 된 주문대를 주먹으로 쾅쾅 치면서 사장님을 위협하기 시작했다. 주절대는 것을 들어보니 딱히 뭐 바라는 것도 없고 시비나 거는 거였다. 사장님은 물 한 잔 내줄 테니 마시고 술 깨고 나가라고 달랬다. 몇 번을 그렇게 달랬는데도 똑같은 말을 반복하면서 기물을 파손하려고 하고 나한테까지 시비를 걸 것처럼 다가오려고 했다. 사장님은 그걸 보더니 손짓으로 친구들을 불렀다. 식당 안쪽에서 상황을 지켜보며 서 있던 친구들이 부엌 통로까지 나와 무서워서 움직이지 못하고 있던 나를 데리고 구석 테이블에 앉혀주고는 내 앞에 보디가드처럼 둘이 버티고 섰다. 나는 '아, 일단 살았다'라는 생각과 '이 친구들은 여기 있을 때가 아니라 사장님을 도와줘야 하는 거 아닐까?' 하는 생각이 번갈아들었다. 그들은 내 생각을 읽은 것처럼 전혀 걱정할 게 없다고 그냥 지켜보라고 했다. 자기들은 사장님한테 여기 서 있으라는 오더를 받았고 상황은 사장님이 해결할 거라고 했다. 와. 진짜였다. 술 취한 사람은 덩치가 사장님 세 배만 한 사람인 데다 뒤에 줄줄이 무리를 달고 들어왔는데, 사장님이 먼저 같이 나가자고 했다.

주먹으로 해결 보자는 거였는데, 내 눈을 믿을 수 없게도 사장님이 이기고 들어왔다. 허리춤에 묶은 앞치마조차 흐트러지지 않은 채로 들어온 사장님은 싱긋 웃어 보이며 태연하게 만들던 음식을 완성해서 포장 그릇에 가득 담아 나와 소년들에게 건네주었다.

무리는 어디론가 모두 사라졌고 나는 이 소동을 겪으며 금세 사장님, 그리고 사장님의 친구들과 친해져버렸다. 파리에 온 지 반나절밖에 안 됐는데 한 3일은 꼬박 지난 것처럼 밤이 길었다. 사장님과 친구들이 챙겨준 기로스 고기와 샐러드, 감자튀김에 음료수까지 두 손 가득 들고서 우여곡절 끝에 호텔로 돌아왔다. 말 그대로 영화 같은 하루였다. 파리에 오면 누구나 영화 속 주인공처럼 살게 된다는 투의 상투적인 파리 영화들, 파리를 배경으로 한 드라마들이 많았는데 거짓말처럼 나에게도 그 상투적인 파리 이야기가 진짜가 되어버렸다. 파리는 어쩌면 낭만이 아니라 마법의 도시인가 싶다. '한국에 돌아가면 (가장 좋아하는 파리 배경의) 영화 〈미드나잇 인 파리〉를 다시 봐야지.' 그날의 일기에 적어두었다.

음식은 너무 많아 다 먹지 못할 정도의 양이었다. 고기는 간이 잘 맞고 부드러웠다. 감자튀김은 거의 산처럼 쌓인 수준이었는데 촉촉하고 포슬포슬했다. 한 입씩 집어먹으면서 오늘 하루를 되새기며 숨을 돌렸다. 배가 부르니 긴장이 풀려서 이내 졸음이 쏟아졌다. 파리에서의 첫 밤이 아깝고 새해의 새벽이 아까워 열심히 참았다. 한두 방울씩 비가 떨어지기 시작하더니 이내 골목을 모두 적실 만큼 비가 내렸다. 간간이 텅 빈 새벽 골목길 위로 빈 술병 깨지는 소리가 비 내리는 소리에 섞여 들려왔다. 주황색 가로등 불빛이 희고 노란 건물들의 벽에 부딪혀 은은한 복숭아색으로 부서지며 둥글게 퍼지고 있었다. 창가 난간에 기대앉아 1월 1일 해가 어스름하게 떠오를 때까지 그대로 있었다. 파리에서의 인생 첫 밤이었다.

파스텔의 파리

파리에 도착하고서도 며칠이 벌써 지났다. 첫날 우여곡절을 함께 겪은 기로스집 사장님과는 거의 매일 아침, 저녁 인사를 나눴다. 음식이 입맛과 취향에 잘 맞기도 해서 관광을 시작하기 전 이른 아침 식사와 매일의 여행 후 돌아오는 길 야식을 모두 기로스 식당에서 책임져주었다. 식당의 부엌에는 짙은 회색 라디오가 하나 있었는데 안테나 끝을 더 길게 하려고 은박의 호일로 돌돌 말아두었다. 전파를 더 잘 받는 방법인 모양이었다. 매일 아침 그 호일 끝을 멍하니 보면서 아직 남은 졸음을 쫓았다. 어쩐지 인간미가 풍기는, 사람 사는 곳 같은 소박함이 있어서 그 호일 감긴 라디오가 좋았다. 투박하고도 다정한 사장님을 똑 닮은 부엌이었다. 파리를 떠나는 날 아침, 마지막으로 찍어 남기고 싶은 풍경은 바로 이 부엌과 호일 감긴 라디오였다. 실제로 파리에서 스위스로 넘어가기 전 가장 마지막으로 카메라에 담은 파리 사진이 되었다. 사장님과 함께 그 라디오 앞에서.

도시에 익숙해지고 나서는 짐을 무겁게 들고 다니지 않았다. 현지인들처럼 가볍게 다니기 시작했다. 처음에는 가방을 두고 대충 주머니에 필요한 것만 찔러 넣고 나와 버릇했고 나중에는 여행자의 필수적 동반자인 카메라조차 숙소에 두고 핸드폰과 현금, 여권만 챙겨 다녔다. 생각보다 파리는 규모가 작은 도시여서 메트로를 탈 필요도 없이 걸어 다니며 관광할 수 있다는 사실을 며칠 뒤에 깨달았는데, 그렇게 지상으로 나와 걷다 보니 구석구석 익숙해져서 길을 잃고 두리번대는 일도 점차 줄었다. 익숙한 발걸음으로 아무것도 손에 든 것 없이 터덜터덜 여유롭게 걸어 다니니 소매치기하려는 온갖 집단들의 표적이 되었던 파리 첫날과는 달리 아무도 나에게 관심을 두지 않았다. 덕분에 긴장을 풀고 있는 그대로의 파리를 즐길 수 있었다.

파리에 이르기 전까지의 내 여행 스타일은 식사 챙길 시

영영 그리울 것들의 노래

간도 없이 여기저기 돌아다니며 최대한 많은 걸 보고 경험하는 쪽이었는데, 파리 여행을 기점으로 취향이 바뀌었다. 여전히 밥때를 잘 못 챙기고 식도락 여행을 즐기는 편이 아닌 것은 그대로지만 하염없이 걸으며 걷는 와중의 풍경을 즐기기 좋은 도시를 선호하게 된 것은 달라진 점이었다. 일정을 정해두지 않은 여행이 즐거울 수 있다는 걸 그때 배웠다. 그 누구도 나를 모르고 나 역시 그곳과 그곳 사람들을 모르는 곳에서 편안하고 여유로운 마음으로 걷고 또 걷고 구석구석 만끽할 수 있는 순간, 그 순간에서 나는 자유를 느낀다는 걸 파리 여행에서 처음 알았다. 그 사실을 알게 해주어 파리는 내게 또 다른 의미의 특별한 여행지로 남았다.

햇살이 쨍한 아침, 퐁피두센터 앞의 분수대에서 아이들 몇몇이 즐거워하고 있었다. 그 모습을 보며 잠시 앉았다가 시내 한복판에 뜬금없이 놓인 메리고라운드(회전목마)가 빙빙 돌아가길래 그것도 넋 놓고 좀 구경했다. 핑크를 중심으로 옅게 꾸며진 회전목마 색감이 온통 파스텔 색조인 파리와 잘 어울렸다. 오랑주리 미술관에 들러 모네의 〈수련〉 연작을 보고, 딸린 기념품 가게에서 프랑스의 샹송 가수 에디트 피아프의 앨범을 하나 샀다. 정작 수련의 그림엽서는 사지 않았다. 원화를 한참 보았으니 그 모습을 오래 기억해보고 싶었던 것 같다. 오랑주리를 뒤로하고 센강을 끼고 또 걸었다. 미술관을 나설 때는 아무리 오래 머물렀어도 아쉬움이 가시질 않는다. 센강의 경치를 보지 못하고 계속 미술관 생각을 하며 걸었다.

십 대 때는 음악을 엄청 들었는데, 이십 대가 되면서부터 그림 보는 기쁨을 즐기게 됐다. 음악을 들을 때는 내 속에 곡을 하나씩 집어넣어 탑을 쌓는 느낌이라고 해야 할까? 내면으로 파고 들어가는 느낌이 강했는데, 그림을 보는 일은 그와 조금 달랐다. 그림은 내가 어쩌지 못할 공간에 걸려 있고, 내가 그곳을 찾아가 그림 앞에 두 다리를 딛고 서서 그림과 시선을 주고받는 일이라 외부의 질서와 소통하는 기분이 든다. 작가가 그 그림을 그리던 순간의 시점과 시야, 당대의 사회와 세상까지 볼 수 있는 거울 같아서 꼭 그림을 볼 때면 나의 세계에서 다른 세계로 건너갔다 돌아오는 기분이 들곤 했다. 그처럼 황홀한 경험 끝에 그 앞을 떠나는 일은 항상 아쉬울 수밖에. 파리에는 걸출한 미술관과 박물관들이 너무 많아 입장할 때는 더없이 설레고 퇴관할 때는 항상 아쉬움에 발이 무거웠다. 이런 생각에 잠겨 걷다가 센강 유람선 위의 사람들이 인사를 건네는 소리에 겨우 정신이 다시 들었다. 나도 반가운 인사를 돌려주었다.

파리에 있는 내내 맑은 날은 몇 없었고 주로 비가 내렸지만 험한 날은 없었다. 폭설이 내리기도 한다고 해서 한국을 떠나기 전 특별히 어머니가 사다주신 기능성 운동화를 신고 왔는데, 무색하게도 눈은 한 번도 오질 않았다. (스위스에서는 운동화가 톡톡히 제 몫을 해주었다.) 베르사유에서 알 수 없는 겨울 태풍을 만나 집채만 한 나무가 뿌리째 뽑히는 안타깝고도 역사적인 순간을 목도하긴 했지만 그 외에는 속살거리는 비 정도나 내렸지, 별다른 궂은 날씨가 없어 신나게 다닐 수 있었다. 겨울의 파리는 하늘이 맑거나 밝은 날이 잘 없었는데도 길가의 건물들과 다리들, 나무와 공원과 상점들은 전부 제가 품은 색감을 또렷하게 보여주었다. 해와 달이 내려주는 빛과 상관없이 제 모습 그대로 아름다운 색과 선을 품을 수 있다는 건 놀라운 일이었다. 파리의 풍경 미학을 다룬 이야기들을 들춰보고 싶어졌다.

오늘도 하늘이 흐리네, 하며 걷다가 퐁네프의 다리가 보이는 지점에서 멈춰 섰다. 다리에서 한참이나 눈을 떼지 못했다. 예상과 달랐다. 원체 유명하니까 감상하기를 벼르던 스폿이기는 했는데, 상상 이상으로 제 몫을 해서 놀랐다. 퐁네프의 다리를 유명한 관광지로 만들어준 〈퐁네프의 언인들〉이라는 영화는 본 적이 없어서 미리 기대할 것이 없는 상태였다. 소설 『냉정과 열정 사이』를 보고서 소설의 중요 무대가 되었던 피렌체 두오모에 올라갈 때는 온갖 설렘과 기대 같은 것들이 치덕치덕 마음에 있었는데. 여기선 그런 감정 하나 없이 다리를 마주한 상황에서 순수하게 다리가 가진 모습에 취한 셈이었다.

다리의 주된 매력은 만져보지 않았는데도 눈으로 느껴지는 질감 그리고 색감이었다. 파리에서 제일 탐났던 색을 하나 고르라면 뭐여야 할까. 파리의 어떤 색을 소개하고 싶은가 홀로 생각할 때 파리의 주된 조명 빛이자 파리에서 가장 달게 마셨던 샴페인의 복숭아색이 가장 강력한 후보였지만 그와 더불어 마지막까지 경합했던 하나가 바로 이거였다. 퐁네프다리의 버터링색. 퐁네프다리는 손대면 곧 바스러질 것처럼 부드럽고 촉촉한 과자 같은 질감으로 보였다. 그 질감이 아름다운 색감의 구현에 더욱 이바지하는지, 부드러우면서도 짙은 버터색이 탐스럽게 여겨졌다. 손을 펴 가만히 기둥 한구석에 손바닥을 대보고 싶은 충동이 들었다. 어째서 연인들의 다리여야 하는지 십분 이해됐다. 인간의 마음을 사랑에 빠지기 딱 좋은 말랑하고 부드럽고 따뜻한 온도와 색감으로 채워주는 색이 여기에 있었다.

파리의 밤에는 피치 샴페인

밤이 오면 더 열심히 걸었다. 파리에서는 하루가 늘 짧았다. 파리 다음의 목적지는 스위스였다. 기대하고 있으니 파리를 떠나는 날이 괴로울 것까지는 없었지만 허락된 시간만큼은 진하게 보내고 싶었다. 다리가 아파도 아픈 줄 모르고 매일 밤 어제보다 조금 더 멀리까지 걸었다. 붙박이 일정으로는 낮에는 오르세, 밤에는 루브르가 좋았다. 한낮의 채광이 오르세 안에서의 관람을 더 즐겁게 했고, 밤의 가로등 불빛과 달빛은 루브르 외부의 전경과 어울렸다. 그림을 좀 더 오래 보려고 점심은 미술관 앞에서 초콜릿 와플 하나로 때우곤 했다. 파리는 미식의 도시인데, 맛있는 음식 먹은 기억이 없다. 아름다운 빛과 색채들을 눈에 담고 또 담고 꾹꾹 눌러 담은 기억뿐이다.

어김없이 나는 걷고 있었다. 땅이 젙어질 정도로만 비가 내렸다. 우산을 쓸 정도는 아니었지만 빗방울의 무게가 쿵, 손등에 느껴지기는 했다. 프랑스 국기가 펄럭이는 그랑팔레 앞이었다. 그랑팔레 맞은편 벤치에 앉아 잠깐 숨을 골랐다. 밤의 파리에서 가장 아름다운 곳을 하나만 꼽는 일은 어려운 미션이지만, 웅장한 금빛으로 장식된 알렉상드르 3세 다리 위, 그중에서도 조명이 성성한 밤 시간에 다리 위를 산책할 때 가장 화려한 파리를 본다고 느꼈다. 그 압도적인 화려함에 마음이 동해 시간이 허락할 때마다 들렀다. 그랑팔레는 알렉상드르 3세 다리와 가까운 곳에 있어서 매번 지나치는 장소이기는 했는데, 오늘처럼 그 앞에 앉아 쉬어가는 일은 처음이었다. 검은 색 메르세데스 택시들이 죽 줄지어 서 있었고 지나는 사람은 없었다. 파리를 떠나기 전 우편으로 부치려고 미리 가판대에서 샀던 엽서를 꺼내보았다. 새해 아침에 노트르담 성당에서 초에 불을 켜고 가족들에게 편지를 썼는데, 우표를 오늘에야 사서 아직 보내지 못했다. 우표를 뒤집어 흰 뒷면이 하늘을 보게 하고 빗방울이 우표 위로 떨어지기를 기다렸다. 제법 모여든 빗방울 덕에 우표 뒷면에 점성이 생겼다. 파리에서 집으로 보내는 엽서에 파리의 비 내리는 밤을 함께 실어 보내다니. 이 도시는 한 인간의 낭만을 바닥까지 싹싹 긁어모아 끌어내는 힘을 가졌다. 아무래도 묘한 곳이다.

예상보다 빗줄기가 굵어지기 시작했다. 대부분의 상점이 문을 닫아 거리가 어둑했다. 비가 거세져 사람들도 몇 없었다. 일정을 중도에 그만두고 돌아갈 참으로 나도 길을 되잡았다. 숙소에서 얼마 떨어지지 않은 익숙한 대로변을 걷고 있었다. 한낮의 활기 가득한 파리와는 사뭇 다른 풍경이었다. 노천카페의 테이블과 나무 의자들도 모두 가게 안으로 철수하고 텅 비어 있는 거리가 을씨년스럽게 보이기도 했는데, 어쩐지 나는 좋았다. 아름답고 화려하고 대단한 광경이 이어지며 북적이는 파리 말고, 어둡고 춥고 쓸쓸하고 한적한 파리를 홀로 걷는 순간에 진짜 이 도시의 일부가 된 기분이 들었기 때문이다. 그러나 파리는 끝까지 여행자에게 다정한 미덕을 베풀었다. 파리의 마법에서 깨어나도록 내버려두지 않겠다는 선언이라도 하듯 모두가 떠난 거리에도 불빛 켜진 가게가 하나 남아 있었고, 파리는 나를 그곳으로 인도해주었다. 와인과 샴페인을 파는 리큐르 숍이었다. 오늘 챙겨 나온 현금이 얼마 남지 않았다. 그래도 한번 물어나 볼까. 값이 많이 나가지 않는 것으로, 오늘 밤에 잘 어울리는 술을 한 병 골라 달라고 했다. 가게 주인은 나무 상자들이 그득한 가게를 몇 걸음 헤집어 걷더니 구석에서 복숭아 샴페인 한 병을 꺼내주었다. 3유로를 냈다. 뚱뚱한 복숭아색 샴페인 한 병을 옆구리에 끼고서 일부러 천천히 걸었다. '언젠가 이 도시에 살러 올 수 있을까?' 생각하면서.

돌아온 숙소는 여전히 작은 방 한 칸 그대로였지만 파리 전체를 이 방 안으로 끌고 들어온 기분이 들었다. 파리의 그윽한 복숭앗빛 밤을 그대로 닮은 샴페인 한 병이 그걸 가능하게 해주었다. 그 방 안에서 복숭아 샴페인 한 병을 다 마실 때까지 창가에 앉아 하염없이 바깥을 내다보았다. 새벽이 오고 있었다. 이대로 파리를 떠날 때까지 깨어 있을 참이었다. 스위스로 가는 이른 기차를 타려면 눈을 붙일 새는 없을 것 같았다. 다 비운 샴페인 병에서 올라오는 복숭아 향기가 창밖에서부터 불어오는 바람에 섞여 코끝을 스칠 때마다 잠들기에는 아까운 밤이지, 생각이 들었다.

스위스행 새벽 기차에 집채만 한 캐리어도 나도 몸을 실었다. 어딜 보아도 부드럽고 발그레한 소녀의 뺨 같았던 파리를 뒤로하고 푸른 얼음과 흰 눈, 짙은 초목의 나라를 향해 기차는 달리기 시작했다. 술기운이 남았는지 파리의 마지막 모습을 보지 못하고 까무룩 잠이 들었다. 분명 멋진 꿈을 꾸었겠지.

멜론소다를 처음 마셔본 건 2000년대 초, 열여섯 여름이었다. 일본의 기후현을 여행 중이었다. 지금은 애니메이션 영화 〈너의 이름은君の名は。〉의 배경 도시로 한국에도 알려졌지만, 그땐 기후현으로 여행 가는 일이 드물 때였다. 홈스테이 프로그램에 참여하는 학생 중 한 명으로 선발되어 갈 수 있었다. 기후현에서 공부하는 한국인 유학생이 통역과 안내를 맡았고, 한국에서 건너가는 이들은 나를 포함해 모두 여섯 명의 중고등학생이었다. 일본의 동년배 학생 가정에서 지내기로 했다. 함께 현지 학교에 등교도 하고 서로의 문화와 역사를 배우고 교류하는 것을 목적으로 하는 프로그램이었다. 당시 역사 공부와 사극에 푹 빠져 있던 나는 가볍게 짐을 챙기라고 잔소리하던 엄마 몰래 배낭 맨 안쪽에 두꺼운 국사 교과서를 제일 먼저 넣었다. 계획대로 일본 학생들에게 우리 역사를 피력하려면 말이 안 통하는 일을 적게 만들어야 했다. 일본어 회화책 한 권,

단어집 한 권을 구해서 죽어라 달달 외웠다. 꼼짝없이 이 주간은 일본 사람들 집에서 지내야 했는데 무슨 배짱으로 그럴 생각을 했는지 지금 와 생각하면 어이가 없다. 패기라고 해야 할지… 어쨌든 일본 땅을 처음 밟아보는 거여서 즐거운 일들은 딱히 상상되지 않았다. 비행기에서 내릴 때까지 내 머릿속을 채운 생각은 '뭐부터 설명해볼까?'였다.

공항에 도착해서 기후현까지 커다란 버스를 타고 오래 달렸다. 중간에 잠깐 멈춰 현지 식당에 들러 요기를 했다. 이상하게도 먹었던 음식 메뉴가 기억나질 않는다. 감자튀김 같은 게 어렴풋이 기억 속에 보이긴 하는데 도통 뭘 먹었는지 깜깜하다. 대신 반짝이는 조명이나 촬영장의 반사판을 대어둔 것처럼 선명한 사물이 하나는 있다. 미리 얼려두었는지 아주 차갑고 두꺼운 유리잔에 담겨 나온 진한 네온그린색 멜론소다 한잔. 난생처음 보는 음료수였다. 새빨간 체리가 하나 꽂혀 있었다. "세상에 이렇게 색깔이 예쁜 음료수도 있구나!" 우리는 신나서 재잘댔고 유학생 언니는 너희가 좋아할 줄 알았다며 어린 우리의 취향을 알아맞힌 것에 뿌듯해했다. 그때 긴장이 풀렸다. 단순하기 그지없지만 예쁘고 새로운 문물과 이국의 분위기에 취한 기분이 썩 나쁘지 않았다. 사람 마음을 허무는 일이 이렇게나 쉽다. 어떤 순간 속에 있을 때 '아. 이 순간은 평

182

생 기억에 남겠구나. 잊히지 않겠구나.' 감이 올 때가 있다. 어떤 생각을 했을 때이기도 하고, 새로운 무엇을 접했을 때이기도 하고, 큰 감동이나 행복을 느꼈을 때이기도 한데, 대체로 잘 들어맞는다. 십 년, 이십 년이 지나도 낡지 않는 사랑이다. 첫 해외여행의 첫 끼니에서 만난 형광색 멜론소다는 강렬했다. "와, 예쁘다." 그때의 기분, 느낌, 설렘, 감탄하던 내 목소리 같은 것들이 하나의 조각을 이루어 나의 열여섯을 만나게 한다.

멜론소다 한 잔을 영접한 후의 상쾌한 기분 그대로, 기후 여행은 성공적이었다. 상상하지 않고 가길 정말 잘했지. 예측할 수 없는 전개가 이어졌다. 즐거움과 놀라움의 연속이었다. 다시 버스를 달려 우리가 지낼 마을의 시내에 도착한 건 캄캄한 밤이었다. 일본 전통 가옥의 외관을 갖춘 식당 2층으로 안내받아 올라갔다. 차가운 우롱차 한 잔과 연한 연둣빛 완두콩 한 접시가 놓여 있었다. 함께 지내게 될 일본 학생 여섯 명도 구석 테이블에 미리 와 앉아 있었다. 어른들이 주르륵 따라 들어와 각 가정에 우리를 배정해주었고, 나는 '마이라'라는 이름의 여학생과 함께 지내게 되었다. 당시 유행하던 일본 순정 만화 여주인공 같은 머리 스타일과 교복 차림의 마이라는 나와 함께 삐걱대는 나무 계단을 내려갈 때 처음 눈을 맞추고 인사를 나눴다. '오, 드디어 일본어로 입을 떼야 하는 때가 온 건가?' 외운 책의 표현들을 되짚어보려던 차에 "너, 영어 할 줄 알아?"라는 말을 들었다. 마이라의 첫 마디였다. 이게 무슨 횡재냐 싶었는데, 알고 보니 마이라는 남미 국가에 살다가 부모님을 따라 일본으로 귀화한 친구였다. 애써 외워 간 일본어는 한마디도 쓸 일이 없었다. 다른 가정에 배정된 친구들이 아침 식사로 정갈하게 차려진 미소국, 낫토, 달걀찜과 고슬고슬한 쌀밥을 먹을 때 나는 둥글고 커다란 접시 하나에 얹은 (그 접시만한) 구운 닭다리와 샐러드, 타코, 그리고 닥터 페퍼를 받아 거실 소파에 앉아 수다 떨며 먹었다. 마이라의 집 밖 공식 일정에서는 다시 일본이었다. 등교하는 아침에는 연두색 청보리밭(벼밭일지도… 식물에 약하다.)이 죽 펼쳐진 풍경 속을 자전거 타고 누비고 프로그램 공식 행사일에는 유카타를 입고 화려한 일본식 3단 도시락을 싸 들고서 하나비 축제에 참여했다. 일요일이나 프로그램 휴식일에는 영화 속 화면 전환 효과처럼 다시 어느 외국이었다. 마이라와 함께 그 마을의 남미 출신 이웃들이 다니는 교회에 놀러 가서 교회 사람들이 나누어주는 두툼한 타코를 간식으로 먹고 마이라의 남미계 친구들을 만났다. 학교에 다니지 않고 일찍부터 일을 한다고 했다. 비슷한 나이인데 다들 나보다 한참 어른스러웠다. 다들 나 하나를 빙 둘러싸고 궁금한 눈으로 보았지만 동시에 하나도 낯설고 어색하지 않게 말을 걸어주었고 다정했다. 적응하려 노력할 필요 없이 편안했다. 목사님이 남미의 언어로 설교를 시작했고 하나도 알아듣지 못할 내 옆에 부러 앉아 목사님이 무슨 말씀을 하시는지 영어로 내내 통역해준 친구도 있었다. 그 친구와 친해졌다. 영어식으로 리차드, 남미식으로는 '리카르도'라고 자신을 소개했었다. 일본에서 무엇이 가장 마음에 들었느냐 그들이 물었을 때 나는 그들과 만난 것, 하나비(일본의 여름 불꽃축제)에서 은하수처럼 쏟아지던 은색 별 모양의 불꽃, 그리고 처음 마셨던 멜론소다의 아름다운 색에 반해버린 것을 꼽았다.

마이라와는 공식 일정을 끝내고 마이라의 집에 돌아와서도 늦은 밤까지 수다를 떠느라 잠이 부족할 정도로 친해졌다. 한참을 친해지고 나서 정말로 나는 역사책을 펴놓고 마이라에게 우리와 일본의 역사를 강론하기에 이르렀는데, 마이라는 내 이야기를 전부 다 듣고는 "학교에서 그런 걸 배우지 못했어. 알았어야 했는데 몰랐어. 더 가르쳐줄래?"라고 이야기했다. 우리는 내가 첫날 마셨던 멜론소다보다 더 예쁜 색의 멜론소다를 찾아내보자는 상큼한 목표를 위해 시내를 누비면서 한국과 일본의 역사 이야기를 점점 더 많이 나눴다. 물론 연예인들 얘기도 엄청 했다. 그때는 보아와 배용준이 화제였다. 마지막 공식 행사 때 노래방 기계를 가져다 놓고 어른들도 학생들도 각자 한 곡씩 불렀는데 한국 학생들이 보아의 넘버원을 불렀더니 쭈뼛대던 어설픈 실력에도 모두 흡족해했던 기억이 난다. 그날의 피날레 곡이었다. 내가 한국으로 떠나기 전 마지막으로 함께 모였을 때 리카르도와 남미 친구들은 삐뚤빼뚤 자른 도화지 위에 안녕의 말들과 함께 멜론소다색을 구현하려던 것 같은 초록색 하트, 그리고 작은 태극기를 그려 넣어 선물로 주었다. 마이라에게는 아무래도 마이라의 취향인 듯한 화려한 핸드폰 고리장식과 가수 아무로 나미에의 앨범을 선물로 받았다. 마이라와 리카르도가 보고 싶다. 연락해볼 방법이 없으니 가끔 생각만 한다. 다들 잘 살고 있니?

기후현의 여름으로부터 이제는 시간이 훌쩍 지났다. 그 긴 시간 동안 한국에서는 어느 음식점에서든 멜론소다를 파는 것을 가끔 (이제는 흔하지만) 보고서도 한 번도 주문해본 적이 없다. 일부러 그랬다. 메뉴판 위에 멜론소다가 그려져 있으면 그림이나 지그시 보고서 그때를 잠시 추억하고 말 뿐이었

<hr>

페이스북, 인스타그램이 없던 십 대 시절에 만났던 외국 학생들과는 주로 이메일 주소를 주고받았다. 다니던 고등학교 캠퍼스로 대만 학생들이 견학을 온 적이 있었는데, 그때 만난 남학생이 붉은색 대만 지폐 한 장에 이메일 주소를 적어주었다. 나이가 머리에 북한을 이고 사는 것처럼 우리도 중국 때문에 잠잘 때도 전쟁 걱정을 하는 마음이 있다는 얘기를 했던 것. 복에 캐논 카메라를 걸고 열심 사진을 찍었던 것이 눈에 선하다. 받아만 놓고 이메일을 보내지 못했다. 모든 인연이 소중한 것을 지금만큼 알았더라면 좋았을 텐데. 지금이라도 소중한 인연들을 놓치지 말고 살아보자 싶지만, 잘 되려는지.

영영 그리울 것들의 노래

다. 그립고 소중하고 멋진 순간일수록 자꾸만 들춰보기보다 오히려 그 순간 속에 간직해둘 때 더 생생하게 살아 있는 것처럼 느껴지기도 하는 법이니 아껴두자는 마음이었다. 어느 날 어떤 곳에서도 그때 나를 감탄하게 했던 멜론소다의 초록색을 만날 수는 없다. 실제로는 현재의 소다 한 잔이 더 그림 같이 훌륭한 색채를 가졌더라도 말이다. 그때의 시공간을 완성했던 그 색채는 아름다웠던 처음, 그 시간과 공간 속에서만 온전히 완벽한 법이니까.

그래도 용기를 내어 인생의 두 번째 멜론소다를 주문했던 날이 있기는 했다. 막냇동생의 초등학교 졸업 선물로 함께 오사카와 고베에 갔던 때였다. 오사카에서 고베로 넘어가느라 저녁 식사가 늦었다. 평범한 오므라이스집이었다. 작은 손으로 메뉴판의 그림을 열심히 들여다보며 샛노란 오므라이스 한 접시를 고른 동생에게 나는 드링크 메뉴판을 건네주며 "저 초록색 음료수 한번 마셔볼래?" 했다. 고개를 끄덕이길래 주문했다. 멜론소다가 서빙되어 나왔을 때 동생은 입을 헤 벌리고는 색깔이 너무 예쁘다고 말했다. 이리저리 기웃대며 음료수 잔을 구경하는 그 눈에서 나는 어렸던 날의 나를 보았다. 마치 열여섯 내 여름날과 동생이 멜론소다 담긴 유리잔을 꼭 쥐고 있는 지금의 시공간이 연결된 서사처럼 느껴졌다. 동생은 스물이 넘은 지금까지도 고베에서의 그 식당, 그 식사 메뉴들과 색감들을 이야기한다. 나의 멋진 순간이 그 애의 멋진 순간도 될 수 있었던 것은 마법의 물약 같은 신비한 색깔의 멜론소다 한 잔 덕분이었다. 동생과 멜론소다의 초록을 공유한 이후로 삶에서 어떤 색을 기억하고 골라두고 남겨두었다가 누구에게 어떤 날 어떤 시간 어떤 순간에 공유하고 싶은지 생각해보는 버릇이 생겼다. 아주 아름다운 일이. 마법 같은 날들이 새롭게 생겨날 터였다. 사랑하는 이들과 공유하고 싶은 색깔의 팔레트를 완성해보는 일은 내내 근사했다. 계속해서 멋진 색과 사물들을 만나게 될 테니 영영 미완성의 상태로 남겠지만, 그 미완성의 팔레트 위를 앞으로도 즐겁게 누비며 살아가게 될 것이다. 마이라와 리카르도의 팔레트 위에도 나와의 날들이, 나를 기억하게 하는 색깔들이 여전히 남아 있을까. 옛 인연들이 그립고 궁금한 밤. 멜론소다와 함께 나오는 햄버거 한 세트가 엄청 당긴다. 하늘길은 요원하지만 아쉬운대로 내일은 모스버거에 가볼까 싶다. 진지하기보다는 유쾌하게, 그리움도 선명한 기억들도 팔레트에 단단히 굳혀두고서 내일은 내일의 여행을 떠나는 게 좋겠다. 멜론소다색은 그런 산뜻한 끝맺음과 잘 어울린다.

손발에 샛노란 귤 물이 들 때까지 아무 생각 없이 귤이나 까먹으며 하루를 보내면 좋겠다. 함께 귤 물이 들어 손발이 나보다 더 샛노랗게 된 사람도 한 명쯤 옆에 있었으면 좋겠다. 그러다 둘 중 하나는 해가 지는 시간을 놓치지 않았으면 좋겠다. 귤색이 되어버린 우리 손발만큼 밍밍하고 부드러운 노을을 베란다 창틀에 기대어 한참 동안 바라봤으면 좋겠다. 어려운 일이 아닌데, 그래 본 지가 언제 적인지 모르겠다.

고사리손이라는 말이 아직 어울리던 때에는 동생과 둘이서 이렇게 놀았다. 맨발로 차가운 베란다 바닥을 동동 구르면서 귤 바구니 가득 귤을 담아다 무릎 위에 얹어놓고 하나씩 조물대다 보면 하루가 뚝딱이었다. 예나 지금이나 고기는 떨어져도 과일은 떨어지지 않게 해야 한다는 집이라 1년 내내 부모님은 딸들을 위한 과일을 넉넉히 준비하는 일에 가장 열성이시다. 여름에는 복숭아와 수박, 겨울이면 딸기와 귤이 주종이다. 베란다에는 항상 커다란 귤 상자가 있었는데 며칠이면 동나고 또 며칠이면 동나곤 했다. 체감상 사흘이면 한 상자를 해치웠던 것 같다. 이때 너무 기대에 부응했던지 부모님은 지금도 1인 가구인 딸들에게 20kg 단위의 귤 택배를 보내신다.

긴 겨울방학이 시작되면 부모님은 우리만 남겨놓고 두 분 다 출근을 하셔야 했는데(돌봐주시는 분이 계셨어요), 방학이라고 놀기만 하면 안 된다는 불호령과 함께 EBS 교육방송이나 CNN을 틀어놓고서 리모컨을 숨겨두고 출근하시곤 했다. 소파에 앉아 집중하는 척을 좀 하다가 현관문 닫히는 소리가 나면 귤 바구니 들고 양손으로 낑낑대며 베란다 문을 열러 뛰어갔다. 진종일 '교육' 방송에는 관심 없고 귤 예쁘게 까기, 귤 빨리 까기, 귤 세 개로 저글링 성공하기, 개중에 가장 큰 귤을 골라 거실에서 둘이서 캐치볼 하다가 카펫 위에 터뜨리고 엄마 몰래 은폐하기 같은 걸 했다. 그땐 툭하면 손에 귤 물이 들었다.

어릴 적에는 이런 날들이 행복인 줄은 모르고 즐거운 줄은 알았다. 즐거운 이유는 무엇에서든 해방되는 자유로운 겨울방학이어서, 귤이 달고 맛있어서, 손발에 색이 드는 게 신기해서인 줄만 알았다. 실은 엉성한 내복 차림으로 귤 한 상자를 해치우면서 둥글고 노란 귤 꼴이 되어가는, 그렇게 닮아가며 곁을 내어주는 사람과 함께인 덕에 행복했음을 이제 와 깨달는다.

　인생의 화려한 순간에 그 화려함을 같이 나눌 사람은 때마다 바뀐다. 누구여도 크게 위화감이 없다. 누굴 그 자리에 가져다 붙여봐도 어울린다. 그만큼 금세 잊히기도 한다. 별다른 볼 일도 없이 귤 한 상자 같이 껴안고서 아무 날도 아닌 하루를 기꺼이 보내줄 사람을 떠올려보면 한 줌은 될까 싶다. 다만 진리처럼 그 명단에 변함이 없다. 소소하고 보잘것없는 순간에 늘 옆을 지켜주는 나의 사소한, 사소해서 소중한 사람들. 그 사람들은 꼭 귤 꼴을 한 채로 추운 겨울날 부러 내게 와준다. 그 마음들이 겨울 귤색을 닮았다. 사소한 색. 사소해서 사랑스러운 색. 오렌지보다 밍밍하고 쨍한 레몬보다 부드러운, 그게 매력인 색. 귤색 말이다. 귤색을 닮은 이들과 함께인 날에는 부리나케 맨발 슬리퍼 차림으로 뛰어나가 집 앞 마트에서 귤 한 봉지를 고르고 싶어진다. 같은 온도, 같은 색으로 닮아가는 행복을 미리 마중하는 나만의 의식이다.

　이미 손에 쥐고 있어서 소중한지 모르는 어리석음을 들여다보고 탓하고 반성할 때도 회개하듯 귤을 사먹는다. 이미 빠른 회개가 끝났대도 한 자리에서 다섯 알 정도는 더 집어주는 게 아무래도 귤님께 무례하지 않은 처사지 싶다. 역시, 화려하고 특별한 하나보다는 귤 다섯 알이 내겐 행복처럼 느껴진다.

겨울밤은 길고 인생에는 밍밍하고 적당한 맛과 색과 모양이 제격인 날들이 더 여럿이다. 이번 겨울에는 귤을 닮은 사람들과 귤나무를 보러 가야겠다. 문득, 받은 행복을 돌려주는 기특하고 잘 익은 귤 한 알이 되고 싶어졌다.

깊고, 짙고, 따뜻한 색을 좋아하게 되었다. 쨍한 색보다 자기주장은 강하지 않아도 포근하고 편안하고 다정한 색들. 호두과자의 짙은 호두색, 쑥색에 가까운 짙은 풀색, 굵은 실로 짠 겨울 스웨터의 그늘진 겨자색 같은 것. 서늘한 날에 한 번쯤은 우리를 안아주었던 색들 말이다.

호두과자를 처음 먹어본 건 언제였을까? 기억나지 않는 그 기억이 아쉽다. 아주 옛날이었을 테고 호두과자 한 알이나 그 호두과자를 꼭 쥔 내 작은 주먹이나 그 크기가 매한가지였을 때였겠지. 호두과자봉지를 품에 안고 부스럭대는 일이 자주 있지는 않았다. 가족과의 여행길 위에서나 먹을 수 있는 간식이었다. 여행보다 호두과자가 좋았던 어린 날도 있었던 것 같다. 휴게소에서 호두과자와 알감자, 맥반석 오징어 냄새만 맡아도 이미 여행이 완성된 기분이었다.

온기가 도는 간식 봉투를 품에 안고 가족들과 다시 차에 올라타 웃고 떠들며 배기 통통해질 때쯤에는 반쯤 남은 호두과자 봉투를 손에 쥐고 스르르 잠이 들었다. 여행지에 도착하고서야 겨우 칭얼대며 잠에서 깨곤 했는데, 그때쯤이면 호두과자는 식어서 겉이 바삭해진 다음이었다. 사라진 온기가 아쉽지 않았다. 마음 어딘가로 그 온기가 옮겨 앉은 느낌이 들었기 때문이다. 지금도 이렇게 선명하게 회상하는 걸 보면 어렸던 시절에도 이미 알았던 모양이다. 가족과 함께 보내는 정다운 한 때, 그리고 그때 다 함께 나누어 즐기던 간식들의 따뜻하고 다정한 색감, 달콤하고 부드럽던 맛이 영영 소중한 기억으로 남을 거라는 사실을 말이다.

부모님이 바빠서서 여행을 좀처럼 갈 수 없는 시기에도 아주 가끔 선물로 호두과자를 받는 날이 있었다. 아빠가 출장을 다녀오시는 날들이었다. 멀리 출장을 다녀오시는 날이면 아빠는 배를 꾹 누르면 "I love you"라고 말하던 곰 인형, 귀여운 그림이 그려진 철제 필통 같은 것들을 선물로 사다 주시곤 했는데, 호두과자도 꼭 끼어 있었다. 그런 날에는 아빠가 사다 준 호두과자를 말랑말랑한 작은 공처럼 손에 쥐고서 그 밤 내내 따뜻했다. 어느 때부터인가 아빠의 간식 취향이 바뀌었는지 델리만주가 등장하기 시작했는데, 맛은 더 부드럽고 더 달았지만 나는 여전히 거칠고 투박한 호두과자색이 예쁘고 좋았다.

혼자 떠나서 홀로 긴 시간 운전대를 잡고 휴게소에서 혼자인 식사를 하고서 홀로 낯선 타지에서 업무를 보고 다시 또 그 여정을 거쳐 집으로 돌아오는 길에 호두과자 한 상자 챙기던 아빠의 마음은 어떤 색으로 칠하는 게 어울렸을까. 집에서 색종이나 오려 붙이고 색칠공부나 하며 뒹굴고 있을 우리를 생각하면 아빠는 좋았을까? 고사리손으로 호두과자 상자를 끌어안고 즐거워했을 우리가 아빠의 행복이었기를 바랄 뿐이다. 말로 다 할 수 없는 마음들이 가끔은 말없이 나누어 먹은 것들의 투박하고 다정한 색에 전부 담겨 있다.

세상에 먹을거리가 이렇게나 넘쳐나고 화려한 색색의 향연을 펼치는 디저트들이 각색인 요즘, 호두과자 찾는 사람이 몇이나 될까 싶지만 값비싼 호텔 빙수를 먹어도, 파리에서 명성을 떨친 마카롱을 사다 먹어도 채워지지 않던 마음이 투박한 종이상자에 담긴 따뜻한 호두과자 한 봉지에 노곤해지는 것을 보면 나 같은 이 어딘가 또 있겠지 싶기도 하다.

올여름 이사 갈 집의 가구를 고민하던 중이었는데, 그만 고민하고 호두색으로 해야겠다. 무더운 날에도 가끔은 마음 서늘한 혼자의 삶에 그보다 다정한 색은 또 없을 것만 같으니.

시간의 허락을 받아야만 얻을 수 있는 색이 있다. 세월이 묻은 사물들이 가진 색이 주로 그렇다. 물살의 흐름을 제 몸으로 기록해왔을 강가의 짙고 둥근 조약돌색이 그렇고, 사람들이 신을 신고 벗으며 기대었을 오래된 한옥집의 댓돌 옆 반질한 고동색의 기둥이 그렇고, 바다의 무게를 고스란히 받아내 그 빗살의 무늬와 색채를 가지게 되었을 해변의 조개껍질색이 그렇고, 멈추지 않는 바람의 결이 닿고 또 닿은 제주의 돌담색이 그렇다. 물살과 바람과 다정한 손길과 시간의 합작품이다.

그런가 하면 저 스스로 시간을 머금는 사물들도 있다. 기실 우리 주변의 거의 모든 일상적인 사물이 시간과 함께 새로워지는데, 그중에서도 나는 오랜 시간 저를 조용히 묵혀온 서가의 헌책들에서 볼 수 있는 진한 생강색, 진저색을 아낀다. 일상에서 우리는 그들을 두고 '낡아간다'라고 부르지만 나의 팔레트 위에서만큼은 오늘 새롭게 만나게 된 '새로운 시간의 색'이다.

조약돌도 한옥의 기둥도 말간 조개껍질도 최초의 순간을 목격한 이가 있었다면 오늘을 두고 '빛이 바랬다' 할지 모른다. 태어난 처음이 가장 순하고 말갛고 아이의 눈썹처럼 부드러웠을지도. 그럼에도 그 처음을 아는 이가 딱히 없어 오늘의 아름다움을 오늘로서 받아들이고 더 나아가서는 지금의 색을 얻기까지 지내온 세월의 가치를 되짚어볼 기회를 얻게 된 거라면? 그렇다면 우리 일상의 것들도 '낡아 빛이 바랜 색' 말고 더 멋진 이름으로 불릴 자격이 있지 않을까. 그런 생각에서부터 흘러와 '시간과 시절의 색'이라는 이름표를 붙여 나의 팔레트 위에 헌 종이책의 진저색 물감을 굳혀둔다.

어릴 적 살던 본가 부모님의 서재에는 진저색, 그러니까 우리말로 황갈색 정도 될까 싶은 종이색을 가진 책들이 족히 20년은 나이를 먹은 채로 책장을 가득 메우고 있었다. 나는 동화책을 열 권씩 읽어줘야만 잠이 드는 아이여서, 부모님은 서로 "오늘은 네가 읽어라", "싫다, 오늘은 네 차례다" 하면서 밤마다 고역이었다고 했다. 그렇게 유아 시절 침대 머리맡에서 부모님의 성대를 혹사하며 동화책을 떼고 나서부터는 부쩍 그 서재에서 혼자 놀기 시작했다. 북쪽을 향해 있어 어느 계절이든 집 안의 다른 곳보다 서늘한 온도를 가진, 향나무 냄새 비슷한 향기가 나는 옛날 책들로 가득한 그 방은 항상 내 놀이터였다.

숨어들기 좋았고 시간 가는지 모를 공간이었다. 책들이 품고 있는 세월과 향기가 고스란히 종이에 배어 있었고, 벽지에도 오래된 종이와 잉크의 향이 배어든 것 같았다.

그때 나는 고작 초등학교 저학년이었다. 부모님의 책은 주로 현대소설과 역사책, 가느다란 책등을 가진 시집들이었다. 읽는다고 뭘 알았을까. 아무것도, 하나도 이해하지 못했을 게 분명하다. 그럼에도 나는 매일 다른 책을 하나씩 꺼내서 그 책 속의 글자를 모조리 읽었다. 꼭 이야기가 아니라 시간을 읽기 위해 페이지를 넘기는 사람처럼. 너무 긴 시간의 공기를 전부 껴안아서인지 종이의 두께마저 둔탁해진 종잇장을 붙잡고서 끝까지 그 안에 실려 있는 모든 활자를 읽고서야 저녁을 먹었다. 그 방에서 처음으로 끝까지 다 읽는 데 성공한 책은 임철우의 소설 『그 섬에 가고 싶다』였다. 제 수준에 전혀 맞지 않는 독서를 했지만 내가 기억할 수 있는 그 서재에서의 첫 완독이었다. 그 뒤로는 책을 끝까지 읽는 일이 어렵지 않았다. 이제는 헌책방에 가서나 구할 수 있을 법한 색깔과 질감과 두께와 냄새를 품고 있던 책들로 나는 완독의 기쁨을 배웠고 이해하지 못하는 문장들이 가득했던 만큼 상상력을 동원해 책과 나 사이의 거리를 메우는 일도 스스로 익혔다.

가끔은 얇은 시집의 첫 장에서 부모님의 청춘, 그들의 시간과 문장을 발견하기도 했다. 자식으로서 부모의 청춘과 온전히 마주할 방법은 없다고만 생각했는데, 책을 통해 그들과 나는 만났다. 만날 수 있었다. 순간을 담은 사진과는 달리 그 시절의 시간과 시대와 감정과 영혼의 울림을 담아 직접 적은 문장들은 젊은 날 부모님의 숨을 고스란히 간직한 듯 생생했다. 부모님에게는 말하지 않았다. 나는 지금의 그들을 만난 것이 아니라 정말로 그 시절의 그들과 마주 앉았다 온 것이기 때문이다. 이렇듯 헌책 안에는 그 책을 서점에서 골라 집어 들었던 사람의 생과 세월이, 책 속의 문장과 교감하거나 문장을 통해 치유 받았던 순간들이 고스란히 함께 담겨 있다. 그래서 헌책을 사면 가장 먼저 하는 일이 옛 주인이거나 이 책을 거쳐 갔을 이들의 흔적을, 누가 누구에게 선물로 주었다는 짤막한 편지글이나 맘에 든 문장에 밑줄을 쳐두었다든가 하는 것들을 찾는 일이다.

일직선으로 흘러가는 나의 시간과 시간 사이에 타인의 시간을 책갈피처럼 끼워 넣어 잠시 다른 생에 다녀오는 기분을 느낄 수 있다. 그 기분에 흠뻑 젖어 진저색의 종이를 한 장씩 넘기다 보면 시간을 만져보는 듯한 낯선 감각이 손가락 끝으로 올라온다. 글만이 아니라 사람도, 흘러가 사라지는 줄만 알았던 시간의 물성도 그 안에서 모두 만나게 된다는 사실이 멋지다. 이 모든 것이 옛 시간을 독서하는 삶에서 얻는 적잖은 기쁨이다.

부산의 보수동에는 규모가 꽤 커서 여행객들도 필수 코스처럼 한 번쯤은 들리는 헌책방 골목이 있다. 부산에 갈 때면 꼭 다녀오는 곳이다. 주로 시집을 찾아 여러 권 산다. 제집 없이 사는 이에게 책은 곧 짐이 되기도 해서 자주 이사를 다녀야 하는 사람은 주변 사람들에게 책들을 다 어디에다 두고 살 거냐며 핀잔을 듣기 일쑤다. 그래도 어쩔 수 없다. 이미 멋진 색의 헌 책도, 곧 시절의 색이 스미게 될 새 책도, 새 책장도, 내 이삿짐 트럭의 사이즈도! 나날이 늘어만 간다. 안 되면 거북이 등딱지처럼 이고 지고 살지, 뭐.

본가로부터 독립 후 나의 첫 거주지는 목포였다. 서울과 경기 외의 지역에서 살아본 적이 없는 내게는 낯설고 먼 곳이었다. 집을 구하는 데까지 주어진 시간은 만 하루뿐이었다. 급하게 구하느라 제대로 알아보지 못하고 발품 팔아 몇 시간 만에 오래된 아파트를 월세로 얻었다. 겨울이었다. 가족과 평생을 지내온 곳을 떠나 미지의 세계처럼 느껴지는 곳에 와서 나는 홀로 덩그러니 있었다. 아파트는 오래되었어도 정갈하고 해가 들고 온기가 있었다. 여기저기 하자가 있고 부러지고 깨져 있는 것들은 수리해서 썼다. 문제는 밤이었다. 매섭고 추웠다.

집을 보러 왔을 때는 한낮이었으니 이런 복병이 있을 줄 몰랐다(아무리 야무지려고 노력해도 사회 초년생의 고생은 필연이려니 한다…). 침낭에 들어가 지퍼를 잠그고 그 위로도 이불을 세 겹은 더 덮어도 코가 땡땡 얼었다. 그렇게 겨울을 버티다 하루는 타지에서의 생활도 1박 2일 출연자도 아닌데 야외 취침 벌칙 받는 것 같은 이 말도 안 되는 상황도 모조리 다 서러워서 (아니 솔직히 추워서였을 것) 잠들 수가 없었다. 엉금엉금 침낭에서 기어 나온 나는 3단 책장의 맨 첫 칸에 줄지어 나란히 꽂혀 있는, 부산 보수동과 여수 등지의 헌책방을 다니며 사 모았던 시집들과 엄마의 옛 책들을 가져다가 머리맡에 탑처럼 쌓아두었다. 그제야 혼자가 아닌 기분이었다. (정수리를 단박에 치고 들어오는 겨울바람을 막아주었다는 것은 두 번째 장점이었던 걸로 하자.) 책들을 뒤적이다 부모님의 서재에서 제일 아끼고 좋아하던 책, 시몬 드 보부아르의 『영원한 사랑』을 품에 껴안고서야 잠들 수 있었다.

아무리 애를 써도 힘이 들고 힘이 든 내 마음을 나에게 만큼은 속일 수 없는 날들이 있다. 그런 날에는 아주 오랜 세월을 살아온 책을 한 권 꺼내서, 가만히 들고 있기도 하고 종이를 하릴없이 넘겨대며 그 질감을 느끼고 향기를 맡기도 하고 빛이 바랜 종이의 색을 감상하기도한다. 괜히 판권 면을 다시 들춰보며 책이 몇 년도 어느 출판사에서 나왔는지를* 곱씹기도 하고 그 출판사가 아직도 존재하는지를 인터넷에 검색도 해본다. 그러다 보면 집 현관문 밖에서 내게 일어난 일은 그저 일어난 일이고 나는 그저 나인 상태로 돌아올 수 있었다. 이미 세월을 지나온 흔적 그 자체인 진저색 종이들은 결국 모든 것은 지나가고 그 치열한 시간 끝에 남는 것은 그 모든 시간이 지나가버리고 말았다는 사실 뿐이라고. 내게 말해주곤 했다. 저 자신의 몸으로 그 사실을 증명하고 있는 셈이었다. 마음 놓고 안심할 수 있었다.

　나조차도 요즘은 전자책을 보기 시작했지만 종이책이 사라져서는 안 되는 이유를 여기서 한 번 더 항변해본다. 전자책은 낡을 수가 없다. 세월의 흔적이 배길 수가 없다. 누군가에게 선물하기 위해 앞면에 최대한 예쁜 글씨로 그의 이름을 적어 내려가는 일을, 아주 먼 훗날 얼굴도 모르는 타인이 보고서도 그 순간의 정감과 아련함을 느낄 수 있는 사람의 일을 해내는 건 종이책뿐이다. 가만히 생각해보니 내가 가진 책들 중에

---

* 최근 읽은 헌 책은 패트릭 코널리의 『사랑하는 아빠가』. 내가 가진 판본은 서울시 동대문구 용두동 한성빌딩 200호에서 책을 펴내던 도서출판 글수레가 1988년 10월 25일에 출간한 것이다. 책값은 2,500원. 인터넷에 검색해보니 김영사에서도 2010년까지 출간되었다. 연필로 그은 밑줄과 코널리 씨가 아들들에게 내준 수학문제를 따라 푼 숫자 몇 개, 삽화를 따라 그린 아이의 그림을 여기저기서 발견했다.

서도 이미 낡아가는 것들이 있다. 물려줄 자식은 없어도 기쁘다. 진한 생강색과 여러 나무 향이 섞인 부모님의 서재를 미처 따라가지는 못할지라도 그 시절의 나를 만나는 기분으로 다시금 책을 펼칠 수 있다는 자체만으로 멋은 있다. 오래되어서 더욱 멋진 것이 가죽이라는 말들을 지금껏 흔히 했지만 그런 상식은 바뀔 때도 되었고 (인조가죽 쓰면 좋겠다.) 실로 오래되어 멋진 사물로는 옛 활자와 옛 공기와 물기 어린 옛 마음들까지도 담아낸 진저색의 빛바랜 종이만 한 것이 또 있으려나 싶다.

한복 입을 날이 많았으면 좋겠다. 일상적으로 한복 입은 이들을 거리에서 늘 볼 수 있는 날이 오기를 기대한다. 우리 한복이 우리의 일상과 거리가 멀어서 적잖이 아쉽다. 온라인에서나마 한복 구경을 하는 것으로 아쉬움을 달래곤 하는데, 요즘은 금실로 수놓은 청색 용포 가운이 갖고 싶다. 분위기상 쉬이 걸치고 다닐 수가 없는데도 한복에는 늘 욕심이 나는 편이다. 언제든 입을 수야 있는 서양식 원피스는 여러 벌인데 한복은 여러 벌 소유할 핑계가 없어 쇼핑몰 장바구니 속에만 있으니 늘어나는 목록을 열어 볼 때마다 볼멘소리가 나오고 만다.

인생 첫 한복은 첫 돌 무렵 기념사진을 찍을 때 입었다. 딸보단 아들처럼 늠름하게 생겼었는지, 아니면 둘째는 아들을 바라는 조부모님의 계책이었는지, 그도 아니면 첫 손주의 엄청난 입신양명을 기원하신 건지는 모르겠으나 조부모님 댁 안방 장식장 맨 위 칸을 차지한 돌 사진 속 나는 무려 조선시대

임금의 붉은 용포를 입은 채로 벙찐 표정이다. 사진으로나마 기억하는 나의 첫 번째 한복 착장이다.

이때의 임금님 옷을 제외하면 스스로 입은 한복의 질감과 색감과 수놓아진 무늬들을 전부 생생하게 기억하는 첫 한복은 일곱 살, 여덟 살 무렵 즐겨 입던 것인데, 진한 레몬색에 가까운 노랑 저고리에 은은한 펄감이 섞인 포도주스색 치마 한 벌이었다. 은색 실로는 잠자리의 날개를, 색색의 꽃실들로는 가느다란 꽃들을 수놓은 치마 밑단을 참 많이 만지작거렸다. 앉았을 때 둥글게 퍼지는 치맛단이 예뻐 동생과 둘이서 어지러운 줄도 모르고 빙글빙글 돌다 앉기를 반복하며 좋아했다. 누가 더 치맛단을 예쁘고 둥글게 만드는지 비교하며 놀다 보면 시간 가는 줄을 몰랐다. 쓰다 보니 그립다. 가지고 있을 걸 그랬다. 아리따웠다는 말이 어울리던 나의 첫 한복.

명절마다 새 한복을 갖고 싶다고 부모님을 졸라대 어머니가 집에서 차례 음식을 준비하시는 동안 아버지는 나와 동생을 데리고 시장의 한복집 투어를 해주셨다. 명절이면 늘 돌아오는 아버지의 중요하고도 엄숙한 임무였달까. 색색의 한복을 구경하는 것만으로도 마음이 황감해져서 그날만큼은 매일같이 앙숙처럼 으르렁대던 동생과도 사이가 무척 좋은 자매가 되었다. 한복을 입고서는 디즈니 공주처럼 다정하고 착한 소녀가 되고 싶었던 모양이다.

지금은 토요일에 다들 등교하지 않지만 초등학생 때까지 나는 토요일에도 학교에 가서 이런저런 활동을 해야 했는데, 한 달에 한 번은 '한복 입는 날'이 있었다. 다시 볼 수 없는 장관이었다. 1학년부터 6학년까지 전교생이 한복을 입고 등교했다. 제대로 어른께 절하는 법도 배우고 자치기 같은 전통의 놀이도 해보는, 우리 것을 배우는 날이었다. 등교하면 운동장으로 조회를 받으러 먼저 나가야 했다. 전 학년이 모두 색색의 한복을 차려입고서 조회를 받는 풍경도 어여뻤지만 진짜 장관은 마지막에 있었다. 조회가 끝나고서 저마다 제 교실을 찾아 들어가려 조회대 양옆의 널찍한 스탠드 계단을 오르는 아이들의 뒷모습이 꼭 끊이지 않고 흐르는 색동의 물결같이 보였다. 한복 입는 날이 올 때마다 나는 그 순간을 기다렸다. 일부러 멀찍이 뒤에 남아 그 물결이 파도치는 모습을 바라보곤 했다.

일본의 여름 불꽃놀이 축제 '하나비はなび(꽃불이라는 뜻을 가졌다.)' 날에는 일본 전통 의상인 기모노와 유카타를 차려입고 게다げた(일본 나막신)를 신은 일본의 청춘들이 물밀 듯 밀려든다. 어느 해 그 날 그 자리에 있었다. 쏟아지는 불꽃들이 자못 정신을 빼놓을 만큼 화려했지만 불꽃이 펑펑 터지며 시야를 사로잡는 와중에도 '우리 옷, 우리 장신구도 못지않게, 아니

훨씬 더 아름다운데…'라는 생각을 지우기 힘들었다.

물꼬를 트는 계기가 있었으면 좋겠다. 우리에게도 그런 날들이 잦았으면 좋겠다. 한복을 재해석한 젊은 디자이너들의 인터뷰를 자주 찾아본다. 점점 더 각자가 지향하는 바도 다양해지고 그 결과물들도 훌륭하고 아름다워서 마음이 좋아지지만 인터뷰할 만한 대상이 된다는 건 흔하지 않다는 것이고 여전히 일상화에 이르기까지는 시일이 걸린다는 뜻이기도 하다.

전통의 의상이라는 말 자체가 옛것이라는 뜻이지 않냐, 특별한 날에나 입는 것 아니냐는 의견이 있을 수도 있겠지만 인근 나라들보다 우리가 우리의 전통 의상에 조금 더 먼 것은 사실인 듯하다. 홍콩에 여행 가서는 기념으로 치파오를 쉽게 구매할 수 있었고 입어도 보았다. 일본에서도 분위기는 비슷했다. 내가 유카타를 입을 기회도 여러 번 있었고 기모노를 맞추거나 대여할 곳도 숱하게 많았다. 기모노를 입은 이들을 일상적인 장소에서 보는 일이 어렵지 않았다. 하노이에서도 공자 사당 문묘에서 그들의 전통 복색인 아오자이를 맞춰 입고 졸업사진을 찍는 학생들을 여럿 보았다. 중국이 우리 복색을 노리는 것도 골이 아파지는 참에 말만이 아니라 한복이 대중화된 한국을 보고 싶다. 단숨에 그런 시대를 열어 내 눈으로 그 풍경을 볼 수 있다면 무급 팁플이라도 하고 싶은 심정이다.

초고를 쓰면서 학교에서 한복 입는 날이 한 달에 한 번이었다고 대차게 써놓고서, 퇴고할 때가 되니 문득 기억이 잘못된 것처럼 느껴졌다. 아무래도 불가능한 일 같았기 때문이다. '한 달에 한 번이나 한복을 입고 학교에 가다니, 어머니들이 괴로우셨을 것 같은데, 그게 가능한 일이었을까?' 지금 같아서는 성사될 리 없는 일 같기도 하고, 스무 해나 지나버린 시간과 내 기억을 믿을 수 없기도 해서 졸업한 초등학교에 전화를 걸어보았다. 이십 년 전 기록은 더 이상 가지고 있지를 않아서 확인이 어렵다고 했다. 진실이 알고 싶어서 동창들에게 도움을 구했다. 누구는 일 년에 한 번, 누구는 학기에 한 번, 또 누구는 한 달에 한 번이었다고 주장했다. 실체적 진실을 확인할 수 없으므로 문장을 지워야 하나, 두루뭉술하게 그런 날이 있었다고만 써야 하나 며칠을 내리 고민하다가 이 단락을 덧붙인다. 한복 곱게 차려 입은 그넷줄 위 춘향의 노랫말처럼, 산호도 섬도 없는 하늘에 높이 떠올라 채색한 구름 같이 아름다웠던, 먼 바다에 내려앉은 오색구름 너울진 물결 그 자체였던 우리들을 일 년에 열 두 번은 보았던 거라면 더없이 멋진 시절이었다고. 그러니 한 달에 한 번으로 하자고.

黑白

한동안 검은색을 사랑했다. 마음이 놓였기 때문이다. 검정은 변하거나 바래지 않는다. 그 사실만이 중요한 날들이 있다. 흰 것을 차마 똑바로 바라볼 용기가 나지 않는 날, 변하는 사랑과 떠나는 사람과 변덕스러운 세상 모든 것이 원망스러울 때 말이다. 그런 날에 나는 서랍 깊숙한 곳에 넣어두었던 스케치북을 꺼내 도화지 한 장을 찢었다. 심호흡 한 번 크게 하고 촘촘히 흰 귀퉁이마다 검은색 크레파스를 칠했다. 흰 도화지가 전부 까맣게 변하면 그 위에 검은색 크레파스로 슬프다고 쓰거나 외롭다고 쓰거나 괴롭다고 썼다. 어차피 누구에게도 읽힐 수 없는 글자이고 속내이니 솔직할 수 있었다. 한 바닥을 전부 까맣게 칠하고 나면 마음이 좀 후련해졌다. 진정한 위안이었는지는 알 수 없지만 검정은 영원하지 않은 것들에 대한 불안 혹은 절망으로부터 나를 건져 올려주는 색이었다. 우린 오래도록 제법 친했다. 여전히 때때로 좋은 친구다.

검정의 변하지 않는 속성, 그 미덕은 더 이상 괴롭지 않은 날에도 멋진 매력이었다. 일상에서 검은색의 아름다움에 감탄하고 싶을 때면 딱 세 가지에 시간을 썼다. 도로 위를 달리는 검은색 세단, 자정 무렵의 먹먹한 밤하늘, 그리고 흑백의 영화와 도록들. 고등학교 때 논술수업 과제로 오래된 흑백 영화를 본 일이 있었다. 인생의 첫 번째 흑백 영화였다. 〈자전거 도둑〉이라는 이탈리아 영화인데, 비토리오 데 시카 감독의 1948년 작품이다. 생계를 꾸리는 일이 막막한 가정의 아버지와 어린 아들이 생계유지의 유일한 수단이었던 자전거를 도둑맞고서 함께 찾아 헤매는 내용이다. 처음에는 색채감이 없는 화면에 흥미가 생기질 않아서 턱을 괴고 대충 곁눈으로 보다 말다 했는데, 어느샌가 흑백의 화면에서 더 진한 현실감을 느끼기 시작했다. 결국 미간을 힘껏 찌푸린 채로 끝까지 눈을 떼지 못하고 집중했다. 그날 이후 흑백을 향유하는 삶으로 건너왔고, 새로운 세상을 하나 열었다고 느꼈다.

흑백 역시 시간이 지나도 제빛을 잃지 않는 색이었다. 새삼스럽지 않았다. 공히 검정의 아이였으니까. 흑백의 절반은 백白색이지만 흑백의 화면을 보고 있자면 흑黑색이 존재함으로 인해 흰빛이 자리할 여지를 만들어주는 것처럼 보인다. 일반의 평범한 세상에서는 주로 흰 것이 사랑받지만 흑백의 세상에서

만큼은 흑黑이 주인공이다. 흑백의 사진과 영화를 보고 있자면 마치 흘러가는 시간을 그 화면 속에 붙잡아둔 것처럼 보여 편안하다. 과거도 현재도 미래도 아닌 흑백의 세계. 그 세계가 구현한 질서와 시간이 따로 있는 것만 같다. 시간의 흐름을 받아들이는 것이 인간 된 도리이고 순리일 테지만 흘러가고 변하고 그래서 이내 사라지는 것들을 두려워하는 것도 인간의 자연스러운 마음일 테다. 그런 마음을 잠재우는 데 흑백은 특히 효과가 좋은 처방이다. 색을 가진 것들은 옅어지고 해지다가 결국 사그라들고 마는데, 애초에 색을 가져본 일 없이 태어난 흑백은 그 무엇도 잃을 필요가 없다. 잃을 것이 없고, 애초에 가진 것 없이도 스스로 아름답고, 변하지 않고, 변하지 않는다는 사실을 애써 증명할 필요조차 없는 검정의 아이. 그러한 흑백의 속성을 경외했다.

흑백의 영화와 흑백의 그림, 사진 작품들이 있는 곳이면 어디든 갔다. 한참 그랬다. 가는 곳마다 영화 DVD와 전시 도록을 사 모았다. 어느 시절에는 인생의 유일한 낙일 때도 있었다. 그런 만큼 전부 귀하다. 애정을 담아 소장 중이다. 다만 최근에는 바쁘다는 핑계로 들여다보지 못했다. 아낀다는 말이 무색해질 것 같아 말뿐인 예찬을 멈추고 잠깐 서재에 다녀왔다. 아득할 만큼 오랜만이다. 무슨 부귀영화를 누리겠다고 좋아하는 것들과의 시간을 몽땅 까먹으면서, 쫓겨 가며 사는지. 책장 구석에서 먼지 쌓여가는 도록과 DVD들 사이에서 로베르 두아노의 사진집을 꺼내왔다. 도록들 중 가장 좋아하는 하나를 꼽기는 어렵지만 그중에도 자주 보고 싶고 눈 맞추고 싶은 것들은 있다. 두아노의 사진집이 그중 하나에 속한다. 두껍고 튼튼한 책등이 너덜너덜해진 지 좀 되었다. 하도 많이 들여다보아 어떤 컷들이 들어 있는지 내가 좋아하는 사진은 뭔지 넘겨보지 않아도 눈에 선하다. 그런데도 다시 펼쳐 볼 때는 어째서 처음처럼 새삼스레 설레는지 알 수 없다. 좋아하는 마음이란 이다지도 어리석어 예쁘다.

도록을 샀던 전시는 2014년 여름에 있었다. '로베르 두아노, 그가 사랑한 순간들'이라는 이름이었다. 홍대 상상마당에서 아담한 규모로 열렸다. 폐장 직전에야 겨우 도착해서 바람처럼 휘 둘러보고 나와야 했지만 도록 사는 일은 까먹지 않고 챙겼다. 그날은 전시 세 개를 보겠다고 야심차게 계획했던 터라 예술의 전당에서부터 홍대까지 동선이 멀고 바빴던 날이었다. 조금 지친 채로 두아노의 작품 앞에 섰는데, 피곤을 금세 잊었다. 조금 전까지 분명 발이 아팠는데 아팠던 적이 있었나 싶게 피곤이 가셨다. 그게 신기해서 사진을 보다 말고 발끝을 물끄러미 봤다. 보석 박힌 은색 샌들을 신었던 것이 그래서 기억난다. 신발 밑창이 얇아 종일 신발을 잘못 골랐다 싶었는데, 두아노의 흑백 사진 앞에서는 무엇도 별로 중요하지 않았다. 프레임 속 흑백의 세계만큼이나 명료하고 티 없이 청량한 여름날이라는 생각만 들 뿐이었다.

두아노의 14년 전시 도록은 1930년대에서부터 시작한다. 도시의 아이들을 향한 두아노의 시선이 담겼다. 그중 공원의 흙바닥을 다 긁어내며 제 몸만 한 의자 하나씩을 맡아 질질 끌며 걸어가는 개구진 아이들의 뒷모습. 그리고 뒤를 돌아 작가의 카메라를 또렷한 눈으로 응시하는 단발머리 소녀를 담은 작품, 〈뤽상부르 정원〉을 좋아한다. 흑백으로 설정해 찍은, 혹은 찍어놓고 흑백을 덧씌운 당장 어제의 사진이라 해도 믿어진다. 시간을 멈추는 힘이 두아노의 사진 속에 있다. 지금으로부터 백여 년 전의 찰나라는 사실을 아마도 사진 밑 한 줄의 설명 없이는 아무도 알아차리지 못할 듯하다. 물론 아이들이 힘들게 끌고 가는 의자의 생김새도, 아이들의 머리 스타일도, 그 애들이 쓰고 있는 모자까지도 오늘의 것이 아니다. 그럼에도 마치 이들이 나의 세계와 시간으로, 혹은 내가 그들의 세상으로 건너가고 건너온 것처럼, 우리의 시간에는 낙차가 없다고 믿게 되는 것, 그렇게 나를 설득하는 것. 그것이 흑백의 색채가 가진 마법 혹은 마력이다.

아이들의 천진한 얼굴을 지나고 나면 그다음 장에는 청춘의 연인들이 죽 등장한다. 첫 사진은 우리 집 거실에 크게 붙여놓은 포스터 작품이기도 한데, 모르는 사람이 거의 없지 않을까 싶은 〈파리 시청 앞 광장에서의 키스〉다. 그 뒤로 쭉 주야장천 파리의 연인들이 프레임을 채운다. 연인들을 담아낸 도록의 두 번째 챕터를 볼 때면 매번 신기한 현상이 내게 일어나곤 한다. 분명 흑백인 사진들에서 유채색을 보는 일이다. 일례를 들어보자. 한 사진 속에서 두아노의 렌즈는 키스하는 연인과 그 연인의 키스를 바라보는 또 다른 여성 한 명, 그리고 그날의 계절을 담아내고 있다. 분명 여성은 두툼한 모피를 둘렀고 나무는 앙상한 가지를 드러내는 파리한 겨울인데, 그 여인의 시선 끝에 자리한 연인의 키스를 발견하고 나면 그 뒤로 흐르는 강물에서부터 푸른 봄빛이 차오르는 것만 같다. 어째서 그 사진에서만큼은 매번 같은 마법이 가능한지 모를 일이다. 나에게는 내가 가진 눈이 전부라 진정으로 알 길은 없지만 분명 세상의 모든 눈으로부터 흑백의 사진은, 흑백의 세계는 서로 천차만별인 다른 색으로 칠해져 있을 거라는 상상을 하게 된다.

　　이쯤 되니 흑백과 검정을 친애하는 이들을 만나보고 싶다. 저는 빨강이 좋아요. 저는 새파란 하늘색이 좋아요. 저는 산과 들에 지천인 초록이 제일이라고 생각하죠. 뭐, 이런 말들은 들어보기 어렵지가 않은데 흑백을 좋아한다는 이를 만나보기란 그리 쉬운 일이 아니어서, 약간은 동지를 찾고 싶은 마음이 든다고 해야 할까. 흑백의 화면 속에서 그들은 무엇을 읽어내는지, 검은빛에서 어떤 마음을 건져 올렸는지, 분명 담백하고도 깊을 그 이야기들을 듣고 싶어진다.

　두아노의 사진 속 신부의 장난기 어린 웃음과 그녀의 눈 속에 담긴 연인을 훔쳐보는 일은 언제나 놀라우리만치 달콤한데, 온전히 그 사랑과 열기가 흑백의 프레임 속에 보존된 채로 내게 전달되기 때문이다. 흑백과 검정에 대한 내 사랑과 의존은 욕심에서 비롯되었다는 것을 안다. 이 세상에 변하지 않는 것은 없고 흐르지 않는 시간은 없고 아무것도 붙잡을 수 없음이 진리인 것을 왜 모르겠는가. 그런데도 자꾸만 바라게 된다. 그런 일이 가능한 세상도, 그런 일을 가능하게 하는 사랑도, 그런 사랑을 가능하게 하는 사람도 어디엔가 있지 않을까. 우리 모두의 삶에 변하지 않는, 그래서 잃지 않아도 되는, 사라지지 않을 무언가가 하나쯤은 허락되어야 하는 거 아닌가. 그런 꿈을 자꾸만 꾼다. 그래서 흑백은 내게 불가능을 두고서도 가능을 염원케 하는 색이다. 영원히 빛바래지 않는, 영원히 살아 숨 쉴 생명력을 가진 것만 같은 어둡고 환한, 모순적인 사랑. 그 사랑을 흑백의 흑黑색에서 본다. 다양한 색채로 찬란하지는 않더라도, 잔잔하고 고요하더라도 변함없는 온도의 삶과 사랑 말이다. 어쩌면 가장 이루기 어려울 소망일지라도.

흑백의 세계에서만큼은 시간도 기회도 그 어떤 것도 꿈꾸는 자의 편이다. 격동하는 채로 얼어붙은, 그 뜨겁고도 차가운 프레임 속에서 변하지 않는 마음과 변하지 않는 사랑을 읽어낼 줄 아는 사람들. 그런 흑백의 속성을 경애하는 이들에게 이 글을 바치고 싶다.

만물萬物이 푸른 봄철, 새싹이 파랗게 돋아나는 봄철. 사전은 '청춘靑春'을 그렇게 풀이하고 있다. '푸를' '청'에 '봄' '춘'을 쓰는 단어. 푸른 봄. 나의 청춘은 얼마나 푸르렀는지, 우리의 청춘은 어떻게 푸른지 지나고 나서야 알게 될까. 새순처럼 싱그러워서 청춘이라 부르려나. 시퍼렇게 멍드는 일이 많아서 청춘이려나. 그리 멍드는 일마저도 싱그러웠다며 그리워하게 되려나. 지금 나는 푸르름의 끝자락을 건너는 중이려나. 그래서 모이고 모인 푸른 멍이 아직 가시지 않는 걸까. 이렇게 꾹, 하고 누르면 아직 아프다. "계속 멍든 채여도 좋으니 이 파랑 속에 오래 너울지고 싶어." 이 마음 변하지 않으면 영원까지도 내내 푸르른 채로 살아갈 수 있을까. 봄이 나를 앞서 지나가지는 않았으면, 같이 걸어갔으면, 그랬으면 좋겠는데. 마음대로 될지는 결국 모르는 일이겠지. 그렇게 제멋대로라 모두가 그 이름에 안달이 난 거겠지. 그렇게 심술 맞아서 더 귀한 거겠지. 그렇게 푸르러 가장 선명한 그리움 되겠지. "그냥 다. 전부 좋았어." 언젠가는 결국 찾아오고야 말 먼 겨울의 나는 분명 바보같이 그런 말이나 할 게 뻔하지.

* 그래도 괜찮아. 멍든 채로도 좋아. 천천히 가. 천천히.

영영 그리울 것들의 노래

Part 4

희게 개어오는
푸른 봄처럼,
아침은 오고

정지상의 「송인」을 좋아한다. 처음 마주했을 때부터 그랬다. 처음 읽은 것은 중학생 때였다. 왜인지 모르게 그 비 갠 둑의 끝에 서본 기억이 있는 것처럼 느껴졌다. 마치 비 갠 둑의 더욱 짙어진 풀빛색을 이 생 너머에서 본 적이 있는 것처럼 아득하면서도 선명한 느낌이 들었다. 환생한 그인 것도 아닐 텐데. 그 풀빛을 알 것만 같았다. 그의 눈물로 내내 더 깊어졌을 대동강만큼은 아니어도 너르고 깊은 강이 흐르는 곳에서 자랐기 때문일지도 모르겠다. 강가의 풀빛과 풀향이 비 온 뒤에 한층 짙어지고 강렬해지는 그때를 감각으로 이미 알기 때문일지도. 색을 언어로 쓰면 읽는 이를 그 장면으로 끌고 들어갈 힘이 생긴다는 것을. 아마 나는 책 속에 코를 박고 그림 같은 시들을 읽고 또 읽던 그 시절에 벌써 알았던 것 같다.

시를 읽어내는 천차만별 가지각색의 방법 중에 나는 무엇을 즐기는지 빨리 알아차리게 된 건 복 받은 일이었다. 시의 모든 귀퉁이가 전부 예찬의 대상이지만 그중에서도 색을 언어로 구현하는 구절은 특히 사랑스럽고 가끔은 희열마저 도사린다. 진정한 나만의 팔레트를 소유하는 셈이기 때문이다. 언어로 쓰인 시 구절 속의 색은 내 머릿속에서만 오감으로 재현된다. 나 말고는 아무도 그 색을 알 길이 없다.

세상에 존재하는 사물과 색을 시인이 언어로 옮기고 그 옮겨진 언어를 통해 나는 세상에 존재하지 않는 나만의 색을 나만의 세계에서 구현하는 과정이 시를 통해 색을 즐기는 일이다. 환상적이라 느낄 수밖에 없는 미학의 지점이 늘 시와 시의 색채 속에 있다. 나의 긴 이야기를 하려고 이 글을 열지는 않았다. 내게 환상의 순간인 시의 장면들을 모두에게도 소개하고 싶다. 몇몇 작품과 구절을 그저 적어본다.

막차는 좀처럼 오지 않았다
대합실 밖에는 밤새 송이눈이 쌓이고
흰 보라 수수꽃 눈시린 유리창마다
톱밥난로가 지펴지고 있었다

그믐처럼 몇은 졸고
몇은 감기에 쿨럭이고

그리웠던 순간들을 생각하며 나는
한줌의 톱밥을 불 속에 던져주었다.

_ 곽재구, 「사평역에서」

시 속에서 한 줌의 톱밥이 불빛 속에 던져져 순간적으로
불길이 화-악 일어나는, 그러다 이내 사그라지는 그 찰나의 붉
은빛을 상상한다. 나무장작은커녕 얇은 나뭇가지 하나만큼의
힘도 가지지 못한 얇고 작은 톱밥 조각이 무슨 힘이 있어 활활
타오르는 불을 내겠나. 그 미약한, 알아차리기조차 힘들지 모
를 그 찰나의 붉은 화염을 상상하는 일이 언제나 그윽하고 슬
펐다. 곽재구의 「사평역에서」는 정지상의 「송인」과 함께 가장
좋아하는 시 작품 중 하나다.

비 개인 긴 둑에 풀빛 짙은데
님 보내는 남포에 슬픈 노래 흐르는구나
대동강물 어느 때에야 마르리
이별의 눈물 해마다 푸른 물결에 더하여지는데

_ 정지상, 「송인」

그 외에도 깊은 밤 흰 달빛 받은 흰 배꽃나무 가지와 그날

의 밤하늘에 펼쳐진 은하수를 그려낸 이조년의 시조 첫 구절 '이화梨花에 월백月白하고 은한이 삼경인제'를 무척이나 좋아하고 서정주의 「추천사-춘향의 말」 속 '채색한 구름같이 나를 밀어 올려다오'의 '채색한 구름'을 상상하는 일을 즐긴다.

내 팔레트 속 흰눈색은 문정희 시인의 「한계령을 위한 연가」 속에 있고 청포도의 말간 연두색은 '은쟁반에 하이얀 모시 수건(이육사의 「청포도」)' 옆에 정갈히 놓인 포도 한 송이로 떠오른다. 청포도색을 생각하면 청포도색만 내게 오는 것이 아니라 은쟁반의 은색도, 모시 수건의 성긴 흰색도 함께 오는 식이다. 장면 속의 색을 읽어내는 일, 언어 속의 색을 읽어내는 일은 이렇듯 충만하고 아름다워 발을 동동 구르게 되는 행복한 취미다.

이 글은 단지 나의 즐거움을 소개하고, 독자들의 즐거운 순간을 나 역시 알 수 있으면 좋겠다는 생각으로 썼다. 알려주시면 고맙겠다. 들려주신다면 기꺼이 들으러 가겠다. 할 수만 있다면, 초대해준다면 기꺼이 여러분의 팔레트 속으로 나도 들어가 보고 싶다. 우리가 서로에게 줄 수 있는, 함께 나누기에 가장 아름다운 무엇일지도 모르겠다.

평창에서 지난겨울을 났다. 서울로 돌아온 지 얼마 되지 않은 것 같은데 벌써 봄이 움튼다. 공기가 은근한 다정함을 머금더니 이내 긴 햇살이 난다. 연둣빛으로 새싹이 돋고 사랑스러운 계절 색들은 싱그럽다. 다가오는 도시의 봄을 느낄수록 산뜻하고 행복한데도 이제 곧 사라질 계절, 선명했던 혹한의 설경을 곱씹게 된다. 결국은 이변 없이 다시 돌아올 계절과의 작별인데도 어째서 늘 미련이 남는지 모를 일이다.

서울을 비울 수 있는 건 한 달 정도였다. 십 년을 꼬박 벼르고 꿈꿔온 일이었다. 자연 속에서 잠들고 자연 속에서 깨어나는 일. 무엇에도 속박되지 않은 상태로 정직하고 단순한 하루를 보내는 일. 도시의 소식은 까맣게 모른 채로 깊은 산 속에서 지내기로 했다.

* 흰눈색의 비원. 비밀의 정원.

목적지는 이미 익숙한 곳이었다. 열일곱에 처음 만나 지금까지 15년이 넘도록 내내 사랑하는 곳. 서울에서 평창까지 한참을 달리고서도 30분은 더 굽은 산길을 따라 차를 몰아야 한다. 사람 사는 집이 있는지 알기 힘들 정도로 외진 겨울 산속, 숲속 별장이다. 산과 숲과 들을 품은 너른 대지 위에 세워진 건물을 등지고 서면 눈앞에 검고 유려한 겨울 산의 능선이 흐른다. 그 위로 해가 뜨고 노을이 물들고 달이 차오르고 별이 흐드러진다. 한 번씩 크게 부는 바람은 숲의 나무들을 전부 흔들어 쏴아아-하는 소리를 내며 코앞까지 달려왔다 다시 멀어진다. 낯선 이를 만날 일 없고 밤새 들판을 뒤덮은 흰 눈 위로 작은 짐승들의 발자국 외엔 흔적이 없는 고요한 낙원이다.

내가 평창으로 떠난 뒤부터 뉴스에서는 연일 '25년 만의 최강한파', '대설주의보', '한파경보' 같은 헤드라인을 띄웠다고 했다. 도시에 남은 사람들은 웅크린 고슴도치처럼 겨울 산으로 기어들어 간 나를 걱정하며 하루가 멀게 날씨 소식을 전해주었다. 영 틀린 말은 아니었는지 매일같이 큰 눈이 내렸다. 하루걸러 하루마다 폭설이었다. 먹을 것을 구하러 산 아래에 내려가는 날이면 최근 몇 년간 평창에 내린 눈을 모두 합해도 올해 쌓인 눈에 댈 것이 못 된다며 혀를 내두르는 주민들의 이야기를 들을 수 있었다.

낮엔 개었다가도 초저녁부터 눈발이 날리기 시작하면 어김없었다. 금세 쌓인 눈더미에 집 앞의 키 작은 소나무가 더 납작하게 작아지는 것 같으면 밤새 또 큰 눈이 온다는 신호였다. 아침이 되어 창을 열고 나와 보면 첫발부터 발목까지 눈 속에 푹 빠진 채로 걸어야 했다. 시선이 닿는 모든 곳이 희었다. 말 그대로 겨울왕국이 따로 없었다. 걷기보다는 미끄러져 눈 속을 굴러다니는 것이 안전하고 믿기지 않게 아름다운 방울 소리를 내는 산새가 머리 위로 날아다니는 자연 속에 내가 있었다. 산속으로 누군가를 들이지도 나가지도 못하게 만드는 고립을 뜻하기도. 그래서 단순하고 단정한 날들을 의미하기도 하는 흰 산. 흰빛에 기꺼이 취해 발이 묶인 내가.

누적 적설량이 점점 쌓여가는 가운데 날도 더 차가워지기 시작했다. 최저기온의 최저기온을 갱신하는 것이 마치 목표한 일이기라도 한 것처럼 끝을 모르고 추위가 거세졌다. -20도. -23도. -26도. 밤에는 60분마다 한 번씩 추위가 갱신됐다. 해가 떨어지면 꼼짝 않고 방 안에 숨어있는 게 안전했다. 강원도의 겨울을 현명하게 버티기 위함이었는지 욕실에조차 열선이 깔려있을 정도로 꼼꼼하게 지어진 집이었지만, 유럽식 외관으로 만들어진 터라 작은 창이 많은 게 맹점이었다. 창문 틈새란 틈새로는 모조리 한기가 새어 들어왔다. 읽을 책을 엄청 가져

갔는데 창틀마다 임시방편으로 책들을 세워 바람을 막았다. 아침에 무사히 깨어나 책 뒤편을 확인해보면 얇고 긴 고드름들이 창밖으로 여러 개 얼어붙어 있었다. 벽에 손을 대어보면 밤새 벽 전체가 파스스 얼었다가 아침 해가 난 쪽으로 한기를 뱉어내는 느낌이 들었다.

매일 밤 현관문 손잡이 위로 하얗다 못해 푸른 얼음이 올라와 금색의 손잡이를 얼렸다가 아침 해가 뜨면 슬금슬금 녹기를 매일 반복했다. 처음 문손잡이가 얼어붙은 것을 본 날에는 할 말을 잃었다. 도시의 누구도 믿어주지 않을 것 같아서 사진을 찍어두었다. 며칠을 꼬박 움직이지 못하고 제자리에 갇혀 있는 자동차가 얼지 않도록 해가 드는 낮에 한 번, 깊은 밤에 한 번, 시동을 걸어주어야 했다. 그 탓에 어쩔 수 없이 밤에도 나다녀야 했는데, 얼어붙은 손잡이와 씨름할 패기가 없어서 바깥과 바로 연결된 거실 창을 열어 그리로 통행하곤 했다. 지금 와 생각하면 정말 믿을 만한 구석이 없는 추위였다. 극한의 콩트 속에 있다가 온 것처럼 현실감이 없다. 그립다. 두꺼운 옷을 몇 벌이나 챙겨가 껴입었지만 얼어붙은 공기를 피할 길은 없었다. 문밖에 나서서 열 걸음만 걸어도 입술이 얼어붙기 시작해 살갗이 실시간으로 갈라졌다. 그러니 매일 목숨 건 사람처럼 비장하게 캄캄한 추위 속으로 향하곤 했는데, 돌아오는 길에는 나를 향해 은하수가 쏟아져 내리는 것처럼 숱한, 푸른 별 박힌 하늘을 볼 수 있어서 참을 만한 가치가 있었다.

놀랍게도 상황이 이 정도 되니 생존하려 애쓰는 삶을 조금은 경험하는 것 같았다. 나를 둘러싼 주변의 변화에 정직하게 대응하는 내 모습이 꽤 맘에 들었다. 인상적인 것은 '낮의 쓸모'와 그것을 본능적으로 깨달은 나였다. 도시에서는 밤과 낮을 잘 구분할 수 없었다. 낮이나 밤이나 과잉한 것은 넘쳐나고 결핍된 것은 그대로 부족했다. 낮이 가는 것이 딱히 아쉽지 않고 밤이 오는 것이 두려울 일이 별로 없었다. 산속에선 달랐다. 이곳에선 낮을 도시에서처럼 무용하게 소모할 수 없었다. 짧디짧은 낮을 소중히 써야 밤의 추위에 마음마저 얼어붙는 일을 막을 수 있었다. 해가 뜨면 여전히 바람은 차가워도 따뜻한 공기와 빛이 생명을 살게 했다. 아침 시간에 부지런히 잔일을 해결하고 낮이 되면 들판에 꼭 나갔다. 강아지들과 한 데 엉켜 앉아서 그 애들의 털을 고르며 멍하니 이마를 뜨겁게 데우는 햇빛 속에 한참 앉아있었다. 몸 안에 해의 온기를 차곡차곡 저장하는 느낌. 낯설어 사랑스럽고 단순하여 충만한 삶의 방식이었다.

추운 겨울, 밤은 길었고 나는 눈 내리는 밤마다 문정희 시인의 「한계령을 위한 연가」를 다시 읽었다. 사랑이라고는 전혀 모를 어린 나이부터 좋아했던 겨울의 시다. 사랑하는 이와의 고립을 바라는 간절함 따위를 알 나이는 아니었고 지금도 그건 잘 모르겠다. 난 그저 큰 눈, 큰비가 내려 세상이 잠깐 멈추는 순간을 좋아하는 아이였다. 그런 면에서 주파수가 잘 맞는 작품이었다. 눈이 내릴 때만큼은 잠시 세상 모든 것이 마법처럼 멈추는 규칙이 있으면 좋겠다고 생각하던 엉뚱함을 이제야 여기 적어 고백해본다. 어른이 되어서도 그 생각은 변하지 않았다. 떨어지는 눈과 비는 가리지 않고 공평하게 모든 대지 위를 덮는 법이고 그 위의 모두가 그 순간만큼은 우리에게 남은 순수를 돌아볼 수 있을 것만 같다. 어린아이가 아니더라도, 실컷 때 묻은 어른들을 위한 구원처럼, 마치 기적처럼. 이것을 누군가는 공상이라 부르고 누군가는 무용한 낭만이라 부르겠지만 나는 그저 설원 앞에 서면 늘 갖게 되는 마음, 단순하고 정직한 순수라고 쓴다.

평창에서의 어느 날에는 강아지들의 발바닥에 어떤 비밀이 있는지 궁금해졌다. 눈밭을 온통 맨발로 쏘다니면서도 그저 웃는 낯으로 신이 난 걸 보면 어찌나 신기한지. 한참을 혼자 뛰어놀다가 하얀 그네 위에 앉은 내게로 돌아온 우리 강아지의 머리를 쓰다듬고 눈과 작은 얼음이 잔뜩 묻은 커다란 발바닥을 털어주었다. 그러다 문득 오랜만에 충동이 일었다. 바보같이 그 눈이 얼마나 차가운지 같이 경험하고 싶은 충동. 그 애가 누운 눈밭에 함께 눕고 싶은 충동. 잠시 망설이다가 삐걱대는 나무 그네에서 내려와 등을 땅에 대고 누웠다. 낮이라 얇은 패딩을 입어서인지 겨울 땅의 한기가 등으로 올라오기까지는 채 1분이 안 걸렸다. 눈 속에 눕기까지는 귀찮기 짝이 없지만 누워서 머리까지 땅에 대고 축 늘어진 채로 새파란 하늘을 보고 있으면 세상만사 솜털 같은 무게만 남은 것처럼 머릿속이 가벼워진다. 등을 뚫고 올라오는 추위마저도 환상적인 기분에 일조한다. '이렇게 바보 같은 짓을 사서 하다니. 이게 뭔 짓인가 싶은데…. 근데 너무 행복하네. 아, 나 아직 나구나. 나 안 변했구나. 아직 전부 다 어른은 아니구나.' 싶어진다. 눈이 내리면 이런 이유로 안심이 되는 걸까. 흰 것에는 어쩐지 그런 힘이 있다. 사라졌거나 사라질 예정인 마음들을 되돌리는 힘. 철 지난 순수의 가치를 되새기게 만드는 힘. 내년 겨울에도 꼭 한 번은 눈밭에 누워 철없이 굴어야겠다. 아마도 매년의 복병일 귀찮음과 민망함을 이기고서. 그 순간에 무엇을 얻게 될지는 또 모를 일이다.

안 하던 짓을 하는 인간을 보고 놀란 강아지는 내가 쓰러진 줄 알았는지 낑낑대며 내 이마를 핥았다. 괜찮다는 말을 스무 번쯤은 해주었다. 웃어주었고 쓰다듬어주었다. 그제야 마음을 놓았는지 강아지도 내 옆에 턱을 괴고 누웠다. 일어나기 싫었다. 하늘은 티 없이 파랗고 막막할 만큼 넓었다. 구름도 한 점 없어 더 완벽하게 푸른 하늘 사이로 길게 흰 꼬리를 남기며 비행기가 날았다. 동화 같은 날은 인간을 순하게 만든다. 한참을 더 그렇게 누워 있었다. 엉망이 된 패딩은 세탁소 신세를 지고 나는 감기가 들 뻔했지만 눈 속에 누워 하릴없었던 그 순간이 평창에서 보낸 꿈만 같았던 한 달 중에서도 가장 환상적인 꿈속이었다.

평창을 떠나 서울로 돌아올 때쯤에는 수은주가 오르고 눈이 녹았다. 초록색 페인트로 칠해진 울타리와 초록색 벤치들이 먼저 모습을 드러내고 눈 속에 파묻혀 있던 빨간색 우체통도 뾰족한 머리를 내보이기 시작했다. 별장에서 지내는 내내 그 색을 몰랐던 강아지 집의 지붕은 진한 파란색이었고 눈이 녹기 시작한 들판에는 군데군데 연둣빛이 있었다. 녹을 기미가 보이지 않던 창문의 고드름들이 서서히 얇아지다 사라졌고, 다시 산 아래의 사람들과 교류하고 서로 소식을 전할 수 있었고, 산길에 차 다니는 흔적들이 생겼고, 밤마다 추위에 울부짖던 산짐승들의 고통스러운 신음도 줄어 눈 내리던 날들보다 더 고요한 밤을 보냈다.

흰 눈 속에 원 없이 잠겨 있다 도시로 돌아오니 서울 톨게

이트를 통과한 지 3시간 만에 복잡한 심사를 가진 괴로운 도시인으로 완벽 복귀했다. 세 시간 밖에 안 걸렸다. 어쩜 그럴 수가. 좀 억울했지만 자연스러웠다. 이미 알고 있었다. 도시의 팍팍한 일상과 우리의 시끄럽고 복잡한 삶이 이다지도 강렬하니 그저 희어서 희다 할 뿐인 흰색의 흰 눈을 그토록 사랑하게 된다는 것을, 갈망하게 된다는 것을.

우리에게는 삶을 단순하게 만들어주는 색, 머릿속을 비울 수 있게 만들어주는 색, 정직하고 느린 하루의 핑계가 되어주는 색, 흰 눈을 닮은 색이 필요하다. 있으면 좋은 게 아니라, 있어야만 한다. 얼어붙어 한기와 함께 올지언정 그 속에 삶의 정수가 있다. '정말 필요해. 난 벌써 그래. 다음 겨울에도 갈 거야. 1월을 칩거의 달로 공표해야지.' 같은 말을 중얼대며 꽉 막힌 도로 위를 평창의 눈밭 걷듯 차근차근 달렸다. 가끔 갓길 구석에 녹지 않은 눈더미가 보이면 두고 온 흰 산과 설원이 벌써 그리워 공들여 웃었다. 소리 없이 웃음이 났다. 흰 눈을 모르던 날들과는 조금 다른 도시인이 된 거면, 그만큼은 여유를 심어 돌아왔으면 성공이지 싶게 한적한 마음이 들었다.

이제 곧, 봄이 온다.

코발트의 방[*]

재개발을 앞둔 동네로 이사를 왔다. 집은 넓고 낡았다. "인테리어를 좀 해도 될까요?" 집주인에게 물었다. 결국은 허물어질 집이라고, 하고 싶은 걸 다 해도 된다는 허락을 받았다. 마지막 세입자일 거라고 예상하는 듯했다. 제일 먼저 한 일은 푸른 천의 소파를 들여놓는 거였다. 적당히 각지고 적당히 둥글고 많이 푹신한, 콘플라워색의 시트였다. 푸른색 계열 중에서도 눈이 편안하고 포근함이 느껴지는 색이었으면 해서 옅고 뭉근한 색깔로 골라보았다. 거실 한 가운데 덩그러니 소파부터 놓았다. 소파 위에 누워 흰 천장을 바라보고 있으면 꼭 무인도 위에 혼자 누운 양 홀가분한 기분이 들었다. 섬. 섬이라고 이름을 붙여주었다.

다음은 침실 벽을 채우는 일이었다. 태어나 처음으로 직

---

[*] 이 글에서의 '나'는 필자가 아니라 필자의 지인이다. 그를 인터뷰해 재구성한 글이다. 그의 삭막하고도 푸른, 도시의 삶을 응원하며 썼다.

접 페인트를 샀다. 코발트색으로 정했다. 오랜 생각이었다. 군데군데 얼룩지고 세월의 색이 묻은 흰 벽에 쿵. 롤러를 처음 가져다 대었을 때는 마치 아이처럼 신이 났다. 온 방을 푸른색 페인트로 전부 칠하고 나니 바닷속에서 이리저리 너울대는 미역한 줄기가 된 것 같았다. 사위가 온통 고요하고 차분하게 잠겨있는 가운데 나 혼자 신나 어디로든 헤엄쳐 갈 수 있을 것만같은 산뜻한 기분. 페인트칠은 생각보다 힘들었고(키가 조금만더 컸어도 좋았을 텐데) 생각보다 더 고되었고 생각보다 더 드라마틱한 변화를 가져왔다.

프레임은 골드, 쿠션은 인디언 핑크인 테이블체어 하나와화이트컬러의 둥근 티테이블을 침실 한쪽에 배치했다. 반려고양이를 위해 부들부들 부드러운 상아색 캣타워를 그 옆에붙여 들여놓았고 천장까지 닿을 만큼 층고가 높은 캐노피 침대를 커튼 없이 프레임만 얹어 그 뼈대를 감상하며 쓰기로 했다. 책장은 침대 색상과 똑같은 화이트로 맞췄다. 사실 뭘 들여놓아도 예뻤을 것 같다. 벌써 이곳에서 생활한 지 1년이 다되어가지만 질리지 않는 코발트색의 방에는 무엇을 가져다 놓아도 실패가 없었다. 거실에는 나를 위한 푸른 섬이, 잠드는 침실에는 나만의 푸른 바다가 있다는 사실이 힘든 일상을 조금은 수월하게, 마음을 다채롭고 편안하게 만들어 주었다.

한낮의 나는 주로 뜨거운 사람이다. 열기에 달궈진 쇳덩이 같은 성격이랄까. 삶의 적정한 온도를 찾는 일에 어려움을 겪곤 한다. 서울이라는 화려하고 때론 삭막한 이 도시의 온도와 나의 온도는 서로 간의 적당한 중간값을 찾기에 둘 다 너무 뜨겁기만 한지 가끔은 사막을 걷는 것처럼 퍼석퍼석할 때가 있다. 그래서 코발트의 바다색에 그리 오래 이끌렸는지도 모르겠다. 한낮의 사막처럼 들끓거나 한밤의 사막처럼 메마르고 시리거나. 주로 둘 중 하나에 가까운 채로 그 마음을 간신히 부여잡고 귀가하는 경우가 많다. 문 앞까지 뛰어나와 나를 반기는 고양이를 안아 들고 침실의 문지방을 넘어서면, 그때 비로소 차분하고 안전한 온도의 내가 된다. 선선한 바람 살랑이는 해변가의 적당히 익은 모래사장 위로 옮겨 앉은 기분이 든다. 그제야 편하게 숨이 쉬어진다.

도시의 삶에 바다를 불러온 것은 자랑하고 싶은 일이었다. 혼자의 서울 생활에서 나를 위해 내가 나에게 해주었던 일 중에는 제일인 것도 같아서. 나의 공간에서만큼은 나의 색, 나를 위한 색으로 나를 위로할 수 있으면 좋겠다는 생각. 그 생각을 내내 속으로만 했다. 왠지 엄두가 안 났다. 괜히 일만 벌이는 것 같았다. 몇 번을 망설이고 망설이다 서울살이 십 년 만에 실행에 옮긴 셈이다. 왜 이제야! 하는 탄식을 지금도 종종 한다. 요즘은 친구들에게 페인트칠할 방 없느냐고, 이사 안 가느냐고 자꾸 묻는다. 아무래도 새로운 취미가 생겼지 싶다.

　바람의 온도. 바람의 결. 바람 속에 깃든 계절의 냄새. 어떤 날의 결기와 또 어떤 날의 다정함. 나는 바람이 가진 모든 면이 좋았다. 어려서부터 그랬다. 온몸으로 바람을 맞는 일이 좋아 매일같이 자전거를 탔고 비좁은 베란다에 쪼그리고 앉아 바람 속에 실린 계절과 인사하며 지냈다. 운동이라면 뭐든 질색했으면서도 언덕 위에 서려고, 한껏 바람을 느껴보려고 경사진 비탈길을 불평 없이 오르곤 했다.

　언덕 위에 올라 연을 날리는 일을 좋아했다. 바람을 타고 연이 하늘에 오르면 내가 날고 있는 것 같았다. 적당히 세찬 바람이 볼을 스치고 지나갈 때면 살아 있다는 사실을 새삼 느꼈다. 최대한 깊게 숨을 들이쉬어서 폐부 깊이 바람을 채워넣으려고 매번 노력했다. 바람이 될 수는 없어도 그 바람만큼 새로워지는 기분이었다.

　그렇게 들이마신 바람에는 알 수 없는 힘이 있었다. 몸이 휘청이는 것은 아닌데 종종 현기증이 일었다. 온 세상이 나를 휩쓸고 지나간 것처럼, 세상 모든 이야기가 한꺼번에 나를 타고 넘어간 것처럼 벅찬 느낌이 들곤 했다. '이 느낌을 글로 전부 정확히 옮길 수 있다면 얼마나 좋을까. 그런 사람이 있다면 정말로 언어의 연금술사쯤은 될 거야.' 바람이 좋아 이런 갈망마저 품었다.

바람이 불어올 때는 어김없이 멈춰 서야 했다. 그 바람과 함께 불어오는 모든 이야기를, 모든 마음을 온전히 읽어내고 싶기 때문이다. 멈춰 서서 바람을 맞는 일에 집중하는 나를 누군가는 이상한 눈으로 보았을 테지만 어쩔 수 없다. 그 순간만큼은 언제나 그러고 싶어진다.

계절마다 다른 바람의 냄새를 구별하는 일은 어렵지 않다. 계절마다 다른 그 냄새 속에 분명 그립고 소중했을 기억의 조각이 실려 오는 것도 알아차리기 어렵지 않다. 다만 어려운 것은 그 그리운 일이 대체 무엇인지 기억해낼 수가 없다는 점이다. 아주, 아주 그리운 냄새가 바람을 타고 코끝을 스치는데, 그 중요한 무엇을 희미하게라도 기어해내진 못해서 바람은 이내 사라지고 나는 멍하니 갸웃거리고 만다. 인간이란 이렇게 불완전하고 유한하고 미숙하다. 모든 사랑과 사람과 속삭임과 이 세계의 조각들을 속속들이 기억한다면 좋을 텐데. 우린 너무나 찬란한 세계와 삶 속에 있지만 주로 그 모든 걸 잊고 만다.

그렇게 사라진 기억이 바람 속을 맴돌며 애를 닳게 할 때면 이뤄지지 않을 소원을 빌곤 했다. 나를 지나쳐 이제는 길모퉁이를 돌아 사라지려는 바람의 꼬리를 낚아채겠다고. 가까스로 붙잡은 바람의 꼬리를 놓치지 않고 손등에 구불구불 감아서는 집으로 데려오겠다고. 손등에 감아놓았던 바람을 흰 캔버스에 평평하게 펴 발라보겠다고. 그리고는 굵은 붓에 물을 잔뜩 묻혀서 캔버스 위에 물을 먹이면 되지 않겠느냐고. 바람에는 이미 제가 가진 색이 있을 거라고. 그러니 물기만 머금으면 내게 모습을 드러낼 거라고. 그렇게 할 수 있게 저기 달아나는 저 바람을 좀 붙잡아만 달라고.

바이러스가 창궐한 통에 요즘은 사람들 걷는 틈에 섞여 바람을 맞는 일이 줄었다. 내가 바람을 사랑하듯 누군가는 한낮의 볕을, 누군가는 놓치고 싶지 않은 짧은 여우비를, 또 누군가는 새벽 안개를 좋아할 텐데. 그 속에서 세상의 다채로운 색채들을 보았을 텐데. 느낄 수 있었을 텐데. 다 같이 세상 속에 섞여들기 힘든 나날을 보내다 보니 점점 그런 순간들을 잃어가지만 그럴수록 더욱 한 줄기 바람이 소중하게 여겨진다. 열어놓은 창틀을 넘어 나에게로 불어오는 바람이 먼 세상을 싣고 오는구나 싶다. 바깥출입은 줄어도 봄 내음은 흘러오고 여름 볕 아래 서 있지 못해도 바람 속에 녹음이 섞여든다. 가만히 앉아 작게 일렁이는 그 바람들을 놓치지 않으려다 보면 놓쳐버렸다고 생각했던 기억들이 하나둘씩 수면 위로 모습을 드러내기도 한다. 가만한 시간이 늘어난 락다운 시대의 역설인지도 모르겠지만, 그렇게 제법 캔버스에 색이 늘었다. 단순하고 단조롭고 가끔은 막막하고 답답한 요즈음의 작은 기쁨이다.

1. 디저트 연대기

디저트. 듣기만 해도 좋은 단어 열 개를 고르면 엄마, 아빠, 사랑, 봄, 초록, 햇살 같은 것들 뒤에 디저트도 있을 것 같다. 없으면 이상한 일이다. 마냥 달콤하기만 한 것이 아니라 모양과 색감도 아름다워서 누구에게나 사랑받지 않기가 더 힘든 존재일 테다. 태어나 최초로 맛본 디저트가 무엇이었을까? 그 기억은 남아 있질 않아 아쉽다. 상상만 해볼 수 있지만, 아마 무척이나 달고 고왔을 것이다. 디저트의 맛과 모양보다도 태어나 처음으로 알록달록하고 신기하게 생긴 단 음식을 먹어보는 아기와 그 맛에 놀라고 즐거운 아기의 표정을 바라보는 가족의 그날 그 시간 마음과 풍경이 말이다.

내 주변에는 밥은 거르더라도 디저트는 챙기자는 주의인 친구들이 꽤 된다. 한국인은 밥심이지, 하고 생각하는 편이지만 친구들 덕에 맛있고 별난 디저트들을 경험하러 다니는 재미가 있었던 것도 같다. 자연히 디저트에 대한 나만의 취향, 입맛도 슬슬 감이 왔다. 그간 즐겨온 디저트들의 계보도 읊을 수 있겠다. 앙증맞고 귀여운 디저트들의 연대기를 누구나 각자 하나쯤은 그려볼 수 있지 않을까? 비슷한 듯 다 다를 테다. 그도 그럴 것이, 세상에는 디저트가 너-무 많다. 행복하게도 말이지. 다음에는 모두를 초대해 같이 그림으로 그려보고 싶다. 이왕 생각난 거 지금 초대하는 게 좋겠다. "시간 되면 모두 오세요. 우리 만나요. '디저트 연대기'라는 이름의 일러스트집이라도 하나 내야겠어요." 벌써 예쁘다. 탐스러운 빛깔들로 채워질 것이 눈에 선하다.

아직 우리의 만남은 오지 않은 미래의 일이니 일단 아쉬운 대로 솔선수범해 나의 디저트 연대기를 먼저 적어본다. 어릴 때는 초콜릿을 잘 못 먹었다. 어쩐지 쓰고 입안이 까칠해지는 것 같아서. 그때는 처음부터 끝까지 달기만 한 둥근 사탕이 좋았다. 자두, 청포도, 박하, 그리고 풋사과 맛 막대사탕을 좋아했다. 그 외에는 가을 운동회 때 엄마표 김밥과 과일을 해치우고서 친구들과 백 원씩 모아 같이 사 먹던 분홍색 솜사탕이 좋았다. 학교 옆 앵두나무집에서 잡지 한 장 쭉 찢어 고깔을 만들어서 한가득 담아주던 빨간 앵두 열매, 여름날 하굣길에 사 먹던 300원짜리 포도 맛 슬러시, 놀이공원이나 동물원에 가면 꼭 한 번은 먹었던 초코 바닐라 반반 소프트아이스크림도. 글 쓰면서 이렇게 마음이 좋기만 한 건 처음인지도 모르겠다. 쓰면서 엔도르핀이 올라오는 것만 같은 기분인데, 마치 설탕 마을에 여행 온 느낌이다(살짝 춤추면서 쓰는 중이다). 이런 걸 보면 행복은 진짜 멀리 있는 게 아닌가 보다. 좋아하는 것들을 적어보는 것만으로도 삶이 충만해지다니. 글이든, 그림이든 좋으니 디저트 연대기를 주제로 다 같이 하루쯤 모여 정말 작업해보면 좋겠다. 그날만큼은 모두 즐거울 것 같다.

조금 더 커서 해외여행을 다니기 시작하면서부터 디저트 계보가 좀 복잡해지기 시작했다. 싱싱한 청포도 알이 그대로 들어있는 찹쌀떡(모찌), 네모난 설탕 결정이 살아 있어 쓴맛이 감도는 빵 조각 끝부분과 조화를 이루는 나가사키 카스텔라, 밀도 높은 생초콜릿 드링크 데카당스, 샛노란 홍콩식 말고 얼룩덜룩한 검은 반점이 있는 포르투갈(마카오)식 에그타르트, 딸기와 체리 같은 붉은 베리류를 듬뿍 올린 과일 타르트에 시나몬 향이 일품인 프라하의 뜨르들로(얇은 원통형 빵, 바삭한 식감)까지. 밥 안 먹고는 못 살지만 디저트는 사실 안 먹고도 살 수 있는 사치 품목이다. 그 작은 사치가 우리에게 맛과 향, 색과 낭만을 허락한다. 부모님도 딸린 보호자도 없이 초등학생 동생을 데리고 열일곱에 일본으로 여행을 갔었는데, 현지에 사는 친척 언니가 선물로 사다 준 타르트 맛에 반해서 아직도 나는 생일에 케이크 대신 타르트 한 판이 더 반갑다. 손바닥만 한 창문이 전부였던 삿포로의 아담한 호텔 방에서 어둑한 주황빛 스탠드 하나 켜놓고 먹었던 복숭아 타르트의 첫맛이 아직 혀끝에 남아 있다. 잘 익은 복숭아 색깔과 작은 스탠드의 주황빛이 한참 닮았었다. 해외에서의 신문물들을 제외하면 청소년기에는 동네에서 쉽게 만날 수 있는 소소한 맛들을 즐겼다. 친구들과 흰 그네 의자에 앉아 노릇하게 구워진 식빵 4분의 1조각에 생크림 발라 먹었던 캔모아(빙수 맛은 영 캄캄하고 오히려 생크림 발라 먹던 서비스 식빵이 더 기억에 남는다.)는 이제 추억 속의 공간이 되었지만 생크림은 예나 지금이나 옳으니 지금도 토스팅한 식빵이나 잘 익은 딸기를 생크림에 곁들여 가끔 먹는다.

주민등록증을 만들어 법적으로 어른 행세를 할 수 있게 되면서부터는 술을 곁들인 디저트가 환상적이라는 사실을 깨닫기 시작했다. 대학 신입생 때부터 졸업할 때까지 내내 다니던 동기들과의 아지트가 있었다. 학교 앞 킥테일 바였다. 좁고 높은 건물 꼭대기 층에 위치해 학교 캠퍼스의 밤 풍경이 전부 보이는 곳이었다. 붉은 벨벳 천의 오래된 소파, 짙은 고동색 나무 테이블, 진한 핑크 램프에 언제나 맘에 들었던 재즈 선곡들.

칵테일을 시키면 서비스로 빙수를 내어주는 곳이었다. 입안에 넣으면 바로 녹아내릴 정도로 얼음을 아주 곱게 간 빙수를 작은 유리그릇에 담아주는데, 세 가지 맛 중에 고를 수 있었다. 와인 맛을 주로 골라서 나머지 두 개의 맛이 뭐였는지 기억이 나질 않는다. 빙수와 함께 나눠주는 귀여우리만치 작았던 은수저는 생각난다. 그 은수저를 들고서 내내 열심히도 재잘댔다. 어쨌든 그때 술과 함께 먹는 디저트가 꿀맛이라는 걸 알아버린 나는 둘을 합쳐 먹는 맛을 진하게 알아버렸다. 위스키 봉봉처럼 술이 들어간 초콜릿을 쟁여두고 먹었던 계절이 여럿이었다. 칵테일 자체가 디저트처럼 느껴질 만큼 달콤하고 색이 예쁜 것들도 많아서 한동안은 취해 살아도 좋을 것 같았는지, 그때는 학교 앞 명물 와플 가게 다니는 것 말고는 디저트 탐구 세계에 약간 난조가 있었던 것 같다. 그때 즐겼던 디저트들을 떠올려보려고 노력했는데, 분홍빛 화염색 코스모폴리탄 술잔만 어른거리는 걸 보니 아무래도 그런 모양이다.

언제나 리스트의 마지막 묘미는 '기타 등등'에 있다. 인생에 남은 디저트의 기억을 전부 꺼내보자면 반나절은 꼬박 써야 할 것 같은데, 개중에서도 친구가 손수 만들어주었던 생일 축하 마카롱, 명절 때 가족들과 함께 몇 번이나 새로 만들어 먹을 만큼 달았던 얼린 연유 딸기, 맨몸으로 낯선 동네의 밤거리를 달려 문 닫기 직전의 가게에서 구해왔다던 내 생일 치즈케이크, 함께했던 크리스마스 놀이동산의 추로스, 어린 동생에게 사랑받는 언니였던 비결인 인사동 베이커리의 6개들이 마카롱 박스, 여고생들의 길고 긴 야간 자율학습 시간을 버티게 해준 간이매점의 형형색색 젤리들, 출장길에 아빠가 늘 사다 주셨던 호두과자, 엄마와의 반나절 휴가였던 싱가포르에서의 첫 카늘레 맛. 이만큼만 더 적겠다. 이 정도면 꽤 충실한 연대기의 구현이지 싶다. 이 완벽하게 만족스러운 디저트 연대기에 일부러 빼먹은 하나, 내 세계의 여왕을 제외하면 말이다.

2. 나의 눈부신 여왕이시여

나는 레몬이 좋다. 레몬을 좋아한다. 유전일지도 모른다. 심각하게 레몬 소비량이 많은 집인데, 그냥도 레몬을 잘 썰어 먹어서, 한참 온 국민에게 인기 있었던 예능 1박 2일에서 레몬 먹기 벌칙이 나올 때마다 의아했다. 레몬색도 좋고 레몬 맛도 좋고 레몬 향도 좋아해서 레몬버베나 향에는 정신을 잘 못 차린다. 심지어 버베나로 어메니티를 주는 호텔에는 충성도가 높아져서 한동안 여행 예약을 할 때 묻지도 따지지도 않고 인터콘티넨털 체인만 다녔던 때도 있었다.

레몬을 곁들인 디저트에 대한 첫 기억은 사이다에 타 먹던 레모네이드 분말이다. 처음 두발자전거를 배우는 데 성공해 한껏 고무되었던 열한 살이었다. 1997년에 IMF 외환위기가 터지고서 국산품 애용하기, '아껴 쓰고 나눠 쓰고 바꿔 쓰고 다시 쓰자'라는 아나바다 운동 동참하기 등을 초등학생인 우리도 학교에서 매일같이 듣고 자랄 때였다. 동네의 외제 차는 전부 수난이었다. 달걀을 던져 깨 놓거나 끓인 라면을 부어 놓는 일도 다반사였다. 아버지가 외제 차를 탄다는 이유로 버스에서 친구(?)가 내 발밑에 침을 뱉는 일도 있었다. 상처는 받았지만 내 상처가 중요한 시절은 아니었다. 더 크고 무거운 상처들이 많을 때였으니까. 어른이 된 지금은 그때의 나를 둘러싼 많은 것들을 후회한다.

어쨌든 그런 시절, 자전거 타는 취미가 같아 친해진 동네 친구가 있었다. 함께 자전거를 타는 날이면 친구는 매번 수입 식료품점에서 한 박스를 사다 쟁여놨다는 미국산 레모네이드 분말을 자전거 바구니에 사이다 한 병과 함께 챙겨 나왔다. 왠지 배운 것과 달리 나쁜 소비를 하는 것 같아서 죄책감을 느끼면서도 우리는 땀 흘리며 운동한 끝에 마시는 레모네이드 한 잔에 점점 빠져들었다. 나중에는 사이다도 필요 없고 분말을 손바닥에 덜어 가루째로 털어먹곤 했다. "레몬이 이런 맛이구나?(사실 설탕 맛이 더 크지 않았나 싶지만)" 신세계를 만난 것처럼 신이 났다. 레몬 맛 새콤달콤 말고는 레몬을 넣어 가공한 다른 방식의 간식을 처음 먹어본 거였는데 하필이면 달고 자극적인 맛이었던 거다. 일러도 너무 이른 터닝포인트가 와버린 셈이었다. 이때부터 나의 레몬 사랑은 멈추지 않는 행진을 시작하고 만다.

여름의 초입에는 레몬청을 직접 만드는 것으로 그 계절을 시작한다. 자몽도 좋아해서 가끔 자몽청도 갖춰두지만 직접 만들진 않는다. 손재주가 없는 이 손으로 직접 만드는 건 레몬 청뿐이다. 지난해에는 청귤청이 만들어보고 싶어 약간 혹했지만 역시 시작도 전에 그만두었다. 귀찮음을 이기게 하는 것은 레몬이 유일하다. 여름 내내 온 가족이 즐겨 마시는 레모네이드를 더 편하게 만들려고 아예 어머니는 본가에 탄산수 만드는 기계(?)를 들였다. 여름밤에 매미 우는 소리 들으며 탄산수 기계를 켜고 김치냉장고 서랍 구석에 쟁여둔 레몬청 유리병을 꺼내 놓을 때면 정말 더 바라는 게 없어진다.

기념하고 싶은 것이 있는 날에는 레몬 파운드케이크를 먹는다. 입안에서 포슬하게 부서지는 식감은 선호하지 않는다. 단단하고 고집스러운 느낌의 제형이 좋다. 그럴 때 레몬의 향과 맛이 좀 더 진하게 배어든다. 훌륭한 레몬 파운드케이크를 음미할 때는 깔끔한 기본 맛의 홍차를 곁들이거나 레몬 조각을 띄운 미지근한 물이면 충분하다. 기분 좋은 날 나에게 내가 가장 좋아하는 것을 대접한다는 의미로, 발품을 팔더라도 꼭 괜찮은 케이크집을 찾아가곤 했다. 이제는 늘 가는 집만 가게 되는데, 새로운 곳에 대한 제보도 두 팔 가득 벌려 환영이다.

여름날의 레몬청, 즐거운 날의 파운드케이크에 더해 나의 일상 속 레몬 3대장 마지막 아이템은 이탈리아의 레몬 사탕이다. 한국에서도 이제는 유명한 이탈리아의 레몬 사탕을 반년에 한 번은 주문해 두고두고 먹는다. 분기에 한 번, 한 달에 한 번도 시켜 먹을 의향이 있지만 당을 너무 가까이해서는 글을 오래 쓸 수 없지 않을까(?) 하는 걱정이 들어 자제하기로 했다. 입안에 넣고 슬슬 굴려 먹다 보면 곧 레몬 시럽이 흘러나와 황홀한 맛을 선사한다. 잘은 모르지만 사탕 안에 레몬 분말을 넣어두는 거라고 들었다. 입덧이 심한 임산부들 사이에서는 입덧 잡는 새콤한 사탕이라고 알려져 인기가 좋다는 얘기도 얼핏 들은 기억이 난다. 이탈리아 현지에서 한 봉지에 3유로 할 시절에 직접 사 가지고 돌아왔는데, 지금은 가격이 올랐는지도 모르겠다.

이탈리아반도를 여행할 적에 소렌토와 포지타노를 여행 도시 목록에 올린 것은 순전히 레몬 때문이었다. 아시시나 시에나를 넣을까 아니면 남부를 갈까 고민했었다. 나도 고즈넉한 도시에서의 색다른 경험이 궁금했고, 친구는 천주교 신자로 아시시의 수녀원에서 하룻밤을 보내보고 싶은 눈치이기도 했다. 그러나 친구와 나는 중학생 때부터 절친했고, 중·고등학교 6년을 통틀어 친구가 성당에 가 기도를 드린 건 수능 전날뿐이라는 비밀 아닌 비밀을 공유하는 사이였으므로 용서를 구해야 할 쪽은 성모 마리아님뿐이었다. 성모 마리아님께서는 나의 레몬 사랑을 이해해주시리라 굳게 믿으며 포지타노의 절경 사진을 친구에게 마구마구 전송했다. 친구는 내가 아름다운 해변 도시의 풍광 때문에 남부를 고집한 줄 알았겠지만, 로마에서 기차를 몇 번이나 갈아타며 고생해야 하는데도(심지어 그 여정을 고대로 반복해 다시 로마 공항으로 돌아와야 하면서도) 여행의 마지막 도시로 이탈리아 남부를 넣은 것은 여행 막바지에 캐리어 한가득 레몬을 채워 넣어 돌아가겠다는 실로 비장한 내다짐 때문이었다. 레몬 제품들 넣을 자리를 비워두려고 눈이 휘황한 파리에서 쇼핑을 자제했을 정도였으니 말 다했다.

소렌토의 숙소는 뒤뜰에 레몬나무와 오렌지나무 정원이 있는 곳이었다. 층마다 다른 색을 포인트로 해서 복도와 객실을 꾸며놓은 작은 부티크 호텔이다. 아르마니 남성복 매장이 1층에 있는 상아색 건물에 자리 잡고 있는데, 그때나 지금이나 한국인들이 많이 찾는 숙소는 아니다. 찾지 못하고 광장 주

희게 개어오는 푸른 봄처럼, 아침은 오고

변을 헤매다 동네 노부부의 도움을 받아 겨우 도착했다. 호텔은 파랑, 분홍, 빨강, 초록, 검정 등을 테마로 꾸며졌는데, 검정을 골랐다. 창을 열면 펼쳐질 레몬나무 정원의 푸른 잎사귀와 샛노란 레몬색을 방 안의 다른 색채와 섞이게 두기 싫어서 블랙으로 결정했다. 블랙의 샹들리에, 블랙의 욕조, 블랙의 수전, 침대 옆 흰 벽에는 지난 시절의 탑모델 케이트 모스의 흑백 사진 액자까지. 군더더기 없이 세련된 객실이었고 결과적으로 최고의 선택이었다. 이곳에서 묵는 내내 정원을 향해 난 작은 창문을 열어두고 지냈다. 레몬의 정원에 눕고 앉고 선 기분이 들었다. 창틀에 팔을 올려두고 턱을 괸 채로 레몬나무를 스친 바람이 실어오는 레몬 향을 맡으며 잠에서 깼고 밤에는 왠지 모를 꿀 향기에 가까운 달큰한 냄새를 맡으며 잠들었다. 미사여구 없이 진실로 꿈같았다.

이탈리아는 어느 식당에 들어가도 축구를 보고 있는 신기한 나라였는데, 소렌토 역시 예외는 아니었다. 미트볼 스파게티와 레모네이드 캔 음료수를 시키고 축구에 빠져 있는 다른 손님들의 등을 잠깐 보다가 음식보다 먼저 서빙된 레모네이드 음료수를 따서 한 입 마셨다. "와, 내가 이재용, 이부진, 정용진 씨로 태어났으면 이걸 수입하는 건데." 토씨 하나 안 틀리고 이렇게 말했다. 어떻게 만들었는지 지금도 궁금하다. 작은 캔 음료수일 뿐이었는데 너무 진해서 놀랐다. 그렇다고 감미료가 엄청 들어간 맛도 아니었다. '레몬의 본고장에선 레몬 캔 음료수 하나도 심상치가 않군?' 감탄했던 기억이 난다.

당일치기로 다녀온 포지타노에서는 관광객들이 없는 계절이라 레몬 기념품을 파는 가게들은 문을 닫았다. 바닷물이 따뜻했던 아담한 해변에 선디와 파르페를 파는, 시간이 30년 전쯤에 멈춰 있는 것 같은 디저트 가게 하나만 열려 있었다. 여기저기 깨지고 부서져 이제는 바다로 나가 항해할 수 없는 조각배들이 모래사장 위에 드문드문 놓여 있었다. 해변을 산책하러 온 노인들의 벤치가 되어주는 모양이었다. 덩치가 커다랗고 순한 갈색의 개들이 보트 위에 앉아 쉬고 있는 노인들 주위를 신이 나서 뛰어다녔다. 우리는 그 풍경을 보면서 쌀맛 젤라토 한 스쿠프에 초콜릿 막대 과자를 꽂아 장식한 파르페를 먹었다. 사람들이 찾지 않고 주인장은 쓸고 닦지 않은 게 분명한 테이블 위에는 바람에 실려 와 쌓인 모래알들이 누워 있었다. 옷소매로 스윽 모래들을 밀어내던 순간이 괜히 좋았다. 어쩐지 살바도르 달리의 그림 속에 들어와 있는 기분이 들었다.

한나절 동화 같은 시간을 보냈고, 붉은 오렌지보다도 붉은 노을이 포지타노의 바다 너머로 떨어지는 절경까지 눈에 담고서 돌아왔지만, 레몬 쇼핑의 총아가 되고 싶었던 니는 웬지 뒤처진 느낌이 들었기 때문에 그날 저녁에는 속도를 냈다. 소렌토 광장의 가게들을 모두 훑어 양손 가득 소비의 흔적을 쌓아나가기 시작했는데, 품목이 다양도 했다. 레몬이 그려진 타일, 레몬 모양의 비누, 레몬 사탕, 레몬 술 리몬첼로 등등. 호객하지 않았어도 알아서 씩씩하게 척척 사젖히는 이 소비자를 앞에 두고서 소렌토 광장 가게 할머님들은 빨리 계산해주고 이만큼의 매상을 올려야겠다는 생각은커녕 레몬의 마을 시민 답게 레몬 사랑에 빠진 나를 알아보셨는지 레몬을 즐기는 법, 레몬과 함께 살아가는 법을 강론하셨다. 레몬과 함께 살아가는 법이라니. 멋졌다. 다시 소렌토에 오겠다고 다짐 아닌 다짐을 하게 된 순간이었다. 물건을 사 들고 숙소로 돌아가 친구와 함께 리몬첼로 한 잔을 선 채로 원샷 했다. 나 원 참. 내 생애 이렇게 쓴 레몬은 또 처음이었다.

레몬은 어쩐지 뻔한 것을 뻔하지 않게 만들어주는 존재다. 달큰하기만 한 디저트에 레몬이 섞이면 한 입 더 먹음직한, 자꾸만 입맛이 돌게 만드는 훌륭한 맛을 구현한다. 물에 띄울 때도, 생선회와 함께 곁들여 나올 때도 같은 이치로 쓴다. 색에서도 맛에서도 향에서도 레몬은 그런 역할을 한다. 레몬 같은 인간이 되려나, 하는 기대는 언감생심이다. 그저 일생에 걸쳐 지금처럼 가까이하고 싶을 뿐이다. 레몬청의 계절이 가고 곧 찬바람 부는 계절이 온다. 겨울에는 본가에서 주로 딸기잼을 만드는데, 이번에는 레몬잼을 만들어 파이를 구워볼까 싶다. 역시, 없이는 못 산다. 어느 계절, 어느 날에나 달고 시고 곱고 눈부신 나의 여왕이시여.

채소를 좋아한다. 가리는 채소가 별로 없다. 내가 태어나기도 전부터, 아니, 본인의 십 대 시절부터 이미 페스코 베지테리언으로 지내오신 어머니의 영향이다. 본가에서는 고기 대신 버섯탕수를 해먹고, 미역국과 김치찌개에 고기를 넣어 먹어본 적은 한 번도 없다. 나는 소고기미역국이라는 말과 메뉴가 있는지도 어른이 되어서야 알았다. 매 끼니 밥상에는 어김없이 큰 메인 접시 한가득 다양한 종류의 채소들이 올라온다. 채소와 친하지 않으려야 않을 수가 없는 환경이었다. 그런 내게도 좋아하지 않는 채소가 딱 하나 있는데, 어슷썰기로 크게 썰어 넣은 파. 이것 하나다. 어슷하게 썬 파는 주로 팔팔 끓여 내놓는 국이나 탕, 조림 요리 등에 넣어 향을 내는 데 쓴다. 열을 가하는 요리들이니 파도 푹 익어서 식감이 미끄덩해지고 만다. 그게 별로다. 같은 이유로 즐기지 못했던 대표적인 음식에 파닭도 있다. 뜨겁게 튀긴 치킨 위에서 배달 시간을 버티지 못하고 늘 항복하는 모양인지 파가 미끌미끌해져서 도저히. 이것들 말고는 괜찮다.

다른 방식으로 활용하는 파들은 사실 퍽 나쁘지 않다. 파채 무침 요리도 좋고, 양념에 절인 파김치 맛도 요즘은 알겠다. 개중 제일 반가운 식감의, 심지어 즐겨 먹는 파도 있는데 '파송송 계란탁'의 바로 그 연둣빛 파송송이 그것이다. 완성된 음식 위에 송송 썰어 예쁘게 올린 파 고명 말이다.

어머니와 함께는 먹을 수 없는 외식 메뉴들을 가끔 아버지와 둘이서 먹었다. 올갱이(다슬기) 해장국은 어머니와, 설렁탕은 아버지와 먹으러 다녔다. 아버지는 뽀얀 설렁탕 국물에 김칫국물을 섞지 않고 흰 사골국물 그대로 끝까지 드시는 편이다. 똑같이 보고 배웠다. 김치는 따로 곁들이기. 아버지는 김칫국 대신 소금, 후추를 살짝만 쳐서 간을 맞추시고 송송 썰어둔 파 고명을 많이 올려 휘휘 저어 드신다. "파는 꼭 넉넉하게 넣어야 맛있어." 이 말씀도 늘 빼놓지 않으신다. 음식 먹는 법을 배운 건지, 입맛도 취향도 유전이라 그런 건지는 모르겠지만 아버지와 함께인 자리가 아니더라도 이제는 설렁탕집에 가면 내가 파를 먹으러 온 건지, 설렁탕을 먹으러 온 건지 모르게 파 고명을 세 번은 추가해 먹는 것 같다. 파 고명 없이 설렁탕을 먹으라고 하면 밥을 먹다 만 기분일 것 같다. '설렁탕'이라는 이름을 내 기준에서만큼은 '파 고명 탕'으로 바꿔야 더 알맞다.

　설렁탕을 처음 먹어본 건 중학교 때인데, 그전까지는 솔직히 파를 좀 무시했다. 있으나 마나 한 재료라고 생각했다. 그러다 보니 일요일 아침에 어머니가 마트에서 간단한 장을 봐오라고 시키면 자꾸 파를 빠뜨리고 사 오는 실수를 했다. 설렁탕에 토핑으로 얹어 먹는 파의 존재감을 인지한 그 순간, 파는 내게로 와 고명계의 신이 되었다. 피자 위에는 까만 올리브, 카레에는 마늘 플레이크, 설렁탕과 다코야키, 매운 라면 위에는 연두색 파송송. 포기할 수 없는 내 토핑 목록에서 파송송은 이제 터줏대감 격이다. 나는 송송 파 토핑 없이는 못 사는 인간이 되었고 이렇게 파 고명 예찬 글을 쓰는 어른이 되고 말았다.

　올리브나 양념해 다진 고기, 달걀지단 같은 고명들은 그 자체만으로도 본연의 맛이 있다. 본 요리와 함께 먹지 않고 홀랑 그것만 집어먹어도 그 맛을 즐길 수 있는 고명들이다. 마늘 플레이크나 파송송 고명은 좀 상황이 다르다. 그것만 집어 먹어서는 즐거움을 얻기 힘들다. 파 고명이 제 몫을 다해 환상적인 맛에 기여하려면 일단 본 음식 맛이 훌륭해야 한다. 맛없는 음식 위에서는 파 맛도 죽는다. 입안에서 서걱거리며 겉돌다 끝나고 만다. 본 요리 맛이 웬만큼 중간은 간다면 파 고명이 애를 쓰는 정도의 역할은 한다. 그럼 배는 채웠구나 싶다. 돌아서면 또 맛보고 싶을 만큼 맛있는 음식 위에 올라간 파는 거의 입안에서 춤을 춘다. 맛이 좋은 음식은 절로 그 색 또한 제대로 구현하는 법이어서, 그 위에 올라간 파 고명은 어느 때보다 파릇파릇한 연둣빛을 낸다. 광채가 나는 것처럼 보일 때도 있다. 운이 좋으면 드물게 이런 음식 맛, 그리고 음식과 파 고명의 기막힌 앙상블을 경험할 때가 있는데, 내게 최고였던 때는 7년 전 여름이었다. 벌써 7년이나 지났는데도 여전히 그 맛과 향과 색이 생생해서 그때의 동행과 자주 곱씹어 이야기할 정도다.

7년 전 여름, 오사카에 있었다. 하필이면 오사카가 여름 태풍의 눈에 든 때에 비행기에서 내리게 됐다. 불안하기도 했지만 그 덕에 여름 오사카 같지 않게 선선한 바람이 불어주었다. 걸어서 많은 곳을 다닐 수 있었다. 태풍의 영향으로 비는 자주 내렸지만 아직 태풍의 눈을 벗어나지 않았는지 매섭지 않은 잔 비만 떨어지는 수준이었다. 오히려 운치 있었다. 도시 전체가 촉촉하고 잔잔하게 잠든 느낌이었다. 비가 내리고 태풍 예보가 있으니 현지인들은 전부 집콕을 하는지 어딜 가든 한적했다.

어느 아침, 우리는 비 오는 길을 한참 걸어 덴노지 동물원까지 가보기로 했다. 동물원으로 가는 길 도중에는 오사카의 유명 관광지 중 한 구역인 신세카이新世界가 있었다. 음식점, 술집, 이런저런 용품점들이 모여 있고 신세카이 타워가 있어 올라가 볼 수 있다. 이왕 지나가는 김에 들러보기로 했다. 신세카이에는 특별히 맛있는 현지 다코야키집이 많다고 했다.

빗줄기가 제법 굵어져 우산을 여러 번 털어야 했다. 평일 오전 시간이라 사람이 거의 없었다. 닫힌 가게들도 꽤 되었다. 와중에 눈길을 사로잡는 곳이 딱 두 군데 있었다. 닫은 가게들이 태반이어서 이러다 다코야키 맛을 못 보는 건 아닌가 싶었는데, 다행히 손님 없이도 모락모락 다코야키 만드느라 김이 피어오르는 타코집이 그 하나였고 다른 하나는 '스윙 마사 재즈하우스'라는 가게였다. 뭐라도 구경하고서 다코야키를 먹으러 가자 싶어서 재즈하우스 쪽으로 먼저 발길을 잡았다.

재즈하우스라는 간판을 달고 있어서 음반을 파는 가게인가 싶었지만 반겨주는 사장님을 따라 들어가 보니 웬걸, 손수 그리신 고양이 그림과 수제 고양이 마그네틱 작품들이 진열된 작품 공방이었다. 나이가 지긋하신 할아버지 사장님이었다. 이런 날은 여름이어도 추워서 감기에 걸리기가 십상이라며 따뜻한 코코아를 그냥 내주셨다. 작품들이 모두 탐날 만큼 멋졌다. 한국의 배두나 배우를 정말 좋아한다는 사장님과 수다를 한참 떨고 추위도 좀 떨치고서 고양이 그림엽서를 몇 장 샀다. 사장님은 떠나는 우리에게 은박지로 포장된 둥근 초코볼을 한 움큼 집어서 건네주셨다. 추울 땐 초콜릿을 먹어야 한다고. 주머니에 주섬주섬 챙겨 넣고 긴 인사를 나누었다. 우리가 가려는 다코야키집은 맛이 어떤지 물었더니 설명이 따로 필요 없다는 대답이 돌아왔다. 아싸! 엄청 신났다. 한참 걷고 한참 수다 떨었더니 딱 알맞게 배도 고팠다.

다코야키 6개들이 한 팩을 주문했다. 그간 한국에서나 일본에서나 감동을 자아내는 맛의 다코야키를 먹어본 적은 한 번도 없어서 12개 살 생각을 전혀 못 했다. 지금까지의 모든 여행을 통틀어서 내게 딱 두 가지의 (음식에 관한) 패착이 있는데, 그중 하나가 밀라노의 사비니SAVINI 레스토랑에서 산딸기 마카롱을 달랑 '한 개'만 사 왔다는 것이고 (파리의 '라 뒤레'도 제친 나의 인생 마카롱이었는데, 하나만 사 온 이 어리석음을 한참 욕했다.) 다른 하나가 이름도 기억나지 않아 애가 타는 이 신세카이의 다코야키집에서 다코야키를 달랑 한 팩만 샀다는 것이다. 가게 앞에서 얌전히 서서 먹었으면 한 팩 더 주문이라도 했을 텐데, 동물원까지 갈 길이 멀다며 다코야키를 들고서 비 오는 거리로 이미 나선 터라 돌아갈 수도 없었다.

다코야키는 한입에 겨우 넣을 만큼 크고 탱글탱글했다. 안쪽으로 두껍게 무너진 반죽이 고스란히 느껴지는 식감의 다코야키들이 많은데, 이 집 다코야키는 꼭 탱글한 딤섬 같았다. 다코야키 위로는 가다랑어포(가쓰오부시) 고명과 함께 연두색 파 고명을 한가득 올려주었다. 문어와 가다랑어포의 짠맛, 바깥 반죽과 양념의 단맛에 파 고명 특유의 아삭한 식감과 그윽한 파 향이 어우러졌다. 가다 말고 멈춰 섰다. "와, 먹고 가자. 걸으면서 먹다가 떨어뜨리면 진짜, 와, 절대 안 돼." 누가 먼저랄 것도 없이 격하게 동의했다. 어느 굴다리쯤에서 비를 피하며 다코야키 맛을 다 음미할 때까지 우산을 접어두었다. 아침 내내 비를 맞아 굴다리 밖으로 흐드러진 나뭇잎들이 더욱 짙은 연둣빛이었다. 파 고명을 남김없이 싹싹 긁어다 둥근 다코야키 위에 탑처럼 쌓아 한입에 즐겼다. 진정한 식도락이었다.

이렇게 훌륭한 음식 위에서 미친 존재감을 뽐내는 파송송 고명 같았던 순간이 내게도 있었을까? 한 번쯤은 그랬으려나. 아님, 앞으로 그럴 일이 있으려나. 딤섬 같은 다코야키까지는 못 되어도 그 위에 영차영차 올라가서 그 맛이 빛나는데 일조하는 파 한 조각 정도는 되어볼 수 있지 않을까? "송송 썰어 올린 연두색 파 한 조각 같은 사람이 되고 싶습니다." 정도는 꿈꿔봐도 좋을 것 같다. 혼자 잘해야 한다는 부담은 적고 제일 높은 곳에 올라와 앉았으니 생색낼 때만큼은 순서가 1등인 데다 빛깔은 개중 제일 아름답지 않은가. 게다가 파 고명 얹어야 하는 음식만큼은 그것 없이 음식을 완성할 수 없다는 사실이 가장 마음에 든다. 없어서는 안 되는 존재가 되는 것. 그게 어디든 내가 속한 곳에서 나 없이는 무언가 완성할 수 없다는 것. 그런 존재가 된다는 건 상상만 해도 멋지다. 그랬다. 돌이켜보니 나의 최애 토핑 '파송송'은 대찬 실력자였다.

아마 쉽지는 않을 것이다. 독립해 혼자 산 지 벌써 15년차인데 양심고백하자면 아직 단 한 번도 수염도 달리고 흙도 묻어 있는 대파 한 단을 전부 사다가 손질해본 공력이 없다. 그뿐인가. 쪽파도 사본 적 없고 마트에서 깨끗하게 손질해서 뎅강뎅강 잘라 진공포장해놓은 파도 안 사봤다. 본가에 갔을 때 어머니가 공들여 예쁘게 칼질해 냉동실에 얼려둔 파 고명 한 통을 낼름 집어온 적이 있을 뿐이다. 요리를 하려고 파를 사서 손질하는 건 본격적으로 노력하는 느낌이라 괜히 더 손이 안 간다. 파를 뺀다고 요리가 안 되는 건 아니라는 점이 특히 의욕을 꺾는다. 빛내려는 마음을 애초에 포기하고 만드는 요리는 그 시작에서부터 배를 채우면 그만인 무엇이 된다. 어떤 꿈도, 어떤 목표도 결국 태도가 전부인 셈이다. 엄마의 요리에는 무조건 그 요리에 알맞은 모양과 타이밍과 적정량을 지킨 파가 꼭 들어간다. 엄마는 파 고명만큼의 노력이 가지는 가치를 알고 그걸 포기하지 않고 해내는 사람이라 다른 모든 것도 포기하지 않고 멋지게 해내는 오늘의 당신이 되셨는데, 음… 나는? 이제라도 마음을 고쳐먹어야 할까 보다. 파 고명을 집에서 손질해 만들어 먹는 사람이 되면 말이지. 솔직히 뭐든 해낼 수 있을 것 같다. 그래, 그런 의미에서 오늘 저녁은 이미 훌륭한 맛이 담보된 건면을 끓이고 파릇한 연두색 파를 송송 썰어 넣어 먹어야겠다. 달걀은 뺀다. 안 썼담 모를까, 이 글을 썼으니 오늘만큼은 달걀도 김치도 아니고 파가 주인공이다. 라면을 끓이러 가기 전에, 아니, 파 사러 마트에 가기 전에 마지막 다짐도 남긴다. 파 고명을 얹은 라면을 끓이는 노력만큼 더 열심히 쓰고 더 열심히 공부하고 더 장대하게 귀찮아지겠다고. 나도 그 예쁘고 아삭아삭한 연두색이고 싶고, 언젠가는 '7년이 지나고 17년이 지나도 잊을 수 없는 다코야키 위의 파송송처럼' 이 세상의 독보적인 고명쯤은 되고야 말 거라고.

빛나는 형광색의 사물을 보면 감정이 고조되곤 한다. 그 색깔처럼 나도 빛나는 무언가가 되어야 할 것 같다. 초인적인 힘을 내야 할 것 같기도 하고, 남달리 더 노력하고 남달리 더 씩씩해야 할 것 같기도 하다. 네온색을 보면 어김없이 어린 날 내 자전거 바퀴에 달아두었던 형광색 구슬들이 떠오르기 때문이다.

자전거를 좋아한다. 사실 타는 건 다 좋아한다. 자전거, 자동차, 보트…. 동력을 가진 물체를 직접 운전해 전진하는 행위를 즐긴다. 그에 더해 경쾌한 바람까지 불어 나를 스쳐 지나가주면 금상첨화인 것이고. 아쉽게도 자전거를 처음 타기 시작한 때는 기억나지 않는다. 아마도 장난감 자전거처럼 작은 유아용으로 시작했겠지? 자라면서 따르릉 소리가 나는 벨이 달린 정식 네 발 자전거를 선물 받았을 것이다. 신나게 타다가 좀 더 자라서는 시시하다고 떼를 썼겠지. 엄마를 조르고 아빠를 졸라 두발자전거를 배웠던 날들은 떠오른다. 여기서부터 제대로 기억이 난다. 사람은 쉽게 해낸 것은 금세 잊어도 깨지고 구르고 고생한 일은 까먹지 않는다. 두고두고 자랑할 거리다. 남들은 관심이 없어도 나 스스로에게만큼은 평생 들려주고 또 들려주고 싶은 이야기가 된다. 해내고 싶은 일을 어렵게, 힘들게 그러나 결국 제대로 해내고 나면 세상이 그만큼 덜 두려워지고 딱 그만큼 세상을 향해 자신만만해진다. 그러니 절대 잊을 수 있는 일이 아닌 거다. 두발자전거를 스스로 타는 데 성공해 네 발 자전거에서 보조 바퀴를 마침내 떼어내던 날, 얼마나 신이 나고 해방감을 느꼈는지 똑똑히 기억한다.

그 바퀴를 떼어내기까지 꽤 걸렸다. 여러 날 배우고 시도했지만 한 방에 되는 일은 아니었다. 오늘 안 되면 오늘은 안 되나 보다 할 것이지. 고집이 세고 오기가 넘쳐서는 일부러 더 넘어지고 깨져가며 무조건 오늘 마스터하지 않으면 집에 안 들어가겠다고 생각했던 날이 있었다. 오늘 이후에는 절대 다시는 넘어지는 일이 없을 거라고 다짐했다. '평생 넘어질 거 오늘 다 넘어지고 만다.' 이를 부득부득 갈았던 것 같다. 해가 졌고 어두워졌고 이제 그만 같이 들어가자던 아빠는 내 고집을 못 이기고 먼저 집에 들어갔다. 몇 번 넘어지면 포기하고 들어오겠지 싶었던 모양이다.

아빠 없이 혼자 다시 연습을 하는데, 진짜 우당탕탕 크게 넘어져 보도블록 턱에 부딪히며 떨어졌다. 팔꿈치에서 피가 줄줄 나고 무릎이 깨졌다. 아프고 창피하기보다는 '된다, 될 것 같다'라는 생각이 들었다. 그동안 넘어져 다칠까 봐 무서워서 제대로 흐름과 균형을 타지 못한 게 패인이라는 걸 몸으로 느꼈다. 무서울수록 앞을 똑바로 바라보고 더 세게 페달을 밟아야 했다. 두려운 마음을 타고 날아오르듯. 그걸 대차게 넘어지는 순간에서야 깨달은 나는 벌떡 일어나 바로 안장 위에 올라앉아 다시 발을 굴렀다. 그때 성공했다. 넘어지지 않고 쌩쌩 달리고, 멈추고 싶은 순간에 스스로 멈춰 서는 것 말이다. 아기 새가 처음 비상에 성공하면 그런 기분이지 않을까? 결국 그날 혼자 아파트 한 바퀴를 도는 것까지도 해냈다.

두발자전거를 탈 수 있게 되었다는 것보다도 멋진 사실은 이거였다. 성공할 거라고, 해낼 거라고 다짐하고 자신에게 약속한 날 그걸 지켰다는 것. 넘어지고 깨져서 피가 날 걸 알면서도 넘어질 일을 다시 하고 또 했다는 것. 아마도 그때 인생의 신조를 정한 것이 아닐까 생각한다. 하고 싶은 것은 어떻게든 해내는 사람, 하기로 결심했다면 해내는 사람, 그리고 두려운 것이 있으면 오히려 더욱 용기를 내는 사람. 그것이 어려서부터 나에게 내가 가장 바라는 일이었던 것 같다. 지금도 변하지 않았다. 대단치도 신통치도 않은 평범한, 가끔은 평범보다도 더 모자라고 허당인 인간이지만 필요한 만큼의 용기와 결기 정도는 있는, 바로 그런 점들이 나로 하여금 나를 내내 사랑하게 해주었다.

자전거는 내 보물 1호가 되었다. 두발자전거를 탈 줄 알게 되면서부터 용감해진 나는 못하는 것들을 하나씩 격파해나가는 재미를 즐기기 시작했다. 줄넘기, 훌라후프, 뜀틀, 앞구르기, 뒤구르기, 고소공포증 극복하기, 깎아지른 절벽 같은 고난도 슬로프에서 스키 타기, 친구들 앞에서 발표하기 등등. 몸 쓰는 일도 마음 쓰는 일도 모두 엉성했던 나는 자전거 타기의 관문을 넘고서부터 조금씩 앞으로 나아가기 시작했다. 보물 1호는 점점 더 귀한 존재이자 친구가 되었는데, 아껴주고 관리해주는 일도 그래서 자연스레 내 몫이었다. 우리 동네에는 일요일 오전마다 트럭을 타고 오는 일명 '자전거 아저씨'가 있었다. 용돈을 챙겨 아저씨의 트럭 앞에 가면 아저씨는 보조바퀴를 떼어주기도 붙여주기도 하고, 바람 빠진 자전거 바퀴에 바람을 다시 팽팽하게 넣어주기도 하고, 멋을 좀 내보겠다 하는 아이들의 자전거 바큇살에는 색색의 형광색 플라스틱 구슬들을 꿰어주기도 했다.

보조바퀴를 영영 떼어내고 두발자전거로 변신할 때 나도

아저씨에게서 그 구슬들을 샀다. 구슬을 끼워달라고 하면 아저씨는 일단 두 손을 내밀어보라고 했다. 손이 아주 작았을 테니 이제 와 가늠은 안 된다. 두 손을 모아 내밀면 아저씨는 그 위로 구슬을 몇 개 부었다. "이만큼?" 도리도리 고개를 저으면 한 번 더 와르르 구슬이 쏟아졌다. "그럼 이만큼?" 이 정도면 만족스럽다 싶어 끄덕이면 아저씨는 다시 구슬을 자기 손에 올려두라고 커다란 어른 손을 펴서 내밀었다. 그러고는 손가락으로 구슬의 숫자를 헤아리고 같은 색이 너무 많으면 골라내어 다른 색으로 바꾸기도 했다. 구슬은 모두 형광펜 색깔이었다. 아빠가 책을 읽을 때 쓰는 형광펜 색깔. 어릴 땐 알록달록 얇은 사인펜은 써도 형광펜 쓸 일은 딱히 없었다. 어린 내 눈에 형광펜은 아빠, 엄마, 선생님 같은 어른들, 언니, 오빠들이 쓰는 펜이었다. 눈부신 레몬색, 짙은 진달래색, 밝은 풀색, 꽁꽁 언 소다 아이스크림 같은 하늘색. 형광의 구슬들이 입은 색깔은 꼭 어른들의 색깔 같았다. 그래서 더 으쓱하고 마음에 들었다. '두발자전거를 탈 줄 아니까 나도 이제 어린이는 아니야. 그치?' 어린이의 전유물인 형광색 구슬을 자전거에 달면서 나는 아무도 몰래 그런 생각을 하고 있었다.

시간은 흐르고 나는 더 자라 더 이상 보물 1호를 타지 않게 되었다. 대신 바퀴가 집채만 한 기어 자전거를 부모님께 선물 받았다. 내 보물 1호는 동생에게, 또 그 동생에게 물려주었다가 모두가 기어 자전거를 탈 나이가 되어서는 창고 신세를 졌다. 한동안 보물 1호를 그렇게 잊고 살았다. 곧 공부에 치이는 고등학생이 되었다. 자전거 탈 시간이 있을 리가 만무했다. 기어 자전거마저도 먼지가 쌓여갔고 대학에 가서는 명절 본가에서나 한 번쯤 타는 정도가 되었다. 보물 1호의 존재를 까맣게 잊은 것이 자연스러운 시절이었다. 그러다 어느 날 우연히 엄마와 이모의 전화 통화를 옆에서 들었다.

"어머, 그게 거기 있었어? 얘, 네 자전거 이모 집에 있대." 2층짜리 주택인 이모 집 옥상에서 비를 맞고 또 맞아 한참을 녹이 슬었다고 했다. 내 자전거는 우리 집 아이(나)와 그다음 아이, 또 그다음 아이를 돌고 돌아 나와는 근 스무 살 차이가 나는 사촌 조카들에게로 가 있었다. '버려진 게 아니었다니. 여전히 누군가의 유년을 책임지고 있었다니.' 눈물이 핑 돌았다. 버려두고 기억도 못 했으면서 이제 와 다급해졌다. "엄마, 엄마! 이모한테 자전거 버리지 말라고 해. 절대. 절대 버리면 안 된다고 해. 알았지? 알았지?" 엄마는 다 낡은 걸 이제 와 뭘 하냐면서 핀잔을 주었지만 내가 조르는 대로 이모에게 자전거를 버리지 말고 가지고 있어 달라고 부탁했다. 이모는 다 큰 네가 그걸로 뭘 할 거냐고 물었고, 나는 "나중에 내 박물관 만들어서 거

기다 놓을 거야. 작품 이름은? '최초의 용기'"라고 답했다. 반쯤
은 농담이고 절반은 진심이었다. 그 세월을 모두 지나서도 형
광의 구슬들은 그대로 바큇살에 달려 있다고 했다. 소중한 것
은 억만년이 지나도 소중하다. 그 자전거는, 자전거 바퀴의 작
은 구슬들은 지금까지 내가 살아온 삶의 궤적의 진정한 출발
점이자 손에 잡히지 않는 추상으로서의 용기를 눈으로 확인하
게 해주는 존재다. 그 무엇보다 소중할밖에.

　　아직 자전거를 실물로 만나지는 못했다. 앞으로도 한참은
후에야 볼 수 있을 것 같다. 여차하면 중간에 나의 다급한 전
언을 전해 듣지 못한 가족 중의 누군가가 고물 취급을 하며 우
연히 처분할 위험도 다분하다. 이별을 알아차리지도 못한 채
이별하게 될 수도 있다. 그래도 잊지 않으려고, 마음에 단단히
새겨두려고 이 글을 쓴다. 물리적인 만남과 이별이야 어떤 결
말이든 괜찮다. 이제는 내 첫 두발자전거의 존재와 그 존재의
미를 잊지 않고 살 생각이니까. 마음속 박물관에는 이미 자전
거를 들여놓았다. 비 맞았어도 한껏 녹슬었어도 여전히 나의
친구, 나의 용기, 스스로 넘기로 결심했던 나의 작은 산. 네 덕
에 나는 이 넓은 세상을 잘 누비고 있다는 것을 꿈에라도 전하
고 싶다.

　　"고마워. 이제야 인사를 전하는구나. 정말 고마웠어. 더 열

심히, 더 멋지게, 우리의 첫 질주처럼, 달까지 날아갈 수 있을 것처럼, 네가 날 자랑스러워할 수 있도록, 그렇게 살아볼게."

가을비가 내리고 있다. 8월 31일. 가을로 향하는 최초의 문턱이다. 중부지방에는 내일까지 이틀에 걸쳐 큰비가 내린다고 한다. 창밖을 살펴보니 우리 동네는 소강상태에 접어든 모양이다. 밤이 깊어갈 때쯤 다시 찾아오려나. 아직 공기가 습하고 사위가 차폐된 듯 고요한 걸 보면 그럴지도 모르겠다. 이제 막 저물어가는 올해의 여름에는 서울 하늘에 무지개가 떴다는 소식을 종종 들었다. 보지는 못했다. 무지개가 하늘 어느 귀퉁이에 걸리는 시간을 번번이 놓치고 뒤늦게 기사로, 지인들의 SNS 계정 속 사진으로 접하는 게 전부였다. '어른이란, 이럴 때도 별로야. 무지개를 못 보고 사는군.' 투덜대다 보니 어릴 적에 엄마의 두부, 콩나물 심부름 다니러 오가던 길 위에서 무지개를 보았던 일이 떠올랐다. 그리 우연한 기회들이 지금보다야 많았던 어린 시절이지만, 그때도 무지개는 예고 없이 잠깐 왔다가 찰나에 사라지는 손님이어서 항상 아쉽고 귀한 존재였다.

그래서 직접 만들려고 애썼다. 하늘에 무지개가 떠오를 기미는 없고 무지개의 아름다운 색을 보고는 싶을 때면 어김없이 그랬다. 부모님이 아끼는 귀한 난초에 물을 줄 때나 쓰는 분무기를 몰래 훔쳐내서는 집밖에 나가 햇빛을 등지고 서서 한참을 칙칙, 물을 뿌려댔다. 열 번에 한 번꼴로는 성공했을까? 아마 어려웠던 것 같다. 이걸로 성에 차지 않는 날에는 책상 서랍 속 한가득 쓰다 만 비눗방울 장난감을 챙겨 나가 볼이 터져라, 공기방울을 만들어 하늘에 띄우기도 했다. 분무기로 만드는 무지개보다 색이 옅기는 해도 성공률은 훨씬 훌륭했다. 맑은 하늘이 그대로 담긴 소라색 둥근 공처럼 보일 때도 있고, 흰 구름을 배경으로 띄우면 흰 솜뭉치처럼도 보이지만 내리쬐는 빛만 잘 받으면 영락없이 무지개가 담겼다. 비눗방울이 두둥실 눈앞에서 하늘로 흩어질 때면 무지개도 여럿이었다. 내 손 안에서 저 먼 하늘로 무지개들을 여행 보내는 기분이 들곤 했다.

무늬만 어른이지만 어찌 됐든 슬프게도 겉가죽은 어른이라 밖에서 비눗방울 놀이를 혼자 하기는 글러진 지 오래다. 그나마 핑계가 되어주던 막냇동생도 어느새 스물이 넘어서 어디 의지할 데도 이제 없다. 주변에 어린아이라도 있으면 아이랑 놀아주는 척이라도 할 텐데 말이다. 초등학생이던 동생을 데리고 어린이대공원에 갔을 때 함께 비눗방울 놀이를 해주었던 게 햇빛 아래에서는 마지막이었던 것 같다. 이후로는 거품 목욕한다는 핑계로 욕실에 들어가 거품들 위로 비눗방울을 띄워두고 구경하는 게 고작이었다. 근데 뭐, 문득 드는 생각인데 하고 싶은 건 하면서 살아야지 않나. 올겨울에는 비눗방울 장난감을 진짜 큰 거로 하나 사서 인적 드문 곳으로(?) 여행이라도 가야겠다. 햇빛 아래에 서야만 비눗방울 속 무지개가 선연하고 그만큼 보는 이의 기쁨도 선연해진다. 내친김에 인터넷에 비눗방울 장난감을 검색하니 머신 건에 바주카포가 나와서 놀랐다. 요즘은 입으로 안 불고 총을 쏘는구나? 핑크 바주카포 머신 건으로 정했다. 최저가 검색 안 하고 16,900원에 살 거다. 왠지 어른이 쏠 비눗방울 머신 건을 사는 어른은 그 정도는 내야 할 것 같다.

사랑하기로는 비눗방울이 제일이지만 무지개를 품은 사물들이 그 외에도 일상 속에 여럿이다. 유년시절을 보냈던 오래되고 정갈한 우리 아파트는 지하 주차장이 따로 없었다. 대신 버스도 드나들 만큼 넓은 아스팔트 주차장이 있었다. 주차장 위에는 여름 장마가 남기고 간 빗물과 자동차에서 흘러내린 여분의 기름이 만난 검은 웅덩이가 가끔 생겼다. 검은 샘물 같기도 한 이 웅덩이 안을 가만히 바라보면 반짝이는 필감이 형형한 메탈색의 무지개가 그 안에 있었다. 반짝이는 색감, 일렁이는 무늬. 전부 화려해서 좋았다. 기름 냄새가 난다고 가까이 가지 말라는 잔소리를 들으면서도 나는 맨날 코가 닿을 것처럼 쪼그리고 앉아서 기름 웅덩이 속 무지개를 보느라 시간을 죽이곤 했다.

이보다 더 흔하게 무지개의 색을 발견할 수 있는 곳도 있다. '흰 벽'이다. 빛이 들어올 틈, 희고 평평한 벽, 그 시간 그 장소에서 멈춰 설 여유와 낭만을 가진 나. 이거면 준비는 끝났다. 어디서든 무지개를 만날 수 있다. 하늘에 뜬 무지개를 보지 못한다 해서 우리의 삶에 무지개를 만날 일이 없지는 않은 것처럼, 세상 모든 일도 그렇다. 주차장에서, 흰 벽에서, 비눗방울 속에서, 아이의 작은 손가락 끝에서, 그 모든 곳에서 우리를 기다리는 무지개를 무지개라 여길 수만 있다면. 온전하고 완벽한 희망은 아닐지라도 그 희망에 언젠가 가 닿을 희망의 조각들만큼은 우리 삶에 이미 있는 것이 아닐까.

올해 여름은 유독 짙고 선명한 분홍빛 노을 지는 저녁이 많았다. 이리 아름다운 하늘은 처음이라며 사람들이 하늘을 올려다보기 바쁜 나날들이 이어졌다. 딱 그런 하늘 위로 쌍무지개가 떴던 여름날이 있었는데, 7월의 끝자락이었다. 이날 서울의 마포대교 위에 버스가 한 대 잠시 정차했다. 강재순 버스 기사님이 운행한 160번 버스였다. 무지개를 찍으려는 승객들이 카메라를 찰칵대는 소리를 듣고 버스 기사님이 승객들에게 무지개 사진을 찍을 시간을 주기 위해서 버스를 잠시 세웠다고 한다. 그날 저녁 뉴스로 이 소식이 보도되면서 대대적으로 전 국민에게 알려졌다. 나는 그날 쌍무지개가 떴는지 어떤지도 모른 채로 일하다 이 소식을 접하고서야 무지개가 떴었구나 했다. 그날은 이 소식이 나의 두둥실 빛나는 비눗방울이었다. 마포대교 위의 무지개를 직접 보는 것보다 그 버스 안에서 행복했을 사람들과 행복한 사람들을 보면서 더욱 행복했을 기사님과 나처럼 활자로 이 장면을 읽고 나서 분명 따뜻해졌을 모든 사람의 마음을 떠올리는 일이 더 내 저녁나절을 둥글고 빛나게 채색해주었다.

무지개를 품은 나날들이 내내 둥글었으면 좋겠다. 우리가 이고 살아가는 하늘 위로 무지개를 품은 마음들이 훨훨 날아가는 풍경을 상상한다. 비가 완전히 그쳤다. 내일 아침은 맑게 개려나 보다.

재작년쯤 운전을 시작했다. 여전히 도로 위의 초보라고 생각은 하지만 크게 애쓰지 않고 적응했다. 이제 제법 주행을 즐기는 정도는 된다. 그런데도 여전히 심장이 쿵, 덜컹거릴 때가 있다. 앰뷸런스 사이렌 소리를 듣는 순간이 그렇다. 항상 무섭다. 혹시라도 미리 발견하지 못해 구급차의 발을 묶는 데 일조할까 걱정스럽다.

앰뷸런스의 사이렌 소리가 들려오기 시작하면 모든 감각이 분주해진다. 신경이 곤두선다. 전방주시가 운전자의 최고 미덕임을 알아도 이 순간만큼은 사방을 살피게 된다. 경험상 소리가 들리기 시작하고부터 5초에서 10초 사이면 시야에 앰뷸런스가 나타난다. 번쩍이는, 서늘한 초록색 조명 빛이 시야에 들어오면 그건 사인이다. 늦지 않게 내 몫을 해야 한다는 뜻 말이다. 어디로 어떻게 피해줘야 할지 공간과 방향을 찾아 앰뷸런스가 지나갈 수 있는 여백을 만들고 혹 앞차가 아무것도 모른 채로 요지부동이라면 클랙슨을 울려 함께 움직이도록 하는 것. 이 정도가 내 몫이다.

해야 할 일 자체는 간단하지만 도로 위의 차 한 대가 각각 그렇게 아낀 1초 1초가 모여 1분이 되고 10분이 되어 생명을 살리는 골든타임을 만들어낸다고 생각하면 그보다 무겁고 중요한 일이 따로 없다. 내 옆을 지나쳐 다행히 앞으로 쭉 나아가는 앰뷸런스의 뒷모습을 보고 있자면 나도 모르게 안도의 한숨을 내쉬며 기도하고 성호를 긋게 된다. '제시간에 도착하게 해주세요.' 한평생 의사가 되어 볼 일은 없겠지만 이 도로 위의 내가, 모두가 매일 우연히 누군가를 살리고 있다는 생각으로, 살려야 한다는 생각으로 서늘한 초록의 불빛만큼은 5초만 빨리 발견하자 다짐한다.

사건 발생일은 좀 되었지만 접촉사고를 빌미로 병원을 향하던 구급차를 막아 세워 그 안의 환자는 죽음에 이르고 구급차를 막아선 택시기사는 재판을 받은 사건이 있었다. 실체적 사실관계, 혐의와 유무죄 판단 등을 여기서 논하지는 않지만 기사를 접한 후에 오래 뇌리에 남아 괴로웠고 지워지지 않는 불안이 되었다는 것, 누구에게나 그런 피해가 있을 수 있다는 것만큼은 분명한 사실이다. 본 책을 집필하는 과정 중에 있었던 일이었고, 사건 전후로 한동안은 아름답고 매력적인 색에 대해 생각하는 날들보다 우리에게 필요하고 중요한 색에 대해 생각하는 시간이 좀 더 많아졌다. 모두 초록을 사랑하고 동시에 경계하기를, 우리의 경계로 우리가 모르는 해피엔딩이 좀 더 많아지기를 빌게 되었다.

그러고 보면 초록은 여러모로 생의 감각을 닮은 색이다. 구급차의 초록, 비상탈출구의 초록색 안내등, 세상 모든 결실의 시작인 새싹 한 포기부터 인간의 죽어가는 마음을 살리고 우울을 다독이는 드넓고 푸른 초원까지 전부 그렇다. 이 세상에 색을 하나만 남기고 모두 잃어야 한다면, 그런데 내게 선택권이 주어진다면 아마도 선택은 초록이겠다.

도로시 1

네온핑크 운동화를 꺼내 신었다.
조금은 용기가 필요한 날이다.

할 수 있는 일이라고는 고작 신발을 바꿔 신는 것뿐이지만
그 작은 시도가 때로는 모든 것을 달라지게 만든다.

마법이 깃든 도로시의 붉은 구두는 아니어도
어디든 갈 수 있을 것만 같다.
어디로든 걸어봐야 할 것만 같다.
발길 닿는 곳이 모두 길이 될 것처럼.

'저 모퉁이만 돌면 금세 좋은 일이 생길 거야.'

아무 이유 없이도 그리 믿게 만드는,

밝고 달콤한 오늘의 핑크.

도로시 2

무료한 날이 있다. 마법 같은 일이 일어나기를 바라게 되는. 그런 일이 없을 걸 알면서도 괜히 둥근 구두를 신고 싶어지는 날이 있다. 뒤꿈치를 세 번 부딪히면 가고 싶은 곳으로 날아갈 수 있는, 루비색 마법 구두와 함께였던, 도로시의 오즈를 갈망하는 그런 날. 아무도 없는 골목 끄트머리에서 어디론가 나를 데려가 줄 회오리바람을 기다려도 보다가 붉은색 구두 앞코를 물끄러미 바라보기도 하다가 이내 생각한다. 집으로 돌아가면 오늘은 일기를 써야지.

'마법 같은 일은 일어나지 않았어도 오늘이 좋았어. 앞코가 둥근, 붉은색 구두를 꺼내 신었거든. 아무 일도 일어나지 않을 걸 알면서도 설렜어. 구두 뒤꿈치를 세 번 굴러도 우리는 오즈의 나라에 갈 수 없지만, 갈 수 없다는 걸 안다는 건 어른이 되었다는 뜻이지만, 갈 수 없는 걸 알면서도 빨간 구두를 꺼내 신는다는 건 어릴 적 바랐던 것처럼 꽤 낭만적인 어른이 되었다는 뜻이니까. 아무 일도 일어나지 않았지만 말이야. 구두를 신고 걷는 동안 나는 그런 어른으로 자라서 다행이라는 생각을 했어. 내가 마음에 들었어. 내가 나라서, 기뻤어. 언제까지나 이 마음 그대로. 가끔은 붉은색 구두를 신었으면 좋겠어.'

동화 『오즈의 마법사』 원작에서의 도로시는 사실 은색 구두를 신는다. 영화로 만들어지며 루비색 구두로 설정이 바뀌었다. 나는 은색 구두의 동화를 먼저 읽었다. 그 뒤로 미디어에서 붉은색 구두로 다룬 이미지들을 더 많이 접하면서 붉은 구두에 더 익숙해졌다. 사실 색깔이 뭐가 되었든 둥근 앞코의 에나멜 소재 구두는 다 도로시의 것처럼 보이곤 하지만.

힘든 하루에 날 서 있다가도 둥근 코의 도로시 구두를 신은 아이를 발견할 때면 마음이 풀어지고 웃음도 난다. 해맑은 것이 해맑은 것과 함께 있는 그림 같은 순간. 나에게는 도로시의 구두가, 그 붉음이 순수 그 자체일지도 모르겠다. 어쩌면 여전히 남아 있는 나의 오즈일지도.

'꽃범의꼬리'는 자줏빛 꽃의 이름이다. 보라색, 연분홍색 등 자줏빛 계열의 여러 빛깔로 피는 여름 꽃이다. 길게 하늘로 뻗은 꽃대는 성마른 범의 꼬리를, 꽃대에 달린 꽃봉오리들은 입을 벌린 범의 표정을 닮았다 하여 특이하고 예쁜 이름을 얻었다.

범이면 그냥 범이지, 꽃범이란 무슨 짐승인가 했더니 오랜 옛날 조선에서 매화꽃을 닮은 유려하고 아름다운 무늬를 가진 조선의 표범(아무르표범, 조선표범)을 '꽃범'이라 불렀단다. 조선 사람들의 낭만이란. 마주치면 꼼짝없이 죽은 목숨인데, 그런 산짐승을 두고 꽃범이라 이름 붙인 옛사람들의 낭만과 호연지기는 당해낼 재간이 없어 뵌다. 깊고 높은 산중에 두 눈을 번뜩이며 홀로 섰을 아무르표범의 고고하고 당당한 자태를 상상해보자면 퍽 어울리는 이름이었을지도, 조선 사람들은 작명의 대가였을지도 모르겠다.

강하고 화려하다 못해 거창하기까지 한 이름을 가진 꽃범의꼬리는 이름과는 달리 아주 부드럽고 연한 빛깔의 보라색을 띤다. 꽃대 하나에 알알이 열린 작은 종 모양의 꽃봉오리들이 꽃대와 함께 산들바람에 살랑이는 모습을 보면 꼭 기분 좋은 고양이가 나를 향해 걸어오며 꼬리 끝을 살랑대는 듯 보인다. 조선 사람들처럼 산범을 본 바가 없는 현대인으로서는 고양이 꼬리가 먼저 떠오르는 게 왠지 당연한 순서인 것 같다. 예쁜 이름에는 속절없는 데다 고양이를 닮은 무엇이라면 더더욱이나 덮어놓고 좋은 고양이 집사는 요즘 꽃범의꼬리를 종종 사람들에게 소개하고 다닌다. 좋아하는 꽃이 무엇이냐 묻는 이들에게는 빼놓지 않고 꽃범의꼬리를 답해준다. 이름만 되뇌어보아도 자줏빛 흐드러진 아름다운 정원이 머릿속에 떠오른다.

어느 초여름 우연히 방문했던 고등학교의 작은 뒷마당 화단에서 꽃범의꼬리를 발견하고서 그 이름을 공부하고, 만개하는 시기에 다시 그 정원을 찾아 가장 아름다운 날의 모습을 만나기도 하고, 꽃잎의 색을 머릿속에 칠해두고서 돌아와 가끔 뒤적여도 보았다. 즐거웠다. 단순하게 그리고 본질적으로 그때의 내 모습을 묘사하자면 딱 한 마디로 설명이 끝난다. 참 즐거웠다. 다른 생각이, 걱정이, 해내야 할 일들이 떠오르지 않았다.

좋아하는 꽃의 색깔, 그 꽃의 이름, 유래, 생긴 모양새 같은 것들이 살아가는 데 무슨 쓸모가 있고 무슨 의미가 있나 했었다. 눈앞에 보일 때야 예쁘기도 하고 탄성을 자아내기도 하고 그 향기가 감미롭기도 하지만 그게 전부라고 생각했었다. 아니었다. 살아가는 쓸모와 일절 관계없이 무용하더라도 꽃과 풀과 나무를 사랑하는 일은, 그 색채와 모습을 잠시 눈 감고 그려보는 일은 쉼과 여유였고, 삶 그 자체를 상기시키는 일이었다.

'이렇게 살 거면 나는 왜 태어났을까? 왜 살까?' 바보 같다는 걸 알지만 어쩔 수 없이 기분은 바닥을 치고 어리석게도 그런 생각들이 괜히 머릿속을 어지럽히는 날이 있다. 그런 날에도 이 꽃 한 송이 덕분에 즐겁고 새롭고 흥미로웠던 시간을 떠올리면 퍽 괜찮아졌다. '이 꽃의 특별히 예쁜 이름을 한 번 더 들으려고, 그 생긴 모습을 감상하려고, 볕이 잘 안 드는 우거진 숲속 정원에서도 하늘하늘했던 그 보랏빛에 감탄하려고. 그냥 그렇게 편하고 단순하고 순수한 아이처럼 즐거워하려고. 그래서 사는 거구나.' 이렇게 삶을 이해할 수 있었다. 이렇게 생각할 힘과 용기를 가질 수 있었다. 좋아하는 것이 있다는 건 그래서 좋은 거고, 그래서 중요한 거였다. 새롭게 좋은 것들을 점점 더 많이, 우연히 만나고 앞뒤 없이 기뻐하고 싶다.

첫 책을 2019년에 출간하고 그를 계기로 인연이 닿아 어느 고등학교에서 강연을 했었다. 저널리즘학과를 나와 대안매체를 만들고 방송계를 기웃거려도 보고 어쩌다 보니 로스쿨에도 가고 책도 내는 바람에 한 가지를 진득하게 하지 못하고 제멋대로 사는 인간의 이야기를 들려주게 되었다. 두어 시간 함께한 것 같은데, 질문이 꽤 많았다. 잊을 수 없는, 아마 앞으로도 절대 잊을 수 없을 질문이 하나 있었고 그 질문을 한 학생의 오늘과 내일이 여전히 마음 쓰인다. "어떻게 내일도 살고 싶고 계속해서 많은 것들을 하면서 살아가고 싶을 수 있나요?"

그 질문의 기저에 우울과 고통이 깔려 있음을 고개를 들어 (다른 친구의 책에 사인을 해주고 로스쿨의 실무 교재들을 지망생들에게 구경시켜주느라 고개를 숙이고 있었다.) 눈을 마주치지 않아도 바로 알 수 있었다. 그 고통을 들키지 않았다고 생각하게 해주고 싶어 최선을 다해 활짝 웃으며 고개를 들었다. 여름 꽃처럼 웃는 낯의 가면을 쓰고 대답했다. "좋아하는 게 많아서요. 좋아하는 게 너무 많아서 오래오래 살고 싶어요. 내 취향인 세상의 모든 음악을 발견하고 싶고 이름을 모르는 꽃들의 이름을 읽고 싶거든요. 좋아하는 걸 많이 만들면 돼요." 끝까지 웃으며 말할 수 있어서 다행이라고 생각했다. 고통 속에서는 그게 잘 안 되는 일이라는 걸 나 역시 이미 알지만 그래도

이 대답을 기억해주기를 바랐다. 그러고 나서 다 같이 어깨동무하고 닭갈비를 먹으러 갔는데, 진짜 맛있었다. 처음 만난 이에게 스스럼없이 삶 그 자체를 꿰뚫는 질문들을 던지고 그 답을 들어 새기고 그러다 또 수줍어하더니 헤어질 때는 길 건너에서 우렁찬 목소리로 몇 번이나 인사를 건네는 아이들과 함께한 식사였기 때문이라고 생각한다.

아이들은 이제 성인이 되어 누구는 대학에 가고 또 누구는 어엿한 사회인이 되었을 것이다. 그날 내가 했던 대답의 진의를 알았든 알지 못했든 맛있는 닭갈비에 통통한 우동사리를 야무지게 넣어 먹고 계절마다 제일 아름다운 꽃을 보고 오늘의 나에게 필요한 음악을 찾아 듣고 끝도 없이 좋아하는 것들의 이름자를 나열할 수 있는 삶을 살고 있길 바란다. 그날 강연에서 입을 열어 처음 내놓은 이야기가 "이기적으로 살아요, 여러분. 나를 위해서 살아요. 우리 학생들은 좀 그랬으면 좋겠어요"였는데, 그건 결국 내게 아름다운 것과 내게 좋은 것, 내게 즐거운 것들을 스스로 발견하며 살고 그것들을 포기하지도 말고 양껏 가지며 살라는 말과 같은 의미였다. '꽃범의꼬리'라는 이름이 쓰인 팻말을 처음 발견하고 이런 예쁜 이름이 어디 숨었다가 이제야 나타난 거냐고 호들갑을 떨었던 그날의 나를 편지 속에 접어 넣어 그때 그 친구에게 부치고 싶다. 이런 기쁨이 나를 살게 한다고. 당신은 지금 어떤 꽃의 이름 앞에 서 있느냐고 묻는 말과 함께.

쓸모없고 쓸데없는 질문을 많이 하며 살고 싶다. 그것이 질문이든 안부의 인사든 내가 전하는 말은 언제나 '꽃범의꼬리'와 같은 언어였으면 좋겠다. 가능하다면 누구에게든 꽃범의꼬리가 되어주고 싶다. 내가 발견한 그 여름날, 그 순간의 꽃범의꼬리처럼 살고 싶다. 쓸데없이 예쁘고, 쓸데없이 흥미롭고, 쓸데없이 고운 빛깔과 시선을 빼앗는 이름을 뽐내며 누군가를 쉬게 하고 내일을 향해 웃으며 걷게 하는 존재. 그 존재에게 오늘을 빚진 나는 내일 그 존재를 필요로 할 누군가를 위해 자주 묻고 쉼 없이 궁금해할 생각이다.

"좋아하는 꽃이 있나요?"

나는 메말라 있었다. 산다는 것은 매일 조금씩 더 시들고 매일 조금씩 더 상하는 일인 것만 같았다. 그런 나날들이었다. 그 시절 나는 고통의 쳇바퀴 속을 구르게 만드는, 당시의 터전이었던 끔찍한 동네를 벗어나고 싶었다.[*] 검은 괴물 같은 마을을 뒤로 한 채 무작정 차를 달렸다. 서러운 일이지만 목적지는 없었다. 이곳에는 가족도 연인도 친구도 없었으니까. 찾아가 문을 두드릴 곳이 없었다. 30분쯤 멀어졌을까. 대충 정신을 차려보니 상가의 불이 전부 꺼진 법원 앞 골목이었다. 밤이 되면 이곳은 유동인구 없이 외지고 한적했다. 딱 하나 조명이 새어나오는 곳이 있어 차를 대고 상호를 살폈다. 아담하고 평범한 와플 가게였다.

가게에 들어서니 다정한 낯의 사장님, 갓 구워 김이 모락

[*] 본 책 2장 〈금빛 날개의 숲에서〉와 서사의 배경이 같습니다.

모락 올라오는 와플, 체리와 초콜릿 같은 토핑 디저트를 늘어놓은 트레이, 그리고 작은 테이블 하나가 보였다. 다섯 걸음을 걸으면 가게의 끝에서 끝까지 닿을 수 있을 것 같은, 소박한 곳이었다. 손님들은 주로 와플을 포장해 가져가는 모양이었다. 테이블이 하나뿐인데 너무 작아서 그마저도 말려놓은 푸른색 안개꽃 한 다발을 꽂아둔 양철통 차지였다. 품에 가득 안아야 손에 잡힐 만큼의 푸른 꽃 무리가 테이블 한가운데 놓인 채로 나를 보았다. '흠잡을 곳이 없네, 짙푸른 청색이구나, 너희 되게 예쁘다.' 꽃들과 대화를 나눌 수 있다면 감탄하고 있다는 걸 알려주고 싶었다. 좋은 일이라고는 하나도 없었던 하루였지만 너희를 봐서 기쁘다고. 어느새 반해버렸다. 꽃을 좀 더 보고 싶어졌다. 테이크아웃해 차에서 먹을 참이었는데 마음을 바꿨다. 테이블, 아니 안개의 꽃 무리에 그대로 시선을 고정한 채로 물었다. "여기서 (이 테이블에서) 먹고 가도 괜찮을까요?" 사장님은 "그럼요" 했다.

자리에 앉아 한참을 멍하니 꽃을 바라보며 와플이 나오기를 기다렸다.

"생크림 위에 딸기 시럽, 초코 시럽 같이 뿌려드렸어요. 천천히 편하게 드세요." 이윽고 사장님의 목소리가 들렸다. 와플과 젤라토 한 스쿠프, 과일 토핑과 아메리카노까지, 잔뜩 올려주신 쟁반을 받으러 일어나던 참이었다. 그만 양철통을 넘어 뜨리고 말았다. 쨍한 소리를 내며 양철통이 바닥에 떨어졌다. 그 안의 안개들이 후두둑 소리를 내며 바닥으로 흩어졌다. '이런….' 겸연쩍었다. 남의 가게에서 보란 듯이 실수를 해놓고서 재빠르지도 못했다. 얼른 주워 담을 생각을 했어야지. 와장창 다 쏟아놓고서 멍하니 얼음이 된 채로 서 있었다. 검은 타일 바닥에 푸른 꽃들이 두서없이 흩어진 자태에 혼이 빠져서 그랬다. 어느새 나는 작은 와플 가게의 문을 넘어 넘실대는 바다 위를 울렁이고 있는 것 같았다. '실패할 때, 돌부리에 걸려 넘어질 때, 그래서 내가 미울 때 나는 내가 아름답지 않아. 너는 어떻게 그대로야. 어째서 상처 하나 없어. 푸른 물결 흐르듯 이리도 차분하고 깊은 색인 건, 이렇게 아름다운 건 좀 반칙 아니니.' 흐트러진 꽃잎들을 아득히 바라보다 사장님이 나를 부르는 소리에 이내 정신을 차렸다. "그냥 놔두세요. 제가 치울게요." 사장님은 다정한 목소리로 내게 괜찮다고 말해주었다.

그래도 쪼그리고 앉아 꽃을 줍기 시작했다. 꽃줄기를 하나씩 주워 양철통에 다시 가지런히 놓아주었다. 원래대로 전부 담아 테이블 위에 올려놓고서 와플을 받아왔다. 와플 위에는 하얀 생크림과 초콜릿 시럽, 딸기 시럽이 격자무늬로 뿌려져 있었다. 긴장한 마음이 나른해지기에 딱 적당한 온기가 접시 아래로 느껴졌다. 그 온기가 다 식을 때까지 다시 꽂아둔 꽃다발을 쳐다보았다. 꽃은 온전한 하나의 꽃 무리 그대로, 처음 모습 그대로였다. 죽지 않고 변하지 않고 상하지 않는 존재. 그런 존재를 앞에 두고서 그만 울컥하고 말았다. 내가 너를 상하게 했지만 너는 상하지 않은 모습 그대로 아름답고 온전하다는 사실. 그 사실이 그 밤의 내게는 슬픔이자 기쁨이었고 묘한 울림이었다.

누가 나를 상하게 하더라도. 누가 내게 그런 시도를 하고 상처를 주더라도 보란 듯이 괜찮고 싶었다. 영영 괜찮고 싶었다. 그러나 온갖 상흔으로 가득하다는 것을 숨길 수가 없었다. 인간은 꽃보다 깨어지기 쉬운지 전부 티가 났다. 애를 많이 썼다. 무진 노력했다. 괜찮은 척하려고 그랬다. 내가 아닌 것을 연기하거나 '괜찮은 나'를 연기하기를 여러 날이었다. 생긴 제 모습 그대로 괜찮을 수 있는 존재를 앞에 두고 나는 눈물을 좀 참았다. 가게가 열 평만 됐어도 구석 테이블에 숨어서 울어볼 생각도 했을 텐데, 이건 뭐, 숨을 데가 없어서 다행이었다. 아마 울기 시작했더라면 멈추지 못했을 밤이었다.

와플은 약간 식어서 오히려 내가 좋아하는 찰진 식감이 됐다. 역시, 울기보단 디저트지. 인생의 진리를 충실히 수행한다는 마음가짐으로 맛있게 먹었다. 새빨간 루비 한 알 올려둔 것 같은 체리를 마지막으로 접시를 비우고 가게를 나왔다. 돌아갈 때는 마을을 등지고 나올 때보다 더 서둘렀다. 푸른 안개의 잔상이 눅진하게 남아서였다. 집으로 돌아와 오랜만에 노트를 열고 펜을 꺼내 들었다. 비어 있는 페이지 맨 윗줄에서부터 촘촘히 채워 쓰기 시작했다. 하고 싶은 말이 많을 것 같아서였다.

그대로 괜찮은 파랑. 그대로, 괜찮은, 파랑.

나는 그런 파랑이고 싶었던 모양이다. 아무리 흔들어대도 흔들리지 않는 시몬스 침대(?)처럼 말이지. 아무리 멀리 흩어놓아도 다시 돌아와 아무렇지 않은 푸르름으로 시선을 붙잡는 저 안개꽃처럼 살고 싶었던 것 같다. 그런데 그게 어디 그렇게 쉬운 일인가. 겉으로나 어른이지, 나는 아직도 뭐가 뭔지 모르겠는데. 힘이 들면 그저 주저앉아 울고 싶은 어린아이의 마음 그대로인데.

내가 가진 것들만으로도 나를 사랑할 줄 알아야 했다. 나에게 만족해야 했고 이걸로 충분하다고 말해줘야 했다. 남들은 그러지 않더라도 말이다. 나는 나니까. 나라도 나를 그렇게 안아주어야 했다. 돌부리에 걸려 넘어졌다가 일어났을 때의 나를 나는 주로 미워했다. 넘어질 자격이나 있느냐고 힐난했다. 실패하고 나약한 나를 질책할 줄이나 알았지. 부족한 나를 증오할 줄이나 알았지. 잘 걷고 잘 뛰고 잘 날아오를 때의 나와 넘어지고 깨지고 상처 입은 나를 함께 사랑할 줄도. 그 둘이 같은 존재라는 것도 잘 몰랐다. 모자라고 상하기 쉬운 나는 외면하고 싶은 고통이자 약점일 뿐이라고 생각했다. 그러니 산산이 흩어졌다 다시 돌아와서도 그대로 아름다운 안개꽃 한 다발에 무너졌겠지. 나와는 다른.

상하지 않는 꽃. 상해버린 내가 보기에는 잔인하게 아름다웠던. 모순적이지만 그래서 위로가 되었던 이 밤의 유일무이한 파랑이 기억에 오래 남을 것 같다. 아마 나는 이후로도 역시나 영영 아름다울 안개꽃과는 다른 존재일 것이다. 상하면 상한대로 미울 테고 그대로 아름다울 수 없을 테니까. 그래도, 그런 나를 여전히 아름답고 사랑스럽다고. 여전히 너는 충분히 깊고 푸른 생이라고 말해줄 사람은 온 세상에 나 자신뿐이라는 걸 차츰 알아가고 싶다.

노트를 덮은 후에도 오래 집 안을 서성였다. 꽃은 제자리

희게 개어오는 푸른 봄처럼, 아침은 오고

로 돌아왔고 나는 집으로 돌아왔는데도 여전히 울렁이는 바다 위를 넘나드는 것처럼 발밑이 말랑말랑했다. 계속 걸었다. 안개 속을 방황하는 중인지, 물 위를 걷는지, 드리워진 꽃을 넘는지, 그도 아니면 내 마음을 답보하는 중인지조차 모른 채. 이 밤, 계획에 없었던 찰나의 마실이 그렇게 깊고 넓은 세상일 줄 몰랐다. 얼마 만이었는지 모를 일이다. 훌쩍 멀리 떠난 것도 아닌데, 여행을 떠나온 기분으로 모든 걸 잊고 웃을 수 있었다. '한참이 지나서도 눈을 감으면 오늘의 푸른 안개꽃을 볼 수 있겠구나, 기억하게 되겠구나.' 직감했다. 내 생을 스치는 아름다움에 대해서, 기억과 추억에 대해서, 그것들에 물든 온갖 색채들에 대해서, 그로부터 얻어진 마음들에 대해서 생각하느라 나는 무엇이 슬프고 무엇이 그리 고통스러웠는지 그 밤이 지나 아침이 올 때까지도 잊을 수 있었다. 이것이 색이 하는 일이었다. 아름다움이 하는 일이었다. 괴로움과 고통으로부터 누군가를 건져 올리는 일. 그로부터 생의 쓸 만한 진리를 깨닫게 하는 일.

푸른 밤이었다. 아주 푸르고, 쨍한 밤.

p.s.

이날의 이야기는 이 책을 쓰기로 결심한 계기였다. '인간은 색에서 위로를 얻는구나. 색 자체가 사람을 이다지도 흔들 수가 있구나.' 깊이 느꼈던 이 밤으로부터 내 인생의 팔레트를 하나씩 되짚어보고 싶어졌고 작업으로 이어졌다. 가치 있는 여정이었다. 전부 이야기로 담아낼 순 없어서 인덱스(인덱스들은 책의 인스타그램 공식 계정에서 차차 하나씩)를 만드는 작업도 동반 했다. 작업하는 내내 여러분의 팔레트도 궁금했다. 까맣게 잊은 것들도 많겠지만 이만큼이라도 담아내본 것만으로 기쁘다. 앞으로도 계속 채워가게 되겠지. 이제는 덜 놓치고 싶다. 아름다운 것들을. 찬탄의 순간들을. 대체로 그런 순간들은 색과 함께 온다는 사실을 이제는 안다.

아름다운 순간은 색과 함께 온다

『그대로 괜찮은 파랑』은 '멍들고 깨지고 상처 입어도 우리는 여전히 푸르고 여전히 아름답다', '인생의 아름다운 순간은 모두 색과 함께 온다'는 모토로 일상의 색채를 담아낸 책입니다. 2019년 3월부터 2022년 3월까지 쓰고 만들었어요. 3년을 쓰고 지우고 또 쓰고 지우는 사이에 우리의 삶을 바꿔놓은 전염병이 세계를 휩쓸었고 다들 집 안에 갇혀 숨죽여 지내던 시점에는 저도 꼬박 틀어박혀 글만 썼는데요. 모두가 일상의 색을 빼앗긴 삶을 살고 있구나, 깨달았습니다. 원고를 시작할 땐 총천연색으로 가득하던 세상이 어느 순간 모노크롬이 되어 있었죠. 잃어버린 색채들을 잠시나마 돌려줄 수 있는 글을 쓰고 싶다고 생각하며 작업하는 날이 많았습니다. 점차 잃어버린 모든 삶이 돌아오고, 새로운 빛과 희망이 새롭게 우리 곁으로 오고 있는 중이기를 바랍니다.

일기에 가끔 '오늘의 단어'를 적어두는데, 4월 초입 어느 날의 일기에는 직접 만들어 불러본 '봄푸른 벚꽃강'이라는 색 이름

을 써두었어요. 겨우내 얼었던 강물이 봄과 함께 녹아 벚꽃물이
든 것처럼 따뜻한 색이더라고요. 눈을 비비고 다시 보아도 분홍
빛이 여울지는 그 모습을 금세 사랑하게 되었습니다. 이 책을 오
래 쓰다 보니, 매일 똑같은 날에서도 새로운 색과 아름다운 빛을
발견하고 그 사물과 존재들에게 이름을 붙여주는 버릇이 들었어
요. 그렇게 지내다 보니 삶이 좀 더 다정해졌고요. 눈도 마음도
캄캄하고 어두운 날에도 우리를 위로하는 것들이 모두 사라지진
않는다는 걸 좀 더 믿게 됩니다. 그래서 이 이야기를 꼭 전하고
싶었습니다. 우리의 삶에서 누군가 빛을 거두어 가더라도 그 빛
이 정말 사라지는 건 아니라고. 여전히 모든 것은 푸르고 빛나고
더 짙어진 채로 우리를 기다리고 있을 거라고, 눈을 들어 사위를
바라보기만 하면 된다고. 그러리라는 것을 믿고 우리 영영 푸른
하늘처럼, 붉은 노을처럼, 한여름의 초목처럼 살아가자고요.

저는 이 책을 쓰면서 인생에서 처음으로 마감을 어겨봤어

요. 그 흔한 쪽글 과제 하나조차 시간을 어겨본 적이 없는데, 새롭고 몹쓸 자아를 발견하고 말았죠. 그래서 폐를 끼쳤고 저의 부족함을 알았고 시행착오를 거치며 힘들었지만 긴 시간을 원고와 함께 한 덕분에 오히려 무얼 쓰고 싶은지 정확히 알게 되었습니다. 저는 저를 위로하고 저를 사랑하고 지나온 날들의 찬란함을 노래하는 글을 쓰고 싶었고, 빛나는 사람과 사물과 시간들을 제게 허락된 종이 위에 새겨두고 싶었어요. 그리고 그 이야기들이 곧 여러분의 선명하고 소중한 날들, 그날들의 이름을 호명하는 목소리가 되기를 바랐습니다.

초고를 완성한 직후에 적어둔 짧은 소개 글이 있어요. 다시 읽어보니, 한껏 신이 났던 모양이에요. "『그대로 괜찮은 파랑』을 만나주세요. 분명 행복해지실 거예요. 당신의 아름다운 모든 날을 다시금 되새기게 만들어줄 거예요. 그런 마법을 선물하려고 쓴 책이거든요. 그리고 전, 성공한 거 같아요. 마침내 또박또박한 발음으로 새하얀 깃털을 들어 올린 느낌이 들어요. 찬란하고 따뜻한 오늘 당신의 하루를, 당신의 이야기와 오늘 당신의 색채를, 이 너울지는 파랑 속에서 발견해보세요"라고 썼네요.

저는 전하고자 했던 마음들을 담아내는 데 성공했을까요? 사실 알 수 없어요. 마지막 문장에 온점을 찍었다고 글이 완성되는 게 아니라 여러분이 읽어주시는 날이 진짜 이 여정에 마침표를 찍는 날이니까요. 물감의 색을 고르고 색마다의 자리를 고르고 어떤 모양으로 물감을 굳혀둘지 고민하고 몇 날 며칠을 햇살 아래 정성껏 말려 제 인생의 팔레트를 엮어냈는데요. 어떤 마음을 전해 받으셨는지 차차 알려주세요. 그리고 여러분의 팔레트에도 저를 초대해주세요. 언제까지나 기다리고 있겠습니다.

우리들의 새 여름,
맑고 투명한 계절의 문턱에서.
_ 2022년 5월, 진초록

　　　　　　　그대로 괜찮은 파랑